사랑이 나를 만질 때

사랑이 나를 만질 때

● 강규 소설집

문학동네

차 례

봄비, 나를 울려주는 봄비 7

지붕 위의 사랑 51

정금(精金)의 여자 87

금과 수국과 왕릉의 시간 117

금 여름―불망(不忘) 144

사랑이 나를 만질 때 173

적멸보궁에 가겠다면 206

어부사시사를 읊는 밤 232

금(金)의 남자 257

해설 소멸의 사막을 건너는 법 281

작가의 말 원고를 넘기며 300

봄비, 나를 울려주는 봄비

저는 지금 〈봄비〉〈초우〉〈빗속에 누가 우나〉〈우산 속의 두 연인〉〈잃어버린 우산〉〈레인 & 티어스〉 들을 꺼내놓는 참입니다. 아마도 오늘 종일 이것들을 돌려야 할 것 같습니다. 을씨년스레 때 아닌 비는 내리고 길 건너 증축 공사장은 철근과 맨홀을 드러내놓고 차가운 비를 맞고 있고, 아침상을 물린 주부들은 한껏 심란한 얼굴로 와서는 패티 김의 〈초우〉 주세요, 할 것 같은 날입니다. 그러고는 "나의 기타 이야기? 어머, 가게 이름이 특이하네." 하기도 하겠지요. 그렇다고 뭐 대단한 건 아닙니다. 그저 봄비 오는 날 심란하게 비를 맞고 있는 작은 레코드점 이야깁니다.

지붕 위의 악사

딸랑딸랑, 방울소리와 함께 낡은 망토 젖히듯 가게 문이 열리고 어쩐지 우수에 차 보이는 얼굴의 남자가 들어섭니다. 들어오기 전 지붕 밑에서 탁탁 우산도 털었겠지요.

그러는 남자는 머리를 길게 길러 꽁지머리를 묶고, 어깨엔 언제나처럼 기타를 매고 있습니다.

저이가 아침녘에 가게를 찾아온 건 보기 드문 일입니다. 그는 동네에서 알아주는 게으름뱅이죠. 아마도 밤새 어떤 연주 테입이 듣고 싶어 애를 태우다 가게 문 열 시간에 맞춰 뛰어나온 것이 분명합니다. 특기할 만한 것은 록과 팝에 대한 남자의 안목이 수준급이라는 점입니다. "그래봤자 삼류 악산 걸요." 어쩌다 툭 던지는 말 또한 특기인 남자가 두 정류장 건너 '쓰리스타 클럽'에 있다는 걸 안 건 얼마 되지 않습니다. 거기서 '버디와 블루' 밴드를 하고 있다고요. 남자는 한때 건너편 음악학원에서 기도를 보았었지요. (대빗자루를 들고 플라스틱 슬리퍼를 끌며 계단 청소를 하는 모습을 몇 번 본 적이 있습니다만.)

―일렉트릭 기탑니다.

어깨에 맨 게 전기기타가 맞냐고 물었을 때 남자는 대단한 자부심을 가지고 말했지요. 하긴 늦은 밤 띠떵,떵떵,띠이잉 ― 음악학원 옥상 가건물에서 들려오는 그의 기타소리를 듣고 있으면 전류가 흐르듯 지릿지릿합니다. 그 펑거링이란 동물원에 갇힌 맹수들이 벽에 대고 길어진 제 발톱을 갈아대는 소리인 것만 같습니다. 대체 언제부터 저렇게 기타를 쳐댔다는 걸까요? "거진 십 년 됐죠……." 그렇게 말하고보니 참 고독하다는 얼굴로 남자는 말꼬리를 흐립니다. 그 얼굴을 보고 있노라면 '연말 가요특집' 같은 데서 번쩍이는 금박 트로피를 높이 쳐들고 뜨겁게 우는 가수의 모습이 겹쳐집니다. 무엇엔가 십 년을 투자하니 내일이라는 게 보이더군요,라고 말하고 싶은 듯한 얼굴.

우연인지 어떤 건지 남자는 지난 겨울 줄곧, 석유집 남자가 다녀간 바로 뒤에 저희 가게로 들어섰겠지요. 석유난로에 기름이 채워지고 심지에 불이 붙고 어질어질 석유 냄새가 독하게 퍼질 때쯤 말입니다. 어쩐 일일까요?라고 묻자,

—석유 냄새를 맡고 왔나보죠.

라고 남자는 멋적게 말했습니다.

—겨울에 석유 한 통 살 돈이 없던 적이 있었거든요.

'쓰리스타 클럽'에선 그다지도 봉급을 조금 준다는 걸까요?

—전에 놀 적에 말예요.

그렇게 말하는 남자의 얼굴은 〈라보엠〉에 나오는 가난한 시인 루돌프 같이 적지 않이 우수에 차 있습니다. 그런 그가 어둠 속의 램프 같이 아끼는 기타의 케이스에서 이런 글자를 본 적이 있습니다.

나도 여러분도 시작하는 것이다. 자유의 과잉을, 혼돈을 시작하는 것이다. 모기소리보다도 더 작은 목소리로 시작하는 것이다. 아무도 하지 못한 말을.

기억이 틀리지 않다면 그것은 김수영의 「시여 침을 뱉어라」에 나온 맨 마지막 구절이지요. 남자의 아버지는 제법 건실한 제빵회사의 사장이고 그는 그 집 장남이라는 믿지 못할 풍문을 들은 적도 있습니다만. 아, 밥이 되기엔 이토록 불안한가? 자유의 과잉이란, 혼돈이란 이런 것인가? 하는 얼굴로 그는 오늘도 그가 아니라면 아무도 거들떠보지 않을 것 같은 테입 몇 개를 골라듭니다. 그러고는 다소 외로워진 얼굴로 인적 없는 창밖을 내다봅니다.
　"웬 비가 이렇게 오죠?"
　"그러게 말예요."
　"이런 날엔 로이 부캐넌의 〈달콤한 꿈〉을 틀면 좋은데……."
　혼잣말처럼 하면서 제 행색만큼 낡은 우산을 펴들지만, 그 우산이라는 물건은 가운데 중봉이 두 개나 부러져 볼품없기가 그지없습니다. 그것은 가난한 백작의 찢어진 망토처럼 남자의 어깨를 간신히 가릴 뿐입니다.
　"또 올게요."
　그는 이윽고 기타를 단단히 고쳐매고는 중봉이 두 개나 부러진 우산을 받쳐들고 쏟아지는 빗속으로 뛰어들어갔습니다.
　언젠가 저 남자가 대단히 유명해져서 저의 가게로 금의환향하는 꿈을 꾸기도 했지요. 싯누런 황금똥이 여기저기 널린 길을 경중경중 디디고 걸어 들어온 남자는 지금 막 화려한 우산을 접으며 동네사람들에게 말하는 것입니다. 제가 몹시 외롭고 어려웠던 시절 말없이 저의 꿈을 지켜봐준 아줌마죠. 여러분들, 똥꿈은 재수가 좋은 꿈이랍니다, 헛허. 그런 달콤한 꿈을 꾼 날 아침, 복권을 살까 싼 값에라도 꿈을 팔까 어쩔까 하

10

는 차에 그가 다시 들르지만 그의 행색은 여전히 너무나 초라했지요. 그는 옆집 구멍가게에서 서울우유 작은 팩과 삼립빵 하나를 사서는 그 자리에서 우걱우걱 씹어 먹습니다. 그러고는 허름한 4층 가건물에 올라가 띠이잉 ― 땡땡 띠이잉 ―, 하룻밤 사이 길어진 발톱을 밤새 갈아대는 것입니다. (하긴 집에서 반대하는 기타 때문에 쫓겨났다는 그럴 듯한 소문을 들은 적도 있습니다만.)

야생이란 뭔가? 글쎄…… 수백 킬로 황야를 달려야 하고, 굶주림을 견뎌야 하고, 진저리나는 고독과 싸워 이겨야 하고, 그리고 뭐랄까…… 먹이를 사냥할 때처럼 미친 듯이 무언가 물어뜯는 것? 무언가라는 것, 그게 자유라는 건가? 자유를 쫓아 달리고 자유를 물어뜯는 것?…… 난로 옆에 바싹 붙어 앉아 새로 들어온 CD와 테입에 가격표를 찍으며, 저는 야생과 황야와 자칭 삼류 악사의 자유에 대해 생각하기도 합니다만.

"송창식의 〈고래사냥〉 있어요?"

저의 삼류 명상을 깨며 낯익은 얼굴 하나가 요란스레 들어섭니다. "있구말구요." "테입으루다?" 두말하면 잔소리. 웬 〈고래사냥〉? 어쩌구 할 것 없이 저는 능숙한 솜씨로 서태지와 아이들, 설운도, 솔개 트리오, 송대관을 지나 송창식 테입을 찾아줍니다. 남자는 송창식이 통기타를 들고 열창하고 있는 자켓을 보고 흡족해합니다. "그럼 이거 하고 또 뭐냐…… 옛날 총각시절 들었던 건데, 〈어제 내린 비〉 그것도 있을까?" "있다

뿐이겠어요.” 어제는 비가 내렸네, 키 작은 나뭇잎 새로, 맑은 이슬 떨어지는데 비가 내렸네. “이영옥이하고 김추련이가 주연한 영화잖아요. 칠십사년이던가 칠십오년이던가?”“힛히, 아줌마도 올디스 밧 구디스 팬이구려. 오래된 게 좋은 팬.” 새삼 반가운 체를 하지만 듣고보니 아는 체를 더 하고 난 남자. “서태지와 삼태긴지 룰루랄란지 삐삔지 판타롱스타킹인지 어쩌구저쩌구, 엠병, 요즘엔 죄들 애들 노래만 갖다놓는다니까.” 하지만 〈고래사냥〉도 20년 전엔 애들 노래였겠죠, 하는 대신 저는 테입 뒷면을 가리키며 말합니다. “여기 이 다섯번째 곡 기억나세요?”“……나의 기타 이야기? 이건 이 가게 이름이잖아?”“들어본 적 없으세요?”“어떻게 하는 거더라……?”“말하자면 옛날 옛날 내가 살던 작은 동네엔 늘 푸른 동산이 하나 있었지. 거기에 오동나무 한 그루하고…… 이런 거요.”

딩동댕 울리는 나의 기타는 나의 지난날의 사랑 이야기. 아름답고 철모르던 지난날의 슬픈 이야기 딩동댕 딩동댕 울린다

“아, 생각난다. 힛히, 이 집 이름이 거기서 따온 거로군.” 얼굴이 검게 타고 뺨이 쑥 꺼진 이 괄괄한 남자는 40대 중반의 택시기사이지요. 종일 테입을 틀고서 미로 같은 시내를 누비다가는 오후 3시 회사로 가 교대하고 사납금 넣고 김삿갓 마시고 노가리 뜯고, 그날 밤 싸르륵거리는 아랫배를 움켜쥐고 화장실에 죽치고 있다가 정로환에 구론산바몬드 마시고 다음 날 새벽 다시 일 나가는 사내지요. 어제도 술을 많이 마셨는

지 눈가가 떼꾼합니다. 그는 요즘 배호, 남일해, 나훈아, 문주란, 이미자 테입, 들은 통 찾질 않습니다. '누구누구 골든 베스트 20' '오지리날 히트송 총결산집' '데뷔 22년 기념 베스트 히트'까지 나와 있는 그의 애창곡들 말입니다. 삼각지 로터리에 궂은 비느은 내리는데에, 잃어버리이이인 옛 사하랑이 그리워지이이이네 ─. 헤아릴 수 없이 수많은 바아암을 내 가슴 도려내는 아픔에 겨워, 얼마나 울었던가 동배액아가아아씨 ─ 어쩌구 하는 뽕짝의 애창곡들은 그가 손님을 태우고 돌았던 삼각지 로터리만큼 많이 돌아갔던 참입니다. "배호의 〈오늘은 고백한다〉 햐, 제목이 얼마나 멋져." 하던 남자는 세월 따라 늙어가는 인생들의 더없는 친구가 그 중 뽕짝이라는 것이 그지 없이 지겨워진 듯 요즘 포크송 코너에서만 맴돌며 때로 무료한 강아지처럼 낑낑댑니다.

　─뭐 재미있는 일 없수?

　─재밀 보려면 연애를 해야죠.

　─하긴, 주차장 차씨도 꼭같은 말이데…… 옘병, 여우 같은 마누라가 두 눈 시퍼렇게 뜨고 살아 있는데 연애가 웬 말. 꿈에서나 해볼까?

　─그것도 돈 안 들고 좋네요, 뭐.

　─어떤 날엔 달리는 차에서 뛰어내리고 싶다니까.

　─지긋지긋해서?

　─지긋지긋해서 뛰어내리자면 옘병, 대한민국 기사들 죄들 뛰어내려야지.

　─그럼?

　─길 건너에서 꿈에 본 듯한 미인이 걸어오고 있는 거야.

그 삼삼한 몸매 죽여주누나, 힛히.

—그 뒤에 여우 같은 마누라님은 없고?

—옘병, 있지 왜 없어.

(햐, 옘병, 제길, 힛히, 이 네 가지 감탄사에는 그의 전줏 생의 희노애락이 함축되고 요약되어 있는 것만 같습니다만) 그런 얘기라면 하루이틀 한 것도 아니고 김이 빠질 대로 빠진 사이다가 아니면 무엇이겠어요.

"참, 꽁지머리 기타쟁이 그 새끼, 좀전에 약국에서 봤지. 고개만 까딱하데, 건방지게."

"뭔 약을 사가던데요?"

"가래가 끓어서라나 뭐라나."

"담배를 많이 피우나 보죠."

"트럼펫을 불어서 그렇겠지."

"기타가 아니라 트럼펫?"

"기타도 하고 트럼펫도 하고 후뚜루 다 하겠지 뭐."

그건 어디까지나 기사의 추측일 뿐.

"하지만 사흘에 스무 알씩을 사간다면 그렇고 그런 거 아뇨?"

"?……"

"연주쟁이들 다들 그럴걸."

"설마."

저는 그가 미약한 환각 성분의 가래약을 먹고 4층 가건물에서 트럼펫 부는 모습을 생각합니다. 쳇 베이커의 〈나는 너무 쉽게 사랑에 빠져요〉 같은 것 말이지요. 뚜우, 뚜우우우우—고무줄을 풀고 머리를 갈기처럼 휘날릴 그의 모습은, 달이 뜬

밤 지붕에 올라가 워우, 워우우우우 – 달을 향해 우는 늑대처럼 어쩐지 처연한 데가 있는 것만 같습니다. 이윽고 약기운이 떨어질 때쯤 삼류의 형편없는 제 솜씨에 울부짖으며 트럼펫을 집어던지는 모습 말이죠. 그런 그가 오늘 따라 묻지도 않는 말을 하기도 했었지요. "기타의 전설적인 명인을 꼽으라 하면 역시 에릭 클랩튼, 제프 백, 지미 페이지죠. 셋 다 전율할 만한 불멸의 예술가들이죠." 전설적인, 전율할 만한, 불멸의,라고 다소 장황하게 수사를 붙여가던 남자는 그러나 오늘 밤에도 쓰리스타 클럽으로 〈뛰뛰빵빵〉 같은 것을 연주하러 가겠지요. 오늘 아침 조간에는 촌스럽기 그지없는 그 집 광고전단이 끼여 있었습니다. 축! 새단장! 한국 대중예술의 역사 오백 년! 한국 유흥업 역사 천여 년! 무한한 자부심을 가진 연예인 생활에 풍부한 경험을 살려 수준 높은 음악을 선사할 쓰리스타 클럽의 악단, 버디와 블루! 단장 박병곤(예명 ; 블루버디 박) 그 클럽 화장실에도 박카스나 술 깨는 약을 팔며 향수도 뿌려주는 서비스맨이 있을까는 잘 모르겠습니다.

"히야. 비가 많이도 오누나."

기사는 이제 꽁지머리 기타쟁이에 흥미를 잃었는지 예의 그 히야, 뭐뭐하누나! 하는 타령입니다. "햐, 그때 장생포에서 포경선을 탔었지." "포경선을요 –?" 갑자기 비좁은 가게 안에 야생의 비릿한 바다 내음이 퍼집니다. "햐, 고래를 잡으러 다니던 시절이 있었다는 게 믿어지질 않는구나." 저도 믿어지지 않습니다. 그물 같은 시내 도로망을 뚫고, 하루 육만칠천원 사납금을 채우려고 버둥대는 사내가 탁 트인 바다를 누비고 다녔다니요. "생각하면 그때가 좋은 시절이었지. 햐, 말이 나와서 말인데 인기로 말하자면 신성일이 저리 가라였지." (남자의 뻥은 고춘자, 장소팔 외 웬만한 만담가들 저리 가랍니다만.) 사내들과 고래를 실은 선박이 항구로 돌아오면 선착장에선 여인들이 나와 반겼겠지요. 어서 오세요! 그 동안 잡은 고래하고 번 돈 갖고 어서 오세요! 뚜우— 뚜우— 뱃고동은 덩달아 신이 나서 울리고 포경선 사내들은 혈기 왕성한 뭍의 밤을 보냈겠지요.

야성이란 무엇인가? 고래를 쫓듯 자유를 쫓아 달리고 자유를 포획하고 자유에 열광하고 이윽고 그 자유를 소비하는 것?

갑자기 지리하게 막히던 시내길이 뻥 뚫리고 내처 바닷가 선착장까지 달릴 수 있는 기분이 됩니다만 기사는 이내 그 야성을 접습니다. "보나마나 공들 칠 텐데 사납금 채우려고 땀들깨나 빼고 있겠군." 그는 오늘 오후 교대조이지요. "옘병, 오늘 하루 땡땡이친다고 세상이 달라지나?" 그러면서 겔포스 봉지를 입으로 뜯고는 소리나게 쭉쭉 빱니다. 그렇다 해도 오후 3시가 되면 쓰린 속을 문지르며 어김없이 핸들을 잡을 남자입니다. "저 핸들에 애새끼들이 셋씩이나 딸려서 말씀이야……." 하면서 "그래도 요즈음 왠지 툭하면 쓸쓸해지고 툭하면 고독에 찬단 말씀이야." 그러는 것입니다. "제길, 술 마시고 노래하고 춤을 춰봐도 가슴에는 한 사발 슬픔뿐이다, 이 말씀이지." 저는 이제 남은 가격표를 마저 찍어댑니다. 4000

원, 8500원, 13500원. "아줌마, 아줌마도 이런 날엔 문 닫고 집에 가 구들장 지고 한숨 자고 싶겠지?" "말해 뭣해요."

그렇지 않아도 비가, 그것도 장대비가 오는 아침입니다. 그 린피스는 86년부터 전 세계 포경국에 고래잡이 규제를 감시하고 있지만 전면금지되었는지 아닌지는 아리송하고, 금지곡 〈고래사냥〉은 뒤늦게 풀려나와 여름이면 동해변에서 펄쩍 뛰어오르고, 비 오는 날 시내 도로는 한심하게 막히는 데다 이 동네 제재소와 밥집, 옷집, 점집, 기름집, 빵집 장사가 줄줄이 공칠 날입니다. 마침 음반 대금 결제하는 날이니 영업사원이 오면 지하다방에서 들쩍지근한 차를 시켜서 마시고 (이 동네에서는 이런 것이 관례입니다. 지하다방에서 가져온 대추차를 대접하며 대금을 에누리해달라고 조르고, 누구누구 앨범이 뜰 것 같다, 대박 날 것 같다 등등 이야기를 나눕니다) 종일 올디스 밧 구디즈 노래나 듣다가 일찌감치 문을 닫을 작정입니다.

청년들은 다 어디로 갔나

배달 온 점심 한 공기도 깨끗히 비우고, 손님도 한동안 뜸하고 실내는 적당히 훈훈합니다. 시시한 얘기지만 졸음이 절로 오네요. 이제부터 무얼 할까? 아웃 오브 아프리카를 본 게 몇 년 전인가…… (조금 전 배달 왔던 백반집 처녀가 어젯밤 TV에서 보았다던 영화입니다.) 한 십 년도 더 되는 것 같구나. 그때 점원으로 있던 레코드점 부근의 극장에서였구나. 그날도

비가 와서 현관에서 탁탁 우산을 털고 들어갔었지. 영화는 다소 지루하고 그다지 인상적이라고는 할 수 없었지만, 머리를 뒤로 젖히고 샤워기로 샴푸를 헹굴 때나 가게 쉬는 날 김밥을 싸들고 가까운 들판으로 소풍을 나갈 때, 이따금 영화 속 장면들이 떠오르곤 했었지. 메릴 스트립과 로버트 레드포드가 아프리카 드넓은 초원 위에 소풍을 나와 음악을 듣는 장면과 남자가 여자 머리에 물동이를 부으며 머리를 감겨주던 장면. 그러나 그거야 세월 좋은 사람들 얘기…… 입맛을 다시며 석유난로 옆에서 꾸벅꾸벅 졸기까지 했겠지요. 가게 지붕으로 빗소리는 타닥타닥 들리고…… 해서 누가 들어와 있는 줄도 몰랐겠지요.

"저어……."

앳된 얼굴의 청년이 제 어깨를 가만 두드렸을 때 저는 놀랍고 반가워 자리를 차고 일어날 뻔합니다. "빌리 홀리데이 있어요?" 역시…… 청년은 오늘도 그런 것을 찾으러 왔군요. 짐 모리슨이나 제니스 조플린, 지미 핸드릭스 같은 것 말입니다. 청년은, 당신이 내 번민 같은 것을 알 리가 있나요? 하듯 미간을 약간 찌푸리며 말합니다. "레이디 인 새틴이요." 하긴 그는 몹시 젊기도 합니다. 젊은 그가 숭배하는 로커나 재지스트들이란, (흔히들 말하는 자유와 저항정신을 무기 삼아 세계의 끝까지 가보겠다고 가보지만) 제 출구를 찾지 못한 채 퇴폐적이고 공격적이 되어버린 외로운 건달들 같기만 합니다. 그 노래들에는 중독성이 있을 것도 같지요. 허무와 퇴폐와 자기파

18

탄의 운명을 뿌리치지 못하는 것 말입니다. 홀리데이 역시 술과 약물에 중독되어 죽음을 자초한 여자.

"없는데……."

저는 시치미를 뗍니다. 말수가 적은 청년은 혹시나 하는 얼굴로 CD장을 건성 훑은 후에 어쩔 수 없다는 듯 그럼 "사라 본은요?" 합니다.

"엘라 피츠제랄드라면 있지."

피츠제랄드라면 벌써 졸업했네요, 하는 얼굴인 청년은 나이보다 깊이 있어 보이는 시선을 다른 데 두고 방금 전과는 다른 말을 합니다.

"어젠…… 일찍 문 닫았었지요?"

"어제……? 으응, 어제 왔었구나."

"네."

화가 난 듯한 말투입니다. 제 입에서는 미소가 떠오릅니다. 귀여운 것. 적어도 청년은 어제 문 닫힌 저의 가게가 싫었던 거지요. 레코드 가게라면 이 집의 두 배는 족히 될 집이 근처에 있는데도 말입니다.

"자, 자, 이것은 어떨까?"

저는 저 과묵한 청년의 보호자처럼 노련한 미소를 띠며, 음울하지도 공격적이지도 않은 뚱뚱보 아줌마 마할리아 잭슨의 음반을 내밉니다. 강렬한 금빛과 붉은빛의 자켓은 그의 마음을 끌 것입니다. 저는 저 매력적인 청년이 무언가 어두운 그늘에 중독되는 것이 싫었을까요? 희고 창백한 얼굴이지만 목도리를 두르고 상쾌하게 얼음 지치는 모습이 어울릴 청년이 기껏 빌리 홀리데이의 《레이디 인 새틴》에 나오는 〈당신은 사랑이 무언지 몰라〉나 들으면서 허무를 어쩌지 못하는 것. 밝은 오렌지빛 망토를 둘러주듯 저는 청년을 꾀고 있는지 모릅니다. 그렇다 해도 불문학이 전공인 그는 '사랑도 없이 미움도 없이 내 가슴 이토록 아파하니……' 하는 시는 벌써 읽었을 테고 그 우울증은 생래적인 것이 아닌가 싶습니다. 약간 긴 듯한 코는 얼굴에 짙은 음영을 주고 얇은 입술 역시 그의 인상을 차갑게 보이게 합니다. 예컨대 늑막염 같은 병력이 있을지도 모를 청년은 이런 것이 생이라는 건가? 영문을 모르겠다는 표정이 역력합니다. 어쩌면 그는 통로를 모르는지도 모릅니다. 밝고 화창한 곳으로 나오는 통로를.

"이건 어때?"

저는 피터 폴 & 메리 CD를 보여줍니다.

"적어도 피곤하진 않지."

"……알아요. 꽃들의 날은 어디로 갔나, 부른 팀이죠?"

"〈비행기를 타고 떠나네〉도 불렀지."

"……주세요."

청년은 마할리아 잭슨과 〈꽃들의 날은〉에 찍힌 값을 확인하고는 돈을 치릅니다. 얘, 이제 가려구? 좀더 있다 가면 안 되니? 저애가 오는 날이면 저는 언제나처럼 허둥댑니다.

"이봐…… 그런데 올해 몇이지?"

"스물둘인데요."

왜요? 하는 얼굴로 그는 여전히 다른 데를 쳐다봅니다. 스물둘……? 그런 나이도 있던가? 저는 감탄하며, 지금 막 지층이 융기해서 만들어진 것 같은 청년의 어깨와 가슴을 훔쳐봅니다. ……내가 데이트 좀 하자고 하면 어떨까? 레이스 달린 치마에 머리띠를 하고 요즘 젊은애들 좋아하는 분을 바르고 최백호 노래대로 '이제와 새삼 이 나이에' 설레어본다면 어떨까? 서둘러 가게문을 닫고 내 중고차에 청년을 싣고 한 140쯤 밟고 고속도로를 달려간다면? ……아무래도 삼십대 후반의 제 나이란, 청년의 시선이 닿지 않은, 지도에도 나와 있지 않은, 외진 국도변 한적한 레코드점 같겠군요. 거기 석유난로 옆에 낡은 숄을 걸치고 앉은, 삶의 신비감도 없는, 조금씩 늙어가는 여자 말입니다.

청년은 여전히 제 눈을 맞추지 않은 채 그렇게 말합니다.

"여기는 꼭 방공호 같아요."

"방공호라니, 재밌네."

"방공호 속의 평화…… 하지만 밖은 언제나 전쟁터예요."

청년은 뭐라고 할말이 가득해 보입니다.

알겠어, 알겠어. 석유난로도 절절 끓으니 그럼 차라도 한잔 끓일까……? 미소가 떠오르려고 하는 순간, 청년은 벌써 문 앞까지 가서는 "저 가요!" 우산도 잊고 몸을 던지듯 빗속을 뛰어나갑니다. 총알이 빗발처럼 쏟아지는 전장에 나가듯 청년은 얼굴을 가슴 쪽으로 바짝 붙이고 있습니다. 아, 젊은이들은 오늘도 저렇게 외롭고, 빗속에 아무 거리나 마구 쏘다니고, 4홉들이 소주 서너 병을 앞에 놓고는 '우리 오늘 이거 마시고 죽자' 비장하게 잔을 들이키고, 저희들 스물둘짜리 내성(內省)을 향해 서툰 총구를 겨누기도 하겠지요. 그러고는 아무렇게나 쓰러져 누워서는 아아, 다 써버리자! 다 써버리자! 헛소리를 해대는 것이겠지요.

꽃들의 날들은 다 어디로 갔나. 소녀들이 꺾어갔지. 세월이 흘러 소녀들은 다 어디로 가버렸나. 청년들에게 갔지. 세월이 흘러 청년들은 다 어디로 가버렸나. 군대에 갔지, 그리고는 죽어서 꽃이 되었지. 꽃들의 날들은 어디로 가버렸나.

내일 또 오려나. 꽃을 꺾던 젊은 날을 더듬듯 청년의 뒷모습을 좇다가, 문득 청년이 군대에 가게 된 건지도 모른다고 생각합니다. 하긴 며칠 전 비틀스의 《페퍼 상사(上士)의 외로운 마음 클럽 밴드》를 사간 적도 있지만서도요. 친구들이 불러주는 〈입영전야〉를 들으며 뿌얀 담배 연기 속에 군대에 가는 스물두 살의 청년. 제대 후 제 또래 총명하고 매력적인 아가씨를 만나 기쁨과 정열의 노래를 불러제낄 청년. 그가 무슨 재주로 꽃들의 날들이 어디로 갔는지를 알까요? 그리고 또 이런 말;
"……그렇게 몇 시간이고 배를 타고 나가도 가도가도 끝이 없어. 그야말로 망망대핸거라. 그러던 어느 순간, 끼끼 소리를 내며 물 위를 뛰어오르는 고래떼를 발견하게 되는 거지. 햐! 그야말로 장관이지. 아줌마, 그때 그 기분 알 것 같수? 하지만 86년인가 국제포경위원횐가 뭔가 하는 데서 포경을 전면금지한거라. 하도 잡아대서 도통 고래가 돌아오지 않는다는 거지. 모르겠어, 제기랄. 고래사냥 노래를 듣고 있노라면 왠지 멸종된 내 청춘이 다시 돌아오는 것만 같아서 말이지……." 저는 '이를테면 낭비벽 심한 청춘 말이죠? 그 낭비벽 때문에 쉽게 사라져버린 청춘 말이죠?' 하고 아는 척을 하려다 그만두었지요. 싸르륵거리는 배를 문지르며 〈고래사냥〉을 듣는 사십대 중반의 운전기사와, 한갓진 국도변 레코드점에 낡은 솔을 두르고 앉은 듯한 여자의 설렘에 대해 청년은 아는 바 없겠습니다만.

예스터데이 원스 모어

빗줄은 조금씩 가늘어졌습니다. 한낮인데도 날은 저녁처럼 어두워가는군요. 군청색 교복에 귤빛 우산을 든 여학생 몇이 정류장을 지나갑니다. 시험이 끝난 날인지 록에 대해 뭘 좀 안다는 계집애들이 와서 김종서와 강산에를 골라가고 감수성 예민한 사내애들은 와서 "리아 있어요?" "이소라 2집 나왔어요?" CD나 테입들을 사가지고 갑니다.

제가 안 보는 줄 알고 테입을 손바닥에 움켜쥐었다가 슬쩍 교복 소매 속으로 밀어올리고는, 태연하게 주머니 속으로 집어넣는 계집애도 있습니다. 계집애는 억지로 짜내듯 울면서 "이번이 처음이에요. 정말 갖고 싶어서 그랬어요, 흑흑." 하면서 가련하게 보이려 애를 씁니다만…… "정말 갖고 싶니?" 하자 전에도 두 개나 테입을 훔쳐간 손버릇 나쁜 계집애는 가짜 눈물이 사라진 얼굴로 고개를 끄덕이겠죠. "좋아. 그럼 가져가. 하지만 이 세상에 공짜란 없지." 그날 계집애는 한 시간 동안 이 집 통유리창과 진열대와 유리장을 죽어라 닦은 데다, 이 세상에 공짜가 없는 몇 가지 이유에 대해 일장 설교를 들은 후에야 에누리 없는 4천원을 내고 양파의 〈애송이 사랑〉

테입을 받아갔습니다. (그 모든 고역 속엔 일전에 훔쳐 간 테입 두 개 값도 포함됐다고는 말하지 않았습니다만.) 물론 곱게 가지는 않았지요. 계집애는 이제 더이상 애처롭게 보일 이유가 없다는 듯 제게 왕 재수! 캡 짠순이! 왕 노땅! 욕을 욕을 하고는 도둑고양이처럼 도망치듯 저희 집을 빠져나갔지요. 뭘 잘못 먹었냐? 저는 허허 웃기만 했지만서도요.

그때 다시 딸랑거리는 문.

"〈꽃밭에서〉 있죠?"

"있는데…… 누구? 조관우 걸루?"

"조관우 말구 누가 또 있어요?"

기껏해야 17~18살일 커다란 사내아이는 자신 있게 그럽니다. 하긴 안녕하세요! 안녕하세요! 후라이보이 곽규석입니다! 하던 쇼쇼쇼 같은 데서 큰 눈에 깡마른 정훈희가 노래하던 시절 저 아이는 세상에 나오지도 않았겠습니다. 그때 초등학생인 저는 방과 후 머리라도 자르고 있었겠지요. 앞짱구 뒤짱구 짱구머리여서 노상 중국소녀처럼 눈썹 위까지 내리고 다니던 시절이었지요. 앞머리를 자를 때 머리칼이 눈에 들어가면 어쩌나 해서 바짝 긴장하고 있다가 이윽고 꾸벅꾸벅 졸기가 일쑤였지요. 스무 살 남짓한 보조미용사는 무슨 노래인가 줄곧 따라부르곤 했겠지요. 날은 하필 봄날이었겠지요.

꽃밭에 앉아서 꽃잎을 보네. 고운 빛은 어디에서 왔을까. 아름다운 꽃이여 꽃이여. 이렇게 좋은 날에, 이렇게 좋은 날에, 그 님이 오신다면 얼마나 좋을까.

24

정훈희가 예의 그 미성으로 부르는 노래는 그렇지 않아도 감상적인 미용사를 한껏 사무치게 하고, 기껏 열 살짜리 저도 미용사의 사각대는 가윗소리를 들으며 어디 꽃밭에라도 앉았는 듯 달콤하게 졸고 있는 것입니다. 저는 중국 계집애처럼 깎인 머리칼을 찰랑대며 뚜-루루루루루루뚜- 루루 뚜-루루 루루루루- 후렴도 마저 흥얼거리며 돌아오다 어머니에게 야단을 맞습니다. "그런 노래는 애들이 부르는 게 아니다." 왜요-? 사랑노래라서요? 저도 알 건 다 알아요. 미용사의 그 사무치는 얼굴이 바로 사랑이라는 거죠? 그런 생각을 하기도 하지만 어머니 앞에선 입도 벙긋 못 하고 속으로 그래보는 것입니다. 이렇게 좋은 날 이렇게 좋은 날 그 님이 오신다면 얼마나 좋을까아-. 뜻도 모르고.

그때 자지러지게 전화벨이 울립니다. "네에, 나의 기타 이야깁니다." 그러면 장난전화하는 놈들은 '나의 연애 이야기는 없어요?' '너의 첫사랑 이야기는요?' 하기 마련이지만요.

"……나야."

어쩐지 그럴 것 같더니 역시 그녀입니다. 전에 제가 일하던 레코드 회사에서 경리를 보던 친구지요 (그녀는 이제 화장품 회사의 영업과장이 되어 여기저기 신발 밑창이 닳게 뛰고 있겠습니다만.) 한동안 말을 빙빙 돌리던 그녀는 결국 그런 말입니다.

"……니가 그 사람 좀 만나주면 안 되겠어?"

"누구……?"

저는 뚝 모른 척을 합니다.

"알잖아…… 그, 나쁜 놈."

"왜에 또?"

냉정한 저의 대구에 처음엔 자신이 없고 두번째엔 분에 겨웁던 그녀는 이젠 통 애원조가 됩니다.

"니가 내 편지 좀 되어줘. 만나서 내 속 좀 전해줘, 응? 언제까지고 기다리겠다고."

그녀의 말은 앞뒤가 맞지 않습니다. 그 나쁜 놈을 언제까지고 기다리겠다니요.

"너 아직도니?"

"그 새끼…… 처음엔 내 말을 그렇게 잘 들었는데, 순한 양같이 잘 들었는데 이젠 콧방귀도 안 뀌어. 난 너무 당황해서 그놈 목에 줄을 매고 강아지처럼 끌고 다녔으면 좋겠다, 그런 생각도 했어. 아니…… 그렇다고 아주 나쁜 놈은 아니야. 그놈도 알고 보면 불쌍한 놈이다. ……아, 개같은 놈. 내가 바꿔놓을 거야."

다혈질의 경이 미련과 노여움과 집착과 조바심이 범벅이 되어 횡설수설할 때 역시 직업은 속일 수 없는지, 저는 이수미 노래를 떠올립니다. 나는 네가 좋아서 순한 양이 되었다, 풀밭 같은 너의 가슴에 내 마음은 뛰어놀았다, 하는 옛날 노래 말입니다.

"애…… 널 그토록 괴롭히는 건 변한 그 남자가 아니라, 그 남자를 고쳐보겠다는 네 원(願)이로구나. 넌 그 남자가 목줄을 맨 강아지라기보다 풀밭의 순한 양이 되길 바랐겠지. 사실은 그 반대니 너는 괴롭지. 너만이 그 사람을 싸매줄 수 있고 네가 원하는 모습의 남자로 바꿀 수 있다는 환상이라면, 이제

라도 축구공처럼 뻥 차버려. 네 기특한 순정이나 인내가 결국 그를 변화시킬 거라고 굳게 믿겠지만…… 경, 잘 생각해봐. 그건 어쩌면 변장을 한 자기애(自己愛), 제 안에서 넘쳐나 쩔쩔 매는 자기애, 그 남자에게 옮겨 심어진 자기애 아니냐? 순정이란 이름으로 상대에게 끊임없이 무언가를 요구하는 사랑 말이다."

그녀는 그러나 인생상담소 소장 같은 제 말 따윈 듣지 않습니다.

"아무도 내 편이 없어. 니가 내 편이 좀 되어줘, 응?"

"……"

군청색 제복을 입고 저와 같은 레코드점에서 일하던 그녀는 수년 전 그 남자를 만나 사귀었지요. 그 볼은 점점 동백처럼 붉어지더니 사람들은 그녀에게 여어, 꽃이 활짝 폈구나, 라고 말했습니다. 그렇다 해도 동백꽃이 질 때는 또 얼마나 처연한지요. "아, 개새끼. 정이란 게 그렇게 무섭고 더러운 건지 몰랐다. 이판사판 나도 이제 막갈거다. 씨발."

그날 그녀는 밤늦게 저희 가게에 와서 한바탕 울고는 패티 페이지의 〈너의 결혼식에 갔었네〉 문주란의 〈공항의 이별〉 이미자의 〈님이라 부르리까〉 에밀루 해리스의 〈마지막 춤을 나와 함께〉 등등을 외상으로 가져갔습니다. 그들이 정식으로 결별한 일주일 후이지요. 그리고 그날 다시 일을 냈지요.

정확히 말하자면 꼭 일 년 전 새벽입니다. 띠리리리. 새벽 6시쯤에 전화가 왔겠지요. "니가 좀 와줘야겠다. 경이 지금 병원에 있어." 전화를 건 것은 경의 언니였습니다. "사고예요……?" "글쎄, 그 웬수가 창에서 뛰어내렸단다. 그게 왜 그리 육갑을 떠다니?" "……." 잘 한다. 이미 잠은 다 깼지만 그때 저의 반응은 그런 것이었죠. 이런 일이 처음은 아니어서 제게도 차츰 내성이 생기고 대신 도무지 통제가 안 되는 덩치 큰 아이를 보듯 그래, 그래, 하고 있던 것이죠. 아침이 되자 경은 부러진 발에 깁스를 하고 주사를 맞고 있었습니다. "……창턱까지 올라간 건 사실이지만……." 저를 본 경은 주사 맞은 자리를 문지르며 제풀에 더듬대더군요. "발을 헛디뎠어. 뛰어내릴 생각은 없었어. 정말이야." "누가 뭐래니?" 처음엔 겨우 스무 알의 알약을 먹고 죽겠다고 소동을 벌이고, 다음번엔 좀더 많은 양을 먹다가 무서웠는지 도로 토하고 그 다음엔 머리 깎고 절에 들어가겠다고 미장원에 데려가 달라고 했고, 다음엔 이민을 가겠다고 동사무소에 가 서류 떼는 시늉을 하고…… 그 다음 다시 죽겠다고 했을 때 저는 식칼을 사주기 위해 남대문 시장에 같이 가주기도 했지요. 그리고 이젠 고작 2층 창에서 진흙구덩이를 넘듯 팔짝 뛰었다는 것입니다. 처음엔 그렇게 죽고 못 살 난리더니 그 다음은 마음이 안 맞아 생 난리, 그리고는 결국 이건가. 전에는 그 남자가 좋아한다고 박재란의 〈밀집모자 목장 아가씨〉나 금사향의 〈홍콩 아가씨〉 또는 〈만리포 사랑〉 〈청포도 사랑〉 같은 경쾌한 노래(이자 올 디스 밧 구디스)를 사들고 가던 그녀였습니다. "저는 이제 더 이상 경의 사랑을 감당하지 못하겠어요. 경이는 일 년 365일 저만 바라봐요. 지구가 태양 주위를 공전하듯 저만요." 경의 남자는 뻔한 변명을 늘어놓을 기셉니다. "자기 자신이란 아무래도 좋다는 듯 모든 걸 제게 걸죠. 자신이 어쩌지 못하는 정열이나 이루지 못한 꿈, 좌절까지도 전 자기 자신을 잃은 여자의 사랑을 감당할 위인이 못 돼요." "경이가 지겨워졌다는 말이군요." "……." "그럼 경이에게 더는 여지를 주지 말아요. 연민이니 옛정을 핑계삼아 지리멸렬 끌지 말고." "천만에, 제 마음은 벌써 정리됐어요. 다만 경이만이 그 관성 때문에 여태 같은 자리를 돌고 있을 뿐이에요. 그 자전축이란 제가 아니라 경, 자기 자신이겠죠." 방송국 조명 담당이고 두 번의 이혼 전력이 있고, 한눈에도 '흥, 저 사람은 일 년 365일 자기 자신밖에 모르겠구나' 싶은 타입의 남자는 제 삼자인 제게 그렇게 말했습니다. 경이가 혼자 병원에 가 남자의 아이를 유산시킨 것을 안 것은 그 후의 일이었습니다. 아, 기대란 그렇게 무섭구나. 사랑의 기대란 그렇게 미련과 정열과 욕설을 한데 뒤범벅해서 아이를 만들고, 이제 발가락도 생기고 눈 코 귀도 다 생긴 아이까지 맥 없이 수술대 아래로 밀어내는구나. 저는 기가 차서 그날 밥맛도 잃었습니다만. 경, 너를 만난 건 내 생의 가장 큰 행운! 대식, 당신을 만난 건 내 생에 가장 기억될 만한 기쁨! 그렇게 말하던 그들이 아니던가요? 그 남자에게서 한때 가장 빛나는 조명을 받던 경은 그날 눈물 반, 죽 반을 겨우겨우 입에 떠넣었습니다.

　―그에게 아무 의미가 될 수 없다면 죽는 게 나아.

　―그렇다고 멀쩡한 발을 부러뜨려?

　―발이 부러지면 날 보러 올 줄 알았지.

　―빛이 강하면 뒤에 남는 그림자도 짙지. 그걸 몰랐니?

　80년대 초 조용필과 송골매의 공연에 쫓아다니며 오빠, 오

빠, 환호성을 질렀던 경은 지난 5년 간 그 남자를 향해 환호
성을 질러댔지만, 남자는 극성스런 오빠부대를 지겨워하듯 무
대 뒤에 숨어서는 다시는 안 나왔던 것입니다.

이번엔 제가 경에게 전화를 넣습니다.

"그래, 내가 다시 한번 만나서 얘기해볼게."

"……."

"우선 잘 먹어라. 잘 먹고 나서 하는 생각이 든든한 거야.
뱃심 없을 때 한 생각들은 속 빈 강정이 많지."

"……밥맛이 없어."

"맛으로 밥 먹냐?"

"밥이 약보다 쓰다."

"억지로라도 먹어둬. 그래야 그놈하고 다시 잘해보든지 말
든지 하지."

"먹고 싶은 생각이 없어."

"냉장고에 찬들은 먹긴 먹은 거냐?"

"안 먹어서 죄 상했어."

저는 드디어 진저리가 납니다. 며칠 전 장을 봐서 찬까지
만들어주고 왔건만은 경은 수저질 시늉은커녕 천연덕스럽게
죄 상했다고 말하는 것입니다.

"옘병, 언제까지 멍청이처럼 굴 거니? 먹기 싫다고 굶으면
어쩌자는 거야?"

"……."

"먹어야 살이 되고 피가 된다. 꿀꿀이죽 돼지죽이라도 해서
먹어라!"

비는 그칠 기미가 없습니다. 오히려 빗줄은 더욱 굵어집니다. 저는 뭐에 그리도 진절머리가 났을까요? 빌어먹을, 그럴 것까진 없었는데 말입니다. 남녀가 만나 짝을 짓고 살다가 물어뜯을 듯 싸우며 등 돌리기도 하고 심지어 영문 모르는 애들 가슴까지 찢어놓는 생이별도 하지만, 경은 그런 순간이 닥친다 해도 결코 자신이 건 사랑의 기대를 버리지 않을 것입니다. 그래서 오늘도 스스로 만들어놓은 축을 잡고 저렇게 돌고 있는 것인데요. (그 축이란 한때 권대식이란 조명담당 기사가 제공했고 이제는 경 스스로 자가 발전하는 그야말로 패티 김의 〈빛과 그림자〉겠지요.) 그때 저는 왜 고모 생각을 하고 있었을까요?

이혼, 그것은 저의 고모가 하고 돌아온 것입니다. 모두들 쉬쉬하고 말이 나지 않게 해서인지, 호적등본을 떼러 가서야 알았지요. 결혼은 파기되었고 고모의 호적은 고모부 김상중으로부터 떨어져 나왔습니다. 제가 어릴 적의 어느 날, 어딘지 쌀쌀맞고 어딘지 접근하기 어려운 인상의 고모는 고종사촌 셋을 데리고 조모와 저희 가족이 사는 집으로 왔겠지요. 말하자면 결혼 13년 만에 이혼서류에 도장을 찍고 아이들과 함께 친정에 머물렀던 것입니다. 어른들은 "김서방이 시내 모모 양장점을 하는 젊은 재봉사와 산다더라." "얌전한 고양이 부뚜막에 먼저 올라간다더니……."라고 귓속말하듯 하였지요. 유학중에 고모부를 만나 함께 공부하고 돌아와서 세상 숱한 수리(數理)와 기하(幾何)에 대해 강의하던 고모는 곧바로 냉정을 회복하고는 별다른 동요 없이 의연했고 저희 집에서 그리 멀지 않은 곳에 아이들과 함께 살 새집을 알아보는 듯했습니다. "하, 참

독하고 당차다." 어른들은 다시 귓속말을 했지요. 그러던 어느 날, 2층의 고모의 방에, 말하자면 독하고 당찬 수학자의 방에 과일 접시를 들고 갔을 때 그런 노래를 듣게 되었습니다. 카펜터즈가 부르는 〈예스터데이 원스 모어〉

내가 어렸을 땐 라디오를 즐겨 들었지. 내가 좋아하는 노래가 나오면 따라부르곤 했어. 그 노래들은 까마득히 잊혀졌다 다시 내게 돌아왔네. 오랫동안 잊혀졌다 불쑥 나타난 친구처럼. 그런데 그 노래들의 구절이 아직도 내게 감동을 주네 (……) 어떤 기억은 눈물을 흘리게 하네. 꼭 옛날처럼 추억이여 다시 한번.

고모는 울었는지 그 눈자위가 붉었지요. 그리곤 제가 들어서는 줄도 모르고 수화기에 대고 말을 계속했습니다. "……들리니? 어떤 기억은 눈물을 흘리게 한단다. ……셋째가 매일 밤 제 아빠를 찾으며 운다. 우리 막내 알지? 즈이 누나들하고 터울이 많이 지는 애. 그걸 달래다 결국 애를 후려팼다. …… 응, 개 패듯이. 그애 작은 등짝을 후려패는데 갑자기 그 사람 찾아가서 죽이고 싶은 생각이 들더라. 커다란 주전자에 약을 타서 그 사람 목 안에 부어넣고 나도 따라 먹고…… 아아, 이런 내가 너무나 한심해. 다만 한심해지지 않으려 버둥거리며 참고 있을 뿐이다." 그러더니 이번에는 소리내어 엉엉 울었습니다. "……모든 걸 잊고 다시 결합하고 싶다." 슬그머니 과일 접시를 갖고 내려온 저는 마침 현관에 들어서는 큰언니에게 물었습니다. "언니, 예스터데이 원스 모어가 무슨 뜻이야?"

"옛날이여 다시 한번, 그런 말이지." "미워도 다시 한번 그런 것?" "어린애가 별걸 다 아네?" 별거라니요. 그 말은 학교 앞 극장 간판에 걸려 있어 등하교길에 노상 보는 것이지요. 게다가 그 노래는 느끼하게 생긴 젊은 남자 가수가 불러 공전의 히트를 치고 있는 참이었죠. 이 생명 다 바쳐서 죽도록 사랑했고 순정을 다 바쳐서 믿고 또 믿었건만…… 생명을 바쳐서 사랑한다니요. 도무지 믿을 수 없는 말들뿐입니다. 게다가 결합이란 뜻은 또 뭔가?

경과의 전화를 끊고 저는 심란해져서는 음반장 맨 밑단으로 밀려난 LP판 중에서 하나를 꺼내 틀었죠. 19세기 서양신사와 부인들이 빗속에 우산을 받쳐든 르누아르의 그림 자켓. 그해 여름 집에 놀러 온 렛슨 선생님 반주에 맞춰 고종사촌 언니가 낑낑대며 서툴게 켜보던 곡입니다. 1879년에 지어진 브람스의 바이올린 소나타 1번. 빗물 흐르는 듯한 그의 가곡 〈비의 노래〉에서 주제를 차용해온 곡 말입니다.

빗방울 소나타.

지금 막 사춘기에 접어든 딸이 낑낑대며 켜는 이 곡, 싸늘한 빗방울이 폐 속까지 들어오는 듯한 이 곡을 들으며 고모는 친정집 2층 커튼을 치고 아무도 몰래 울었을 것입니다. 10년 전 20년 전도 좋지만 자그마치 백여 년 전의 노래가 그때 저의 고모를 울게 합니다. 15년 전 이국땅에서 처음 만나 우리 사랑 영원히를 맹세하던 시절을 생각해서였을까요? 그로부터

15년이 지나 아빠를 찾으며 우는 아이의 등짝을 후려패는 날들을요? 사랑의 유효기간이란 그깟 백 년쯤, 눈꺼풀 한번 감았다 뜬 찰나와 맞먹는 듯 잠깐이라는 걸까요. 경이의 그것도 고작 5년에 그 연수를 다한 것일까요. 그래서 이 지상의 연수를 다한 사랑들은 〈예스터데이 윈스 모어〉 같은 낡고 청승맞은 노래를 들으며 운다는 건가요. 아아, 이애들의 정은 어쩌라는 건가? 그 독하고 당찬 수학자는 그때만은 세상 모든 포유류의 어미들처럼 울고 있었네요. 하지만 그녀는 곧 눈물을 닦고, 예스터데이 윈스 모어 따윈 잊어버리고, 커다란 등에 아이들을 매달고, 창과 방패를 휘두르며, 세상의 편견을 무찌르며, 여전사처럼 그녀 앞의 세상을 향해 돌진해갔었지요. 잘 한다! 남진 리사이틀을 지켜보던 관객처럼 저는 박수를 쳤습니다만……

호텔 제다

"특별히 찾으시는 거 있으세요?"

제가 살뜰하게 문자 CD장에서 한참을 서 있던 여대생이 말합니다.

"〈방황하는 젊은이의 노래〉가 없나요?"

"말러요?"

"네. 말러."

"글쎄…… 〈이상한 뿔피리를 가진 아이〉 〈대지의 노래〉 〈죽은 아이를 기리는 노래〉 다 있는데……."

"없나요?"

"그게 지금 LP로밖에 없네요."

무언지 몹시 허기가 진 듯한 여대생은 말러를 주문을 해놓고 돌아가고 저는 퍽 심란하기도 합니다. 실은 청년이 다녀간 이후 쭉 그렇습니다. ……벌써 수년 전 일입니다. 남자 이야기냐고요? 맞습니다, 청년을 닮은 남자 얘기. 낯을 많이 가리고 무슨 생각인가 골똘하며 무섭도록 침착한 얼굴을 가진 남자 얘기. 그 얘기를 해볼까요? ……그러고 보니 어느새 오후가 다 되었군요.

그는 제가 점원으로 있던 레코드점의 손님이었죠. 그는 마침 그 옆을 지나던 제게 닐 다이아몬드 음반을 찾아달라고 했습니다. "두 장짜리 검은 자켓에 닐 다이아몬드라고 쓰여 있고…… 한쪽 손엔 마이크를 쥐고 다른 손은 위로 치켜든 가수 그림이 그려진 앨범이에요." 그때로 말하자면 레코드점 제복을 입고 날마다 무슨 노래인가 흥얼대며 홀 안 이곳저곳을 빙글빙글 왈츠 추듯 다닐 때였지요. 남자의 말을 경청하던 저는 그렇게까지 안 해도 된다는 듯 대단히 신중하게 고개를 끄덕였겠죠. 그런 것쯤은 문제도 아니죠. 남자가 찾아달라던 검정 자켓의 음반엔 〈홀리 홀리〉〈달콤한 캐롤라인〉〈슐래먼〉〈물 위를 걷네〉 등등이 수록된 것도 눈에 훤합니다. 저는 받침대를 놓고 음반장 꼭대기에 꽂혀 있는 그것을 찾아주고는 다시 뚱뚱한 몸을 끌고 홀 이곳저곳을 다니며 빙글빙글 왈츠를 추었던 거지요. 훗날 남자가 물었습니다. "일이 즐거운가 보죠?" 저는 "물론"이라고 대답합니다. "적어도 음악은 좀더 지속적이고 영원 가까이 닿을 것 같으니까요." "그 반대는?" "끔찍하죠." 스물일곱쯤의 저의 대답이었지요. "날마다의 빵, 결코 싫증이 안 나는 양식, 즐거움을 주는 것, 놀라운 일에 피로를 느끼게 될 때 언제나 되돌아가게 되는 것⋯⋯." "⋯⋯." "바흐의 음악을 두고 하는 말이에요." 그것은 사실입니다. 무언가 움켜질 수 없어 애태우고, 바둥대고, 조잡스런 제 욕심을 위해서라면 짐승처럼 사나워질 수 있는 인생이라는 게 다 뭐냐? 말만 거창한 지식, 아닌 척 틈만 나면 편을 가르는 조직, 겉으로야 웃지만 뒤돌아서서는 졸렬하게 험담해대는 관계라는 게 다 뭐냐? 그토록 환멸에 빠질 때 다가와서는 욕망이니 물질이니 지식이니 찰나니 하는 것에 빠져 허우적대는 불쌍한 우리를 달래주지 않느냐고요. (순간이니 찰나니 하는 것 저편 어떤 것에, 좀더 가까이 밀어올리는 받침대 같은 것이 아니겠느냐고요.)

엔지니어로 일하는 남자는 그날 이후 매일같이 제가 일하던 레코드 가게에 들렀지요. 제가 손님들에게 팝과 클래식 음반을 찾아줄 동안 그는 제 퇴근시간을 기다리며 근처 스파게티집에서 제가 권해준 음반목록들을 뒤적이고 있기도 했죠. 그러면 저는 검정 외투를 입고 검정 머플러를 쓰고 비상계단을 통해 스파게티집으로 가는 지름길을 뛰어갔던 것입니다. 겨울이었고 길은 미끄러웠고 비닐봉지가 펄럭대며 굴러다녔지요. 그가 제 동료와 사귀던 사람이라는 것을 안 것은 그 즈음이었습니다. 그러니 레코드점 주변을 숨듯이 다녀야 한다고 "왜 저죠?" 하고 물으면 그는 고통스러운 듯 미간을 찌푸리며 "알 수 없지요" 하고 한숨을 쉽니다. 게다가 남자는 이틀 후 아라비아 사막의 도시 제다로 발령을 받아 가야 합니다. 바람이 갈기처럼 휘날리는 겨울길을 걸어가다 저희는 공중전화 부스에 들어갑니다. 제각각 늦는다는 전화를, 이차저차 구차한 거짓말을 하기 위해.

　벌써 수년 전 일이죠. 겨울비가 내리고 흩뿌리는 싸늘한 빗발 사이로 곧 이어 들어올 고속버스를 기다리던 밤이었죠. 동해변으로 가는 버스는 비 때문인지 계속 연착되고 있었습니다. 그러자 슬슬 동해가 너무나도 먼 곳으로 여겨지고, 빗속을 뚫고 해변에 도착해 방을 찾아야 할 일이 너무나도 피곤해진 그와 저는 그곳을 빠져나와 빗속을 배회합니다. 그러고는 훗날 '호텔 제다'라고 부르게 된 한 집을 찾아 들었지요. 당연하게도 이글스의 〈호텔 캘리포니아〉를 상기하지 않을 수 없네요. 램프를 든 남자가 '어서 오십시오. 비를 맞고 오셨군요. 잘 오셨습니다. 날이 새면 이곳의 따뜻한 스프를 드셔보십시오. 정말 훌륭하지요'라고 말할 것 같은 곳. 다음날 태양은 머리 꼭대기에 있고 고개를 숙이고 그의 뒤를 따라 모텔 앞을 지나올 때, 정류장 근처 레코드 가게에서는 독일 가곡이 나오고 있었습니다.

　아침의 초원에 가면, 풀잎에 이슬 빛나고 명랑한 아침 새는 말을 건넨다. "어떻습니까, 세상은 아름답죠? 즐겁지 않습니까?" 들에 핀 초롱꽃도 다정하게 인사한다. 뗑경뗑경 종을 흔들면서. "세상은 아름답죠? 뗑경뗑경 저는 이 세상이 좋습니다."

　〈방황하는 젊은이의 노래〉 중 제2곡 아침의 초원입니다. 그가 제다로 떠나기 전날 아침이지요. 호텔 제다에서의 아침이 지나고 그는 무섭도록 뜨거운 사막의 도시에서 그런 편지를 보내오지요. ……날마다의 빵, 결코 싫증이 안 나는 양식, 즐거움을 주는 것, 놀라운 일에 피로를 느끼게 될 때 언제나 되돌아가게 되는 것. 그게 너의 편지라고 말할 수 있어 얼마나 기쁜지. ……빗속에 뚫고 들어가 젖은 머리와 젖은 양말을 벗어 말리고 뜨거운 스프를 먹던 호텔 바레인을 자주 생각한다. 서로가 무엇을 찾고 있다, 그게 무언지는 모른다, 너와 함께 찾는다면 안심일 것 같다, 는 생각을 말이지. 이봐, 나는 당신과 순간과 찰나를 넘어서는 어떤 것에 닿고 싶었던 거지.

오! 저도 그랬습니다만, 그 후 2년 뒤에 저는 독립을 하고 서울의 남동쪽 변두리에 '나의 기타 이야기'이 가게를 열었지요. 개업 일로 분주해서 바뀐 전화번호를 일러주지 못할 즈음, 어쩐 일인지 한동안 그곳 통신 사정이 나빠지고 때마침 그의 제다 전화번호도 바뀌었던 것입니다. 그 후 저희들은 완벽하게 소식이 끊어졌지요. 그는 제다에서 귀국해서 2년이 지난 어느 가을, 새로이 맞선을 본 처자와 혼인하였다지요. 귀국해서 그는 저의 바뀐 연락처를 애타게 수소문했다고 합니다만.

침침하고 작은 방에서 홀로 그이를 생각하며 나는 울었다
창백한 꽃이여 시들지 마라 창백한 꽃이여 시들지 마라

〈방황하는 젊은이의 노래〉 제1곡은 그렇습니다. 그때 스물일곱 살이던 저는 네다섯 평 남짓한 가게에 앉아 제2곡 '아침

의 초원'의 후반부를 마저 듣고 있었겠지요. 노래는 '뗑경뗑
경 저는 이 세상이 좋습니다'에 이어 '내게 과연 행복은 찾아
올까? 아니, 행복이 내게 다시 꽃 피는 일은 없을 것이다.'로
끝을 맺지요. 저는 '내게 과연 사랑은 찾아올까? 아니, 사랑이
내게 다시 꽃 피는 일은 없을 것이다'라고 판을 닦으며 노래
를 불렀지요. 그 후 어머니와 함께 북아프리카로 여행가던 중,
비행기가 제다 공항에 쉬어 가기 위해 착륙하고 있던 때였습
니다. 뜨거운 아라비아 사막과 풍경화 같은 홍해 사이로, 지글
지글 타오르는 열사의 도시가 한눈에 들어왔지요. "얘, 한낮에
는 사오십 도까지 올라간다는구나. 전에 들렀던 바그다드 비
슷해." 어머니는 무심하게 말씀하시지만. ⋯⋯이곳이구나. 온
통 모래로 지어진 듯한 이 도시에서 그가 지냈구나, 이곳에서
그렇게 가슴 아픈 편지를 부쳐왔겠구나. 어느 날 쿠데타가 일
어나듯 통신은 두절되고 난리를 겪듯 우리도 헤어졌구나⋯⋯
여행과 추억의 한 특징인 애상에 차서 뚫어질 듯 열사의 비행
장을 내려다보던 것입니다.

"그릇 가지러 왔어요"

양은쟁반을 옆구리에 끼고 그릇 가지러 온 백반집 처녀는,
비행기 안에서 헤드폰을 끼고 두 눈을 지긋이 감고 있는 듯한
제게 "아줌마, 안 들려요?" 그럽니다. 아까 점심 때 알탕을 가
져와서는 "들어오면서 들었는데요. 지금 나오는 이 노래 영화
주제가 아녜요?" 하던 처녀입니다. 그 시간, 가게 앞 JBL스피
커에서는 모차르트의 〈클라리넷 협주곡〉 A장조가 흐르고 있었

겠지요. 제가 "글쎄…… 그렇기도 하지"라고 하자 "어쩐지 그럴 것 같았어. 주말의 명화극장에서 〈아웃 오브 아프리카〉 봤어요." 그랬겠지요. 그 중 아프리카 초원 위에 소풍을 나와 앉은 장면을 상기해서일까요? 백반집 처녀는 소풍가방 내려놓듯 한 가지씩 찬을 내려놓고는 우리집이 마지막 배달집이라고 한갓지게 그랬겠지요. "전 이 영화음악 제목이 초원의 연인이었으면 좋겠어요. 왜 주인공들이 초원 위에 앉아 축음기를 듣잖아요. 또 남자가 여자 머리에 물동이를 부어주면서 머리를 감겨주잖아요. 멜랑꼬리하잖아요." (아무래도 날씨 탓일까요? 처녀는 오늘따라 멜랑꼬리한 말만 골라 했겠지요. 평소 처녀가 입버릇처럼 하던 말은 "삼시 세끼 밥 먹고 사는 게 얼마나 힘든데……."와 "그래도 밥값은 해야지."와 "비싼 밥 먹고 헛소리 하냐?"이지만서도요. 입버릇 얘기가 나와서 하는 말입니다만 근처 미용실에서 자칭 헤어 디자이너, 타칭 시다로 일하는 그의 사촌은 "뭐니뭐니 해도 머니가 최고예요"라고 잘라 말하는 영악스런 처녑니다. 다소 질이 떨어지는 퍼머가 다 끝나고 마지막으로 감긴 머리를 말려주고는 "손님, 이제 거진 다 됐어요"라고 할 때, 그녀의 손님이 팁을 줄 것인가 아닌가, 준다면 3천원인가, 5천원인가, 아니면 설마 만원? 하는 것에 그 두 눈은 총력을 다해 반짝였겠죠. 그것은 먹이를 앞에 둔 야생동물의 눈과 다르지 않습니다. 제 발톱에 걸릴 3천원, 5천원, 만원짜리 자유를 움켜쥘 기쁨에 찬 눈. 그녀와 백반집 처녀와 저는 같은 오야 밑의 계원이기도 합니다만.)

한데 초원이라…… 저의 경우 연애에 대해서라면 어쩐지 춥고 을씨년스럽고 철없이 이른 꽃이 피던 계절을 생각하게 됩니다. 저는 춥고 을씨년스런 계절과 열사의 비행장을 접어 넣고 정말로 궁금해서 그렇게 묻습니다. "초원의 연인들은 어떻지?" "그야 세상에서 제일 평화롭고 기쁘고 용기가 나고 뭐…… 그런 거죠." 3년 전 상경해서 튼튼한 어깨와 팔뚝으로 이제껏 수천 번도 더 점심 배달을 나갔을 처녀는 눈을 빛내며 말했지요. 그러고는 저녁 준비시간이 바쁘다는 듯 이번엔 서둘러 돌아갔습니다만.

평온과 용기와 환희.

그것이 음악과 연애가 지향하는 가장 좋은 것일까요? 모차르트는 그것들을 미치도록 악보에 그려넣으며 세상 모든 악기에 소리가 나게 하지요. 18세기 풍요로운 도시 비엔나의, 병에 걸리고 빚에 쫓겨 이리저리 돈을 꾸고 갚지 못하는 한심한 현실 속에서 말입니다. 그렇게 신선하고 그렇게 자유롭고 그렇게 번거로움이 없는 음악을 말이지요.

저 4층 옥상의 세션맨도 기타를 칠 때는 그럴까요? 삼립빵에 서울우유를 먹고 약국으로 20알의 진해거담제를 사러 가는 그가 지향하는 것은 무엇일까요? 평온? 용기? 환희? 그 모든 것을 넘어서는 어떤 것……? 추운 겨울날 몹시도 간절한 석유 한 통의 자유인 적도 있었을까요?

세상 모든 연인들이 제 연인에게 주고 싶은 것도 평온과 용기, 환희 그것일까요? 이렇게 말하는 저도 실은 그 초원을 그리고 있다는 걸까요. 하지만 이따금 제가 그리움으로 상기하는 건 초원이나 호텔 제다 대신 사막 한가운데 덩그러니 놓인 열사의 비행장 같은 건 아닐까요?

오동나무 소녀 가슴

밖에는 어느새 어둠이 짙게 깔리고 있습니다. 비는 기세가 수그러들어 이제 간간이 뿌릴 뿐입니다. 그 사이 영업사원이 와서 지하다방에선 밀크커피가 두 잔 올라오고 언제나 비슷비슷한 금액의 음반대금 결제를 해주고 이런저런 얘기를 나누고 난 뒤입니다. 꽁지머리 기타쟁이는 지금쯤 쓰리스타 클럽에서 띠잉, 띠이잉, 전기기타를 점검하며 트로트 연주를 준비하고, 고래사냥 기사는 사납금 육만칠천원을 채우려 합승아, 걸려다오! 망망한 도시의 갑판 위를 달리고 있을 시간입니다. 그러고 보니 제가 〈나의 기타 이야기〉를 한 번 더 틀고 있군요.

옛날옛날 내가 살던 작은 동네엔 늘 푸른 동산이 하나 있었지. 거기엔 오동나무 한 그루하고 같이 놀던 소녀 하나 있었지. 넓다란 오동잎이 떨어질 때면 손바닥 재어가며 함께 웃다가……

이젠 제 얘기도 막바지에 접어들었군요. 그러려면 머리 얘기를 잠깐 더 해야겠습니다. 교복에 허리띠를 조여매고 앞끈 달린 까만 구두에 목양말을 접어신고 다니던 시절, 머리는 단발 아니면 두 갈래로 땋던 시절 말입니다. 어느 날, 내일부터 커트를 해도 된다는 이른바 '두발 자유화'의 날이 오던 날 우리들은 누군가의 제안대로 신촌까지 원정을 갔겠지요. 어떻게 해줄까요? 하면 이승연 머리요, 어쩌구저쩌구요, 하는 요즘

멋내기 애들처럼이 아니라 그저 미용사가 잘라주는 대로 국으로 기다리기만 하던 시절 말입니다. 그때 미용실의 누군가 "어머, 어머머!" 발을 구르며 띠디 띤띠띤, 띠디 띤띠띤, 띠디 띤띠디띠…… 지금 막 전주가 시작되는 라디오의 볼륨을 높였겠지요.

그 언젠가 나를 위해 꽃다발을 전해주던 그 소녀, 오늘따라 그 소녀가 왜 이렇게 보고 싶을까. 비에 젖은 풀잎처럼 단발머리 곱게 빗은 그 소녀…….

너희들은 대체 어디서 왔다는 거냐, 그 끝에는 무엇이 있나, 그러는 너는 또 누구냐? 따위의 책가방보다 무거운 의문 때문에 힘겨운, 그러나 별 수 없이 열몇 살 여고생이어서 그랬었을까요? 비에 젖은 풀잎처럼 단발머리 곱게 빗은 그 소녀…… 그 당시 소녀들의 영원한 오빠 조용필은, 둥근 커트를 하기 위해 거울 앞에 앉아 설레던 우리들 귀에 대고 속삭이고, 미용사는 사각대며 상쾌하게 가위를 놀리는 그해 여름. 불현듯 가슴이 찌끈해오면서 가슴속에선 쏴아 썰물이 빠져나가고 그게 상실감…… 인가 생각하기도 전에, 알 수 없는 미래에 대한 신비감과 기대감과 환멸이 범벅이 되어 몰려왔던 것은 그래서였을까요? 나른한 슬픔이라고 해야 좋을까요? 우리들은 그 지긋지긋한 단발머리로부터 해방되어 머리카락은 사각사각 상쾌하게 잘려나가고 조용필은 그 소녀 데려간 세월이 미워라…… 노래하는데, 가슴은 슬픔 비슷한 무언가로 찌끈거려오고 왜인지 도무지 알 수가 없이 언니이 - 미용사의 불룩한 젖가슴에 얼굴을 대고 왜죠? 왜죠? 묻고 싶던 그런 시절…….

그 이면엔 혹 이런 것이 깔려 있었을까요? 그러니 이제 그 얘기를 할 차례일까요? 그렇다면 오래 기다리셨습니다.

오래 전 8월이었죠. 연일 폭염이 계속되는 여름방학이었죠. 열여섯이었고 북악 스카이웨이 수영장에 수영을 다니던 때였습니다. 그 즈음 심상치 않게 병원에 드나들던 고모가 아예 입원을 하셨지요. 〈예스터데이 원스 모어〉를 들으며 울던 그 고모 말입니다. 아버지는 우리들에게 대단치 않다, 대단치 않아, 그저 뭐 종양이 하나 생긴 거야. 안심시키고는 그의 하나밖에 없는 여동생을 병원에서 집으로 옮겨오셨죠. 고모는 이상하게 무기력하고 의심쩍은 냄새를 풍기며, 한때 아이들과 함께 머물렀던 2층 침상에서 아아아, 덫에 걸린 짐승처럼 비명을 지릅니다. 그러고 나면 집은 전체적으로 침체와 침통을 숨긴 채 산사의 수도원처럼 적막해집니다. 저는 수영 갈 생각에 바쁘지만 고모 때문에 수영을 못 가나, 그럴 순 없다, 그 생각만 하고 있었지요. 그리고는 어느 날, 아버지는 아침식사를 끝낸 사촌들에게 말씀하십니다. "너의 어머니 이제 가셨다, 새벽에 가셨다." 그리고 저희에게도 말씀하셨죠. "너의 고모 돌아가셨다." 고모가 죽었다는 말? 저는 그런 얘기라면 알 것 같다는 듯 고개를 끄덕였죠. 그러니 곧 오시겠지. 그녀가 잠깐 어디라도 외출했다는 듯 저는 아무렇지가 않았지요. 당시 저는 사람이 죽으면 영혼의 어떤 정련 과정을 거쳐 다시 부활해서는 돌아온다고 믿었던 것입니다. 음산한 겨울이 지나가면 다시 봄이 오고 영 죽은 줄 알았던 잔디가 땅을 뚫고 올라오고 산에 들에 생명들은 좋군요, 좋군요, 원무를 추며 소생하듯 말입니다. 장담하지만 제 나이 열여섯까지는 전혀 죽음을 이해하지 못했다고 할 수 있습니다. 그날, 아침이 지나자 뜰에 차일이 쳐지고 기름진 음식 냄새가 왕성한 식욕을 찾아 퍼지고 사람들은 검은 옷을 입고 와서 땀을 흘렸지요. 매일 밤 아빠를 찾으며 징징대다가 고모에게 등짝을 맞았던 사촌은 소리 없이 흐느꼈지요. 아버지가 사촌에게 말씀하셨죠. "우니? 울지 마라. 너희 엄마 좋은 데 가신 거다." 아버지 말씀에 저는 갸우뚱합니다. 좋은 데 가신 거다, 가 아니라 갔다 오실 거다, 가 맞지 않나. 이틀 후 다들 장지로 가던 날 저는 집에 남았습니다. "배가 너무 아파요. 집 지킬 사람도 있어야 하고요" 고작 생리통의 배를 문지르며 저는 말했습니다만 실은 빈둥거리기 위해서지요. 그리고는 2층 고모 방에 가보았지요. 오래 전 〈예스터데이 원스 모어〉가 흐르던 방, 수화기에 대고 고모가 울던 방. 그곳은 텅 비어 있고 병풍과 향만 남았습니다. 무언가 사라진 것이지요. 무언가! 무언가! 고모가 누워 계시던 병상은 거짓말처럼 사라져버리고 방은 비었고 무언가 제게 없던 것이지요. 사흘이 지나가도 방은 비어 있고 무언가 돌아올 것이라는 제 믿음은 장례식 날 대문 앞의 사발접시처럼 깨어졌겠지요. 저의 고모, 그 냉정한 수학자는 말씀하셨지요. 묘는 싫다, 썩는 것이 싫어. 무덤을 만들지 말고 남한강에 뿌려줘. 하지만 그녀는 한여름날 남한강에서 멀지 않은 공원묘지에서 지독한 냄새를 풍기며 무섭도록 빠르게 썩어갈 것입니다. 진짠가? 정말 간 것인가? 이제 못 오나? 덫에 걸린 짐승처럼 울며 아이들 이름을 부르고 그리고 이제 다시 못 오나? 그 거리는 그토록 비극적인가? 그제서야 제 가슴은 무섭게 뛰어오고

저의 내성은 머리카락보다 빠르게 자라 저는 치렁대는 물음을
붙들고 넓적한 나뭇잎 그늘 아래 왜지? 왜지? 혼자 있기 좋아
하는 여학생이 된 것이지요.

모든 육체는 풀과 같고, 그 모든 영광이 풀의 꽃과 같으
니, 풀은 마르고 꽃은 시들어도 그의 영광은 세세토록 있으
리로다.

그 후 거의 모든 종류의 미사곡과 성가곡을 좋아했던 것에
는 그런 것이 깔려 있을까요? 죽음에 대한 두려움, 삶에 대한
반발과 허무, 운명의 강력한 힘에 대한 경원이 뒤범벅이 되었
지만 풀지 못한 숙제처럼 뒤죽박죽 낑낑대며 아직 그것을 넘
어서지는 못하고 있던 것입니다. 그리고는 디누 리파티, 자넷
니뵈, 자클린 디 프레, 케슬린 페리어 같은 인생들의 음반 자
켓을 영정처럼 바라보곤 하는 것입니다. 불후의 피아니스트
리파티는 서른세 살에 백혈병으로, 신들린 듯 바이올린 활을
켰던 니뵈는 공연을 가던 중 아조레스 군도 위에서 비행기 추
락사, 피아니스트 바렌보임의 아내이자 힘차고 선이 굵은 첼
리스트 디 프레는 마흔한 살에 다발성 척추증후군으로, 잠든
영혼을 두드려 깨울 것 같은 알토 페리어 역시 마흔한 살에
암으로 불귀(不歸)의 객이 되었지요. 그들에게 들이닥친 저 불
귀의 냉정한 운명 앞에서 남은 혈족들은 진저리쳤을까? 아아,
왜 하필 우리에게지? 이 세상 전능의 누군가는 왜 한번, 마지
막 꼭 한번 기회를 주지 않았나? 살아갈 낙을 잃었을까? 아
아, 겸손해졌을까? 생각해보기도 했습니다만.

46

저의 사춘기라는 것은 생이냐, 소멸이냐? 죽느냐, 사느냐? 그지없는 혼란 속에 지나갔지요. 그때 살던 집 후원에선 오동나무가 정말로 그 넓적한 잎을 무겁게 뚝, 뚝, 떨구고 있었겠지만서도요.

낡은 숄을 걸치고 미용실에 앉아 조는 여자

비가 도무지 그칠 기미가 아닙니다. 장부 정리를 마친 저는 마지막 노래 하나를 틀고는 자동응답기에 녹음을 해둡니다. "옛날옛날 내가 살던 작은 동네엔 늘 푸른 동산이 하나 있었지…… 나의 기타 이야깁니다. 오늘도 즐겁고 건강한 하루 되시길 기원합니다. 메모 남겨주십시오…… 넓다란 오동잎이 떨어질 때면 손바닥 재어가며 함께 웃다가…… 뚜우 -!"

됐어.

가게문을 닫기 위해 석유난로를 끄고 카운터 정리하고 서랍에서 자물쇠를 꺼내놓을 때, 한 남자가 신호등 앞에 서 있는 광경이 보이겠지요. 빗속에 우산을 들고 야구모를 질끈 눌러 썼는데 자세히 보니 짧게 깎은 머리입니다. 낮에 다녀갔던 그 청년입니다. 이곳이 방공호 같다던 청년. 저, 가요! 전장터에 나가듯 하던 저 청년이 지난 겨울 이곳에 처음 들르던 날 그는 그때 막 왕자웨이의 〈중경삼림〉이라도 보고 오는 길이라는 듯 말없이 문을 밀고 들어섰지요. 때마침 틀어놓은 유선방송에선 〈캘리포니아 드림〉이 나오고 있었지요. 어느 겨울날 나는 길을 걷고 있었다네, 내가 만약 L.A에 있었다면 안전하고 따뜻했을 텐데……, 하고 시작되는 마마스&파파스 노래 말입니다.

어느 추운 겨울날 나는 캘리포니아를 꿈꾸고 있었지. 나는 교회 안으로 들어섰지. 앞으로 쭉 걸어들어가 오, 나는 무릎을 꿇었다네. 그러고는 기도하는 시늉을 했지. 목사님은 추위를 좋아한다네. 추위를 녹이려 내가 오래 머물 것을 그는 안다네…….

신호등 앞의 청년은 이제 우산을 접고 석유난로가 있는 저희 가게로 들어설 것입니다. 그러곤 낮에 미처 못한 얘기를 하고 빡빡 깎은 머리를 수줍게 보여주고 그리고 떠나가겠지요. 하지만 대기신호는 너무나 길고 영화 속에 나오는 주인공처럼 신호등 앞의 청년은 하염없이 이쪽을 바라보며 서 있습니다. 청년에게 건너편 이곳은 서부 캘리포니아처럼 머나먼 곳만 같습니다. 저는 천천히 〈캘리포니아 드림〉을 틉니다. 가게 지붕 밑에 매달린 JBL스피커를 통해 청년도 그것을 듣겠지요. 어느 겨울날 나는 길을 걷고 있었다네, 내가 만약 L.A에 있었다면 안전하고 따뜻했을 텐데…….

―한 통 부을까요?

우비에 물을 뚝뚝 흘리며 가게에 들어섰던 석유집 남자는 오늘도 그렇게 말했지요. 빈 석유통을 건네주면서 저는, 남자의 우비를 빌려 입고 오토바이를 빌려 타고 가게를 박차고 뛰쳐나가면 어떨까, 생각했겠죠. 비가 꼭 이렇게 쏟아지는 날, 연주황 우비에 125CC 중고 스즈키 오토바이를 타고 차가운 빗속을 뚫고 가서는, 한 통이나 두 통을 주문한 손님 석유통에 출렁대는 기름을 부어주고, 곤로 심지에 불이 붙여지고, 곧이어 어질어질한 석유 냄새가 퍼질 때쯤 한껏 몸을 녹이고 커피까지 얻어마신 저는 빈 석유통을 싣고 휘파람을 불며 석유집으로 귀환하겠지요. 그렇게 수천 번도 넘게 석유를 싣고 다니던 어느 날이겠지요. 엄청나게 커다란 통에 이빠이 이빠이 석유를 채우고 부릉부릉 오토바이에 시동을 걸고 새벽 미명을 박차고 달려가서는, 노상 배달 다니던 집들을 지나쳐 전에 한번도 가보지 않았던 국도로 접어드는 것입니다. 그러곤 어디쯤에서 어, 길을 잃은 척 다시는 돌아오지 않는 것입니다. 아무것도 묻지 말고 날 잊어줘!

하지만 어느새 저는 돌아와 이렇게 봄비 오는 날 미용실에 가겠지요. 볼살 통통한 열몇 살 소녀 대신 어느덧 중년이 되어, 앞이마에서 사각거리는 가위 소리를 들으며 거울 앞에 앉아서는, 삶에 대한 순진함도 상실감도 신비감도 없이 다만 기사의 말대로 옘병! 그런 게 세월인가…… 낡은 솥을 걸치고 조는 여자처럼 말입니다. 하지만 문득 무언가 썰물처럼 빠져나갔다고 속으로는 눈물을 철철 흘리는 것입니다. "여봐요, 아주머니. 다 됐어요." 어렴풋이 미용사의 목소리가 들릴 것입니다.

얼마가 지났을까요. 딸랑딸랑 종이 울리고 누군가 가게 문을 열고 들어섭니다. 얼핏 창밖을 보니 신호등 앞의 청년은 어느새 지나가고 없지요.

"〈봄비〉, 있어요?"

"……신중현이요?"

"신중현 말고 또 있어요?"

얼굴에 젖살이 채 빠지지 않은 낯선 청년은 자신 있게 말합니다. 하긴 김추자가 혀 굴리는 목소리로 노래했을 때 저 어린 남자는 세상에 있지도 않았겠습니다. 그리고 어느새 자라 소녀에게 꽃을 꺾어주고 머리를 깎고 군대에 가는 것입니다. 그리고 어느 날 이 거대한 세상 속에 길을 잃고 헤매는 석유집 청년이 되어 있을지 모릅니다. 저는 고개를 돌리고 눈물로 범벅이 된 뺨을 아무렇게나 문지르며 대답합니다.

"있어요. ……나를 울려주는 봄비 말이죠?"

(미발표 신작)

지붕 위의 사랑

1

그해 나는 언덕빼기 정원 넓은 집에 머물렀었다. 한여름 잔디 위론 스프링클러가 경쾌하게 돌아가고 모과나무 아래선 정말로 늙고 커다란 개가 늘어지게 잠을 자던 집.

못 해도 십 년은 되었을 것이다.

그때를 생각할 때면 내 두 손은 밤무대의 드럼 주자처럼 한바탕 타자기를 두드리고 싶어진다. 수동타자기의 먹테이프를 갈아 끼우고 16절지를 끼우고 자, 슬슬 시작해볼까? 발톱 세운 사자처럼 손끝에 힘을 모으는…… 그렇게 한참을 타자를 치다보면 햇빛은 어느새 지붕 꼭대기에서 빛나고 아, 오늘도 정말로 많이 쳤구나…… 나른한 허기가 밀려들곤 했다. 그로부터 두 시간의 휴식이 지나고 정원의 커다란 개가 잠기운에 비틀거리며 돌아다닐 때쯤, 꼭 그때쯤 낮잠에서 깨어나 한약한 사발을 받아 마시고 깡통에서 드롭스 하나를 꺼내는 그의 목소리가 들린다.

"자, 그럼 계속해볼까?"

방바닥에 배를 깔고 정원의 늙은 개처럼 빈둥거리며, 멜라니 사프카의 〈루비 튜즈데이〉 같은 것이나 흥얼대던 나는 다시 서재로 불려들어갈 것이다. "준비됐나?" 등나무로 만든 안락의자에 손을 걸치고 의자를 앞뒤로 흔들거리며 이윽고 그는 구술을 시작할 것이다. 그것은 언제나처럼 어눌하고 나직해서 내심 자신이 없는 것을 애써 감추는 목소리로 들린다. 아니나 다를까. "아냐, 이게 아냐." 그는 언짢은 듯 몇 번이고 구술을 수정할 것이다. "아, 아냐. 아니야." 한동안의 갈등을 거듭하던 어느 순간, 그의 목소리는 두 바퀴를 굴리며 달리는 소년의 자전거처럼 경쾌해지고, 그의 뺨은 추억과 회고로 부풀어오를 듯 자못 상기되는 것이다. 그러다 어느 순간 후우 —, 회한의 긴 한숨이 섞여지고 그는 다시 지루한 노인의 얼굴로 돌아오는 것이다.

어디, 그 다음은 또 뭐라죠?

나는 자판에서 잠시 손을 떼고 발을 까불며 딴청하는 시늉을 할 것이다. 그렇다고 내가 긴장을 푸는 것은 아니다. 그가 언제 다시 말을 이을지 몰랐다. 그는 전에도 두어 번인가 역

52

정을 냈었다.

―무슨 생각을 하고 있던 거냐?

―아녜요. ……그저.

그는 재차 확인할 것이다.

―거기 콤마 두 개 넣었느냐?

그렇지 않아도 두 개의 콤마는 문장 가운데 정확하게 찍혀 있었다. 더는 잡을 트집이 없는 것을 알고 난 그는 멋적게 입맛을 다신다. 자, 언제든 시작해보시죠, 영감님. 잘난 척해서라기보다 여유가 좀 있다는 듯 나는 어깨를 으쓱거린다. 전에 내가 한심하게도 연거푸 세 번이나 오타를 내고는 면도칼로 오자를 긁고 있을 때 그는 고소한 듯 히죽 웃고 있지 않았었나?

한데 움푹한 뺨에 잔뜩 심술이 붙어 있는 이 노인은 대체 누구라지? 그야 이름을 대면 알 만한 전직 정치학자 겸 언론인 김승겸. 3년 전까지만 해도 그의 칼럼이 격주로 신문 2면을 장식했고 유력 월간지의 권두언 같은 것은 흔하게 볼 수 있었다. 그는 지금 지나온 68년 한평생을 돌아보는 회고록을 정리하는 중이다. 연일 계속되는 구술에 침이 마르면 그는 그때마다 거실을 향해 아줌마! 하고 불렀고 곧이어 쟁반에 받쳐진 차가 들어오면 왕년의 엄청난 끽연이 후회스럽기 짝이 없다는 듯, 비타민 C가 듬뿍 들었다는 녹차를 몇 잔이고 마시는 것이다. 나도 내 앞의 찻잔을 집어 숭늉 마시듯 삼켜버린다. 흑설탕과 크림이 듬뿍 들어간 커피. 당도 높은 이 커피 한 잔이 없다면 지루한 타자교본 같은 이 시간은 너무나도 끔찍할 것이다.

하지만 때로 뜻밖의 긴장이 이 지루한 타자시간을 즐겁게 하는 때도 있다. 이를테면 이런 때. 그는 방금 이렇게 구술했다.

그 대륙에서 보낸 시절, 내 모국의 반도에서는 알지 못하던 새롭고 경이로운 넓이가 내 가슴을 지평선처럼 확장하는 것만 같았다.

내 가슴을 지평선처럼 확장시켜? 그의 문장은 오늘 이상하다. 지금은 한가롭게 회고록을 쓰고 있다 할지라도 그는 일생 신문 칼럼과 논문을 써온 사람. 뼈대가 분명하고 객관적이며 일체의 감상과 헛된 수사를 절약할 줄 알던 사람. 한데 그의 음성은 오늘 사뭇 떨리기까지 한다.

그렇다지만 저 거대한 캐니언 아래서라면, 문명이니 지식이니 진보니 하는 것도 그토록 볼품이 없다는 것에 나는 절망하는 것이다. 나로 말하자면, 그 아래만 내려다봐도 혹 떨어질까 덜덜 떠는 한 마리 당나귀 같았을 뿐.

거대한 벼랑 끝에서 덜덜 떠는 당나귀? 그가 그런 말을 할 줄 알다니…… 휘익, 나는 휘파람이라도 불고 싶어진다. 좋아요, 바라던 표정을 지어주는 모델을 독려하는 카메라 기사처럼 내 손은 아연 활기를 띤다. 그도 독려받는 모델처럼 은근히 우쭐댄다. 한때 그가 지냈던 태평양 건너의 대륙에서 얼마나 향수에 찼었는지, 결국 그 향수가 그의 무릎에 별 이상치도 않은 관절염을 다 가져왔는지……, 서울을 떠나기 전 연루되었던 재단 이사회의 일들이 얼마나 우스팡스러웠는지에 대해.

하지만 그 시절 이야기가 길어지면 길어질수록 그의 문장은 전에 없이 지루해졌다. 그래도 무언가 교훈을 주어야 하지 않겠는가에 대한 강박, 사실은 나도 낭만적인 글 쓸 수 있다 하지만 한눈에도 상투적인 문장, 허약한 감상이 가져온 공연한 수사, 중언부언 그 사이에 섞여드는 접속사…… 그 피로한 문장!

그 길고 지루한 회고라니!

그럴 때면 나는 언제까지 이렇게 타자기 앞에 앉아 그 지루한 구술을 두드려대고 있어야 하나? 언제까지……? 하며 틈만 나면 집을 빠져나갈 궁리에 절로 한숨이 나왔을 것이다. 하지만 별 뾰족한 수는 없었다. 언덕 저 아래, 양품점과 빵집과 밥집과 술집이 즐비한 거리로 나가보았자 내 어깨에 와 부딪치는 건 생에 걸어볼 재미가 그다지도 없는지를 찾아다니는 남자건달, 여자건달뿐이라는 것쯤은 눈 감고도 다 안다. 헤이, 아가씨들! 군만두 좋아해? ……거길 나간들 마찬가지였던 것이다.

—뭐 좀 신나는 거 없겠나?

—신나는 게 뭔데?

—왜에, 홍수환이 카라스키야한테 4전 5기 KO 먹였을 때 같은 거.

—홍수환이가 언제 적 얘긴데?

—그럼 박스컵 때 날쌘돌이 차범근이…….

—흥! 차라리 자다가 봉창을 두드리게나.

—하긴 홍수환이 차범근이가 벌써 옛날 꽃날이지. 그럼 88 올림픽 그거, 언제나 돼야 시작하는지 알아보세.

중늙은이 둘이 동사무소 앞 마을공원 벤치에 앉아 정글의 늙은 사자처럼 하품을 하고 있다. 봄볕이란 언제나처럼 너무 젊고 또 젊고, 서둘러야 할 일 하나 없는 중늙은이들은 이윽고 꾸벅이며 졸기 시작했다. 입성이나 신수로 보나 중소기업 중역으로 퇴임하고 그 퇴직금이란 자의반 타의반 자식들에게 넘어가고는 이제 저토록 궁색한 화제를 놓고 앉아 콩이야 팥이야 쩔쩔매고 있는 것이 틀림없었다.

그날 타자기에 끼울 먹테이프와 16절지를 사러 아랫동네에 내려갔다가 상점들의 정글에서 길을 잃은 듯 나는 여기저기를 쏘다녔다. 어설픈 건달처럼 짝짝 풍선껌을 씹으며 밤이 다 되어 돌아왔을 때, 그는 제 영역의 조원을 단속하는 왕사자처럼 으르렁거렸다.

—자네 어딜 그리 다녔나? 해가 지면 아랫동네에 불량배들이 끓는다는 소문 못 들었나?

불량배들이 끓어? 금시초문은 그만두고라도 불량배들이 왔다가 도무지 재미없어 그냥 갈 동네였다.

한데도 그는 필요 이상으로 노기를 띠었다. 그도 자신이 미워서 저러나? 세상 일이 하는 족족 제 뜻같지 않을 때, 자신을 쉽게 미워하거나 가엾어하는 것처럼, 정년퇴직자나 상습 낙방자나 상습 실연자에게서 보이는 무력한 노여움이 그에게도 있었다. 그는 내가 해 저물 무렵 젊은 암사자처럼 창턱에 걸터앉아 철대문 밖 밀림을 초조하게 바라보는 것을 알고 있었을 것이다. 그 후로도 한 번 더 밤이 늦도록 언덕 아래 번잡한 숲을 쏘다니다 돌아온 내게 역정을 내는 그를 보고는, 다음엔 새벽 두시쯤 들어와 그를 기절시킬까 생각하며 나는 한숨을 쉬었다.

—그래도 내가 그 나이라면 어디든 한번 뛰쳐나가보겠어.

주말 저녁이면 원미경과 정애리가 나오는 〈사랑과 진실〉을 보며 제 일처럼 흥분하던 아줌마는, 밤무대 드럼 치는 남자처럼 허리를 곧추세우고 책상 앞에 앉아 종일 타자를 쳐대는 나를 딱하게 바라보았다. 드라마에서는 두 자매가 바야흐로 제 고향 소읍을 떠나 서울로 옮겨가는 중이었다.

하긴…….

그때를 생각하면 어쩐지 배고픈 날의 밥집 밥 냄새 같은 애잔한 슬픔이 밀려온다. 그때 아직 볼에 남은 앳된 젖살과, 어쩐지 세상 모든 것이 낯설기만 하다는 듯 불안스레 껌벅이던 커다란 두 눈. 상투니 설교 같은 건 딱 질색인 나는 그때 이십대 초반이나 중반이었고, 한약에 드롭스를 먹고 상투적인 설교를 즐기는 그는 칠순이 가까웠고, 그래서 우리들이 저 아래 법석대는 세상의 은둔자라는 것말고는 아무것도 닮은 것이 없던 시절. 옥잠화와 유도화와 아프리카봉숭아들이 소담스레 정원을 장식하고, 늙고 무료한 개는 하릴없이 잠에 빠지고, 스프링클러의 물방울은 명랑하게 잔디 위를 돌던 그 집…… 무언가 지루한 노동을 하고선 옥잠화 피는 정원을 내다보며 아아! 한숨 쉴 수 있었지만 이상한 조바심과 함께 무언지 이것만으로는 충분치 않다는 불만이 괴어들던 시절이었다. 정원의 저 무거운 철대문을 밀어젖히고 누군가 들어설 것 같은, 이를테

면 흰 셔츠 소매를 걷어올리고 대단히 사색적인 책을 옆구리
에 책을 낀 남자가 저, 여기……, 하며 들어서야 할 것 같은
바람이 홈통의 빗물같이 헛되이 괴던 시절.
　　그러나 철대문으론 아무도 들어서주질 않았다. 신문값 우유
값 영수증을 끊어주는 사원 몇이 다녀갈 뿐.

　　─자네에게 물려줄 것이 있네.

　　그에게서 전화가 온 건 그해 봄이었다. 그는 '넌 하나뿐인
내 혈육이다'라거나 '대체 얼마 만이냐, 얼마나 컸느냐' 하지
않고 그렇게 말했다. "자네에게 물려줄 것이 있네." 그때 나는
매란국죽 문양의 백자라든가 보관 상태가 양호한 고서화, 명
필의 낙관이 찍힌 족자 따위를 떠올렸다. 내가 조상으로부터
물려받고 싶은 것, 물질이 있다면 그런 것뿐. 그보다 그는 우
선 "자네가 김인형이 맞는가?" 내 이름부터 확인하고는 "자네
부친 함자가 어떻게 되는가?" 다소 긴장된 목소리로 물었었다.
　　─……김(金)자 형(亨)자 석(錫)자 되십니다만.
　　─음. 제대로 걸긴 걸었구만.
　　─…….
　　그러면서 들릴락말락 회한의 한숨을 내쉬는 이 영감은 누구
인가?
　　─나는 자네 부친의 외숙이 되네. 자네 조모는 내 하나밖에
없는 누이시지. 자네도 어릴 적에 날 본 적이 있을 것일세.
　　─그렇다면…….
　　얘기가 그렇게 진행되지 않았다면 나는 필경 아파트 사무소

나 경로당 같은 데서 온 전화인 줄 알았을 것이다. 총무나 뭐 그런 사람이 단지 내 사무소에서 일하지 않겠느냐고 물어오는 전화. 그때 나는 아파트 단지 내에 '타자 치는 사람 구하시는 분'이라는 전단을 삐라처럼 뿌려놓았었기 때문이다. 경로당 야유회나 회원 명단, 회비 및 찬조금 내역 따위를 쳐주고 이따금 울리는 전화도 받아준다. 낡은 선풍기가 돌아가는 경로당 사무실에 발을 쭉 뻗고 빈둥빈둥 낮잠이나 잔다. 저녁이 되어 선선해지면 한자교실을 운영하는 전직 교장에게 싼값에 사서를 배운다. 그런 것이 그 당시 내가 바라던 것이다.

 ─가능하면 오늘이라도 들르게.

 그가 일러주는 주소는 뜻밖에도 나의 본적지와 정확하게 일치했다. 우리 가족이 어릴 적 살았던 집의 주소. 한데 그가 그 집에 살고 있다고? 미국으로 이민을 갔던 그가?

 그날 저녁. 비교적 얌전한 물방울 원피스를 차려입고 그 집 철대문을 밀고 서재에 들어서자, 때마침 약사발을 물리고 미제 깡통에서 드롭스를 꺼내던 그가 기다렸다는 듯 말했다.

 ─앉게.

 그는 생각대로 고집스럽게 보였다. 그리고는 십몇 년 만에 상봉한 조카손녀에게 그래, 양친과 아우들은 잘 있고?라고 위엄 있는 태도로 물었던 것이다. 양친과 아우들? 나는 지구 저 아래편 초원과 양떼가 많은 나라로 이민을 떠난 식구들을 떠올렸고, 또한 이 집에서 보낸 어린시절을 생각하고는 새삼 목이 멜 뻔했다. 60년대에서 70년대, 이 집엔 노마님이라고 불리던 나의 할머니가 있었고 그 가계에 3대 독자였던 아버지와 어머니가 있었고 어린 나의 형제들이 있었다. 할머니의 임종

즈음해서 뭔지는 모르지만, 거실의 산수화와 병풍과 고풍스런 문양이 새겨진 꽃항아리, 족자 따위 때문에 이 집안에 보이지 않는 신경전이 있었다는 것. 어찌된 까닭인지 이 집이 그의 소유가 되었다는 것. 말하자면 조모의 유산을 사이에 둔 분쟁이 있었다는 것. 그 후 언니가 중3 연합고사를 보기 바로 전 우리들은 한강 너머 신흥 아파트촌으로 이사를 나오고, 상처를 받았지만 그럭저럭 살아왔던 것. 그 집을 다시 사면 되지 않냐고 철없는 내가 생떼를 썼던 것. 그런 것들이 앨범 뚜껑을 젖히듯 휘익, 휘익, 지나갔던 것이다.

아무려나 어떤가.

아버지의 외숙인 저이는 자그만치 십몇 년 만에 그의 조카 손녀에게 전화를 걸어 "자네에게 물려줄 것이 있네"라고 말하고, 며칠 후 나는 조잡한 소지품이 든 커다란 짐가방을 들고 그 집에 들어왔던 것이다. 그것은 내게 이상하고도 착잡한 감회를 주었을 것이다. 하루는 초원과 양떼의 나라로 이민 간 식구들에게 보낼 편지를 타이핑하기도 했다. ……놀랐겠지만 저는 우리 옛날 성북동 집에서 지내요. 정릉 할아버지가 귀국해서 이 집에 계신 것 알고 계셨나요? 저는 이를 테면 그의 비서가 된 거지요. 그는 무언가 회한에 찬 것 같아요. 이 집을 회복할 수도 있을 것 같아요…… 등등.

처음에 나는 고지를 탈환하러 온 정탐꾼 같았겠지만 그러나 정탐꾼이 되기에 나란 사람은 너무나 태연자약했고 약삭빠른 계산 따위란 보란 듯 경멸하는 편이었고, 그렇다 해도 타자 일을 그만둔 지 꽤나 되어서 돈이 궁한 형편이었고, 어쨌거나 저쨌거나 내막을 알 수 없는 지난날 어른들의 분쟁 따윈 묻어두고는 그와 서재에 앉아 까다로운 콤마와 마침표와 인용부호 따위로 신경쓰며 회고록을 쓰던 중이었다.

이제 그만두겠어요.

내가 그렇게 나오면 그는 눈이 휘둥그래지겠지. 애야, 있어 다오. 네가 필요해…… 여전히 위엄은 잃지 않았으나 무력한 애원처럼 그의 눈꼬리는 수굿해질 것이다. 그때도 그의 오른 손은 부자연스레 흔들의자에 걸쳐져 있겠지. 메마른 겨울 고 목처럼 을씨년스런 경화증(硬化症)의 손. 책장을 넘기고 논문을 쓰고 칼럼을 기고하는 일로 한평생을 살아온 사람의 손과 팔이 돌처럼 굳어간다는 사실은, 재고량도 얼마 안 되는 내 연민을 염치도 없이 요구해왔다. 육필이든 타자든 글을 쓸 수 없다니…… 그 손은 결국 전직 타자수였던 나의 손, 지방대를 중퇴하고 이 도시 제일 높은 빌딩에서 3년 간 타자를 치다 지 난봄 이곳으로 옮겨온 내 손을 붙들었다. 칠순 가까운 그는 호소할 것이다.

모든 것이 내 마음 같지가 않아.

오, 그건 저도 마찬가지예요. 제 양손은 드럼의 스틱처럼 글 쇠를 두드려대지만 실은 무엇 하나 제 마음대로 되어주는 것 없어요. 타자 2급의 자격증을 훈장처럼 벽에 걸어두고 한 세 월 타자를 치겠죠. 종국엔 외딴 항만 사무소의 늙은 경리가 되어 생을 마감할지도 모르고요. 그 밖에 좀더 잘해보고 싶은 어떤 꿈은, 향상의 꿈은 가뭇없이 사라지고 말이에요.

공기가 가득 채워진 축구공 같던 내 청춘. 뻥 하고 힘껏 차 주면 하늘 끝까지 뛰어오를 것 같은 내 청춘은 그러나 지금은 지레 바람 빠진 고무공처럼 한쪽 구석에 방치되어 있다. 실은 다시 한번, 다시 한번 공기펌프로 산소를 가득 넣고 와아, 와아, 주변 사람들의 환성 속에 담장을 넘고 지붕을 넘어 누구도 닿지 못했던 곳까지 뛰어오를 수 있을 것 같던 시절. 그러다, 그러다, 다시는 지상으로 내려오지 못하고 애드벌룬처럼 대기중을 표류한다. 아, 공이 아니었나? 내가 띄운 것은 풍선이었나? 그런 꿈을 꾸기도 했다.

아, 내가 그 나이라면!

쟁반에 차를 받쳐든 아줌마가 들어오고 구술은 잠시 중단된다. 나는 지독히도 달고 뜨거운 커피를 퇴근 후 사내들의 술처럼 꿀꺽 삼키고는 습관처럼 창밖을 내다본다. 육중한 철대문은 근위병처럼 버티고 섰고 야쿠르트 아줌마가 손수레를 세우고 철대문 앞에 야쿠르트를 밀어넣고 지나갈 뿐.

2

해는 떨어진 지 오래고 이 집에 유일한 오락거리인 TV도 꺼지자, 부근 마을에서도 각별히 외진 이 집은 칠흑 같은 어둠 속에 묻힌다. 방의 형광등은 너무 오래되어 어둠침침하고, 시력을 아끼려는 나는 일찌감치 잠자리에 들려고 한다.

—이게 바로 컴퓨터라는 거죠?

낮에 마당에 고추를 내다 말리던 주인여자는, 나도 그런 것 안다는 듯 내 방문을 넘겨보며 물었다. 여자가 넘겨다보는 컴퓨터란 요새 한창 나오기 시작한 486 최신의 노트북.

—이것보단 작지만 우리 아들도 하나 사줬어요.

—…….

노트북을……? 여자는 아들의 향상 욕구를 꺾지 않은 어머니로서 자랑스럽게 말했지만, 실은 TV에 연결하는 게임기를 혼동한 것. 이 집 초등학교 다니는 아들은 한 시간은 족히 걸리는 학교에서 돌아오자마자 게임기를 잡아쥐고 비명 지르듯 아도겐! 아도겐!을 외치곤 했다. 모니터에서는 한창 유행중인 게임기를 타고 중국남자 류와 금발의 캔 등등이 연신 주먹과 발을 휘둘러대고, 어린 사내아이가 외치는 아도겐! 아도겐!은 멀리 떨어진 동료를 불러내는 전투대의 암호처럼 절박하게 들렸다. 아이의 비명 같은 외침을 들으며 이 집에서 묵은 사흘 동안 내가 한 일은 타자를 치는 일. 오, 맙소사! 저는 여직 타자를 치고 있을까요?

나는 어쩔 수 없지 않냐는 듯 고개를 끄덕이고, '야쿠르트 아줌마가 손수레를 세우고 철대문 앞에 야쿠르트를 밀어넣고 지나갈 뿐' 오늘은 거기까지라고 생각하며, 이제부터 잠들기 전까지 뭘 할 수 있을까를 생각한다. 생각할 것도 없이 추억과 회고라는 거겠지. 눈앞이 근시처럼 어두워질 때 사람들은 끼니 때 밥상을 그리워하듯 회고를 시작한다는 거겠지. 그렇다면 잠시 그해 여름에 대해 회고하련다. 그해 여름, 때로는

—전화예요.

다리 저는 남자에게서 오는 국제전화를 받아 조부에게 건네주기도 하였다. 다리 저는 남자는 조부의 아드님, 말하자면 아

버지의 외사촌. 내게는 당숙. 물론 어릴 적 얘기. 대학생이던 남자는 조부와 함께 어릴 적 우리 집에 놀러와 있다. 잔디에서 고무줄을 넘던 어린 나를 그 청년은 경이로운 듯 바라보고 있다. 여섯 살쯤 된 나는 고개를 갸웃거리며 청년의 한쪽이 짧은 다리를 뚫어져라 쳐다본다. 다리가 왜 짝짝인가, 왜 짧나?

그 남자의 저는 다리는 내게 이상한 슬픔과 조바심을 주었지만 그런 것쯤, 하듯 나는 뒤를 따라가며 청년의 저는 다리를 놀려댄다. "하하, 쩔뚝이가 가는구나. 얘들아, 여기 쩔뚝이가 간다." 아이들이 하나둘씩 모여든다. "저리 가아. 저리 가아." 청년이 애원하듯 나를 바라본다. 청년과 눈이 마주치자 나는 슬픔을 이겨보려는 듯 더 큰 소리로 떠든다. "하하, 쩔뚝이가 가."

"어릴 때 지붕에서 떨어져서래." 밥을 해주는 언니가 세상에 둘도 없는 비밀이라는 듯 내게 귓속말을 해준다. 아, 저 남자는 지붕에서 떨어져서 다리를 전다. 왜 하필 지붕에선가? 사다리를 타고 올라갔던 걸까? 난생 처음 다른 사람의 비밀 한 가지를 알게 된 흥분으로 잠을 설치던 나는 그날 밤, 한 남자가 지붕 위를 날아다니고 나무 사다리가 홍수에 잠기는 꿈을 꾸다 오줌을 지리고 말았다.

그가 미국으로 건너가 서부 주립합창단의 반주자로 일한다는 소식을 들었을 때, 나는 그가 양철 지붕 위에서 피아노를 치는 꿈을 꾸기도 했었다. 그가 우리집으로 보내온 편지엔 언제나 당연하게 미제 우표가 붙어 있었고 열 살이 된 나는 그 우표를 떼내 우표수집첩 맨 뒤에 넣어두었다. 또 안 오나? 소식이 안 오나? 새 기념우표가 나오는 날보다 더 설레어 대문 앞 우편함에서 그의 편지를 기다렸던 것이다. 그리고 마음속으로 숱하게 편지를 적는 것이다. ……나 이제 철이 들었어요. 내가 철이 없을 때 그런 말이에요. 그러는 나는 어느덧 열 살이 되어 기념우표 같은 청년의 편지를 기다리 는 것이다. 그는 안 돌아오나. 안 돌아오나.

— 누구 올 사람이 있어요?

그렇게 말한 것은 저녁상을 보아온 주인여자. 누구 올 사람이 있다는 듯 이따금 노트북에서 손을 떼고 문밖을 하염없이 내다보던 내게 하던 말. "아니, 그저요." 나는 자신없이 더듬거린다. 누군가 이 산골의 나를 방문하러 올 것인가. 두근대며 무슨 일인가 생길 것인가. 글쎄…… 모르지. 그렇게만 생각했는데도 지금 막 입안에 들어간 박하 드롭스처럼 화악, 흥분이 솟구친다.

3

그러던 어느 날, 나의 원(願)처럼 흰 셔츠를 받쳐입고 손에 책을 든 남자가 정원을 걸어들어오고 있었다. 부슬비가 축축하게 내리던 날이었다. 손지갑을 쥐고 검정 우산을 쓰고 언덕을 내려가던 젊은 부인과 엇갈려, 긴팔 소매를 단정하게 걷은 청년이 언덕을 올라왔다. 그러고는 잠시 후 이 집 육중한 철대문을 밀며 수줍게 정원을 들어섰던 것이다. 늙은 개가 모처럼 컹컹컹 짖고, 연속극에 새로 투입된 배역처럼 그는 전혀 새로운 공기를 밀며 현관으로 들어선 것이다.

"얘는 내 조카손녀지. 하나뿐인 내 누님의 손녀세."

조부는 지금 막 연속극에 투입된 젊은 남자를 소개했다.

"이쪽은 내 친척조카, 미국에 있을 때 내 조교였었지, 윤(潤)."

젊은 남자가 뜻밖이라는 듯 눈을 치켜뜨며 이 집 속에 나리는 존재를 건너다본다. 그 입가에 청량한 기색이 잠깐 지나간다. 지원군을 기다리던 막사의 병사처럼 내 입도 슬슬 귀밑으로 치켜올라간다.

"윤은 여기 한 달쯤 묵을 것이다."

그러곤 그뿐이었다.

흔들의자에 손을 걸치고 앉은 조부는 나를, 젊은 남자 앞에 노출시키려 하지 않았다. 젊은 그가 조부의 서재에 불려내려올 때야 비로소, 짧게 치켜진 그의 머리통과 반듯한 이목구비를 볼 수 있을 뿐. 하지만 그것도 잠깐. 젊은 그는 낮동안 밖의 일을 보고 들어와서는 전공서가 엄청나게 많은 조부의 서재에서 자료를 가지고는 2층으로 올라가버렸다. 어느 편인가 하면 나는 젊은 그의 출현으로 허둥대기 시작했지만 결코 2층 계단 쪽을 기웃거리는 따위의 일은 하지 않았다. 그렇다 해도 계단 쪽을 서성거리고 싶은 조바심 때문에 젊은 나는 고통을 갖게 되었을 것이다.

오후 4시.

언제나처럼 오후의 타자를 위해 서재에 들어섰을 때 윤이 조부 옆에 서서 네, 네, 하는 것이 보인다. 윤은 뭔가를 챙겨 들고 있다. 아마도 조부의 존 스튜어트 밀에 관한 논문자료일 것이다.

"자, 그럼 가보게."

조부가 공연히 헛기침을 하며 그에게 말하자, 젊은 그는 수줍게 들어서는 나 따위에겐 일별도 없이 방을 물러나간다. 자기라는 천막 속에 칩거하는 고독한 그늘이 그의 얼굴에도 있었다. 내 그럴 줄 알았지…… 쌀쌀맞기는. 나는 타자기 앞에 앉아 심술궂게 16절지 종이를 새로 끼운다.

이 집은 언덕 위의 요새인가? 이 집의 조부처럼 저 젊은 남자도, 바위 같은 얼굴로 제 성에 틀어박힐 줄밖에 모르는가? 언덕 위에, 지붕 위에, 혼자 제 성을 쌓는 사람인가? 그러다 떨어지면 다리보다 자존심부터 먼저 절룩댈 사람인가?

조부의 구술은 거진 3분의 2가 진행되었다. 이것만 끝나면 나는 가겠다. 나는 아직 젊고, 이렇게 늙고 차가운 집에서는 더는 못 산다. 지갑을 든 젊은 부인처럼 문지기 같은 우산을 쓰고 종종걸음치며 저 아래로 내려가겠다. 며칠 전 나는 복덕방에서 이 집이 시가로 얼마쯤 되는지 은밀히 알아보기도 했던 것이다. 그것은 생각보다 엄청나게 높았다. 그 집문서라는 것은 서재의 책장 두번째 서랍에 있다. 막상 그것을 본 순간 노비문서를 본 듯 불쾌해졌던 것. 그런 앙심에 차서 글쇠로 고개를 돌리려던 순간이었다.

그때, 서재를 빠져나가던 젊은 그가 고개를 돌려 나를 돌아본다. 조부는 구술을 위해 차를 한 잔 들고, 젊은 그는 지금 막 서재를 나가려던 때, 그때, 젊은 그가 고개를 돌려 나를 돌아본다. 일순, 방의 공기가 새롭게 바뀌고, 복잡한 생각들이 불려오고, 조부의 눈을 피해 젊은 우리들 시선은 사다리를 타고 올라가 이 집 지붕쯤에서 만난 것만 같다.

"……"

"……"

그 공기는 다음날 서재에서 다시 부딪혔다. 타자기 앞에 앉은 내 책상 위에 그가 책 한 권을 내민다. 글쇠 같은 내 마음이 타다다다 정신없이 튀어나올 때 그것은 내 책상 위에 얌전히 놓여졌고 그는 이미 방을 나간 후였다.

『주홍글씨』

주홍글씨? 가슴에 A자를 새긴 청교도 목사의 절규에, 소녀답게 잠시 마음에 연민이 일었겠지만 아, 너무나 통속적이야! 조숙한 채 덮고는 단테의 신곡이나 괴테의 파우스트 같은 것을 한사코 손에 쥐고 있던 시절. 말하자면 육체 따윈 아랑곳없이 간절히 정신이나 영혼을 찾아 헤매던 시절이었다. 그런데 이 책? 이 책을 그는 왜……?

구술시간이 어떻게 가는 줄도 모르고 나는 책을 가슴에 품고 떨며 방으로 돌아온다.

1979년 초판 인쇄. 책의 군데군데엔 가는 밑줄이 그어져 있었다. 죄의식이라는 무서운 발톱을 가진 맹수한테 설기설기 가슴을 뜯기던 딤스 데일 목사 부분. 목사는 단 한 번 가슴이 뜯기는 것 같은 불륜 때문에 일생 가슴팍에 선연한 주홍글자를 새기고 살았었지. 훌륭한 남자를 만나려면 정숙한 여자가 되어야 한다, 순결과 정조는 옳은 것, 그것을 거스르는 것은 그른 것! 18세기 정경부인 같은 내 조모의 설교는 일가의 여형제들을 막연하게 무장시켰지만 그런 단순한 이분법이란 어린 소녀들에게나 약이 될 뿐, 세계에 대해 생각하기 시작하는 나이가 되면 이미 너무나 시시해진다. 다만 그 틀을 깨기엔 너무나 많은 용기와 회한이 필요했고 어린 처녀들은 그 용기와 회한이 저희들 어머니나 할머니의 설교만큼 무서웠겠지. 나는 〈루비 튜즈데이〉를 크게 틀어놓고는 책을 읽어나가기 시작한다.

며칠 후, 그날은 일요일.

일찌감치 성당에 다녀온 그가 정원을 가로질러 조부의 서재에 들어가는 것이 보인다. 나는 멜라니 사프카의 노래를 끄고 〈B단조 미사〉라도 틀어야 할 것만 같다. 나는 그런 그가 좋았던 것이다. 무언가 조용한 가운데 반동의 힘이 느껴지고 정숙의 표지처럼 반듯한 이마를 가진 그가. 설령 무언가 죄의 마력에 휘감기더라도 고통스런 의지로 뚫고 나올 것만 같은 그가. 또 한편, 만약 일생 일대의 확신이 선다면 죄와 금기의 웅덩이에 첨벙! 몸을 던질 줄도 알 것 같은 그가…….

그때 조부의 음성이 거실까지 들린다.

"자네 부인 말일세. 이번에 학위 마치고 돌아오면 재단(財團) 일을 볼 수 있겠나?"

자네 부인……? 삶은 고구마를 한 주먹이나 삼킨 듯 내 목은 꽉 막혀온다. 그랬었군. 그래서 저 주홍글씨를…… 그런데, 그러니 이제 어쩌란 말인가. 매일매일 조부의 원고를 쳐주며 이따금 타자지나 먹테이프를 사러 아랫동네에 내려갈 뿐, 세상 젊은 남자들로부터도 멀리 떨어져, 가슴 타는 격정이란 것도 없이, 성(聖)도 속(俗)도 없이, 알 수 없는 조바심으로 2층 계단 옆을 서성거리고 싶던 그것, 그토록 권태와 안타까움과 조바심으로 범벅이 된 인생이라는 것을 어쩌란 말이냐?

나는 몇 해 전 시민권을 발급받아 이민을 떠나는 가족들 앞에서처럼 초조해졌다. 여권을 손에 쥐고 그때 막 탑승을 기다리던 가족들과 차례로 포옹을 하고 난 나는 혼자 서울에 남기로 한 나의 선택이 어리석은 것은 아닌지, 누가 와서는 '함께 떠나라' '말아라' 멋대로 말해주길 바랐던 것이다.

이틀 후.

윤과의 일은 뜻하지 않은 새로운 국면으로 접어들었다. 『주홍글씨』를 건네준 지 며칠이 지난 날이다. 그가, 막 식탁으로 들어서는 내 손에 쪽지를 건네주고는 서재의 조부에게로 갔다. 그 쪽지란 것은 몇 겹으로 접혀 있었다. 나는 쪽지를 편다. 오늘 밤…… 한 귀퉁이를 더 편다. 사다리를 타고 지붕에서…… 이윽고 문장이 완성된다. 오늘 밤 사다리를 타고 지붕에서 만납시다.

그날 밤.

조부의 방과 아줌마의 방에 불이 꺼진다. 내 무릎은 덜덜 가을날 새벽종처럼 떨린다. 내가 2층으로 오르는 계단을 밟고 그 방에 들어섰을 때, 방문 앞에 선 윤이 내 어깨를 잡는다. 불쑥 복면의 강도가 나타나 위협하듯 나를 잡아채는 거친 힘을 느낀다.

"아, 미안해요. 달아날까봐."

그는 내 어깨에서 손을 내려놓는다. 그의 얼굴을 이렇게 가까이서 보기는 그가 철대문을 밀고 들어선 지 보름 만에 처음이다.

"안 그러면 달아날 것 같아서……."

"안 달아났잖아요."

"당신은 자주 지오그래픽을 펼쳐 봤었지요. 히말라야 산맥에 있는 쇄국의 나라, 부탄국(國) 같은 것."

그는 다 보고 있었구나. 그랬었지. 사람들 발길을 거부하고 제 풍습을 고집하지만, 바로 그 때문에 다른 누구의 마음을 해치는 일 따윈 하지 않는 나라, 내가 가고 싶었던 나라.

"당신이 서재에 앉아 타자를 치는 모습 때문에 나, 잠을 자지 못했어요."

내가 타자를 친다고 그가 잠을 못 자나? 나는 애매하게 웃으려고 한다.

"한번씩 고개를 쳐들고 밖을 내다보는 얼굴, 무언가 가슴을 졸이는 얼굴 말입니다."

지붕 안테나에 비닐봉지가 걸렸는지 깃발처럼 펄럭거린다. 펄럭펄럭.

그의 심장의 박동소리가 타자기의 글쇠처럼 내 가슴을 향해 뛰어나온다.

바야흐로 주홍글씨의 선연한 A자를 새기려는 듯 그것은 내 가슴을 헤집고 들어온다. 나는 갑자기 자신이 없어져서는 전전긍긍한다. 아아, 이런 건 아니었지 않나. 그럼, 이것이 싫으냐? 아니야, 그건 아냐…… 하지만 이것과 다른 것, 이를테면 수줍게 더듬거리는 그가 있고 주춤대는 내가 있고, 실은 오래 전부터 혼란에 빠진 젊은이 둘이 용감하게 정글 같은 정염을 헤치고 나온다…… 그런 것. 세상의 제도니 관습이니 하는 것은 틈만 나면 젊은이들의 제멋대로인 생각을 교정하려 들게 마련이지만, 그보다 무언가를 자발적으로 뚫고 나온 모습을 나는 그에게서 찾고 있었던 것이다. 찰나니 순간이니 하는 것에 굴복하지 않는 것!

하지만 그 소박한 소망은 이 순간 드럼 스틱처럼 내 가슴을 두드리며, 자, 어느 쪽이냐고 성화를 쳐댄다.

저질러라, 저질러!

이 길을 피해 지나가야 하나? 왜지? 피해가기가 진정 싫은데 그래야 하나? 세상은 제각각 숨길 수 없는 원(願) 때문에 그리도 조바심과 동요가 있다는 것. 그게 아니면 저 벤치의 중늙은이들처럼 한숨 쉬며 원도 조바심도 동요도 없이 홍수환이, 차범근이 할 수밖에 없다는 것. 생은, 지금 막 탑승권을 들고 쩔쩔매는 내게, 너는 어느 쪽이냐고 재촉했다.

내 가슴이 지붕 위 안테나에 걸린 비닐봉지처럼 세차게 펄럭대던 바로 그런 순간이었다.

아, 그때 하필이면 눈앞에 조부의 굳은 손이 떠오른다. 점점 더 경화되어가는 손. 그게 내 손이라면 마음대로 뻗어 내 앞의 윤을 어루만질 수는 없는 굳은 손. 그리고 그 손이 뻗어나가기에 꼭 알맞은 거리에 그의 영문타자기가 보였다.

"잠시만요, 제발."

나는 그의 조여오는 가슴을 밀어내고 펄럭대는 심장을 바로 잡으려 기를 쓴다. 그리고는 타자기 앞으로 가 한참 만에 A자를 찾아 누른다. 목사의 가슴에 새겨졌던 어덜트의 에이. 다시

에이. 에이. 에이. 그의 얼굴이 야수 같아진다. 네가 무얼 말하는지 안다, 안다, 하듯 일그러지는 얼굴. 이 집에서 유일하게 젊은 남녀 사이에 짧은 탄식이 지나간다.

그날 밤 간신히 이층을 내려와 나는 단 한 줄 문장을 친다.

아무래도 우리는 그것을 저질러버릴 것만 같다.

4

닷새째 날. 주인여자는 낮에 아들을 데리고 읍내에 나갔다 왔다. 며칠 내내 제 엄마를 조르던 아들은 나이키 운동화를 품에 안고 돌아와서는, 종일 알 수 없는 노래를 부르며 아도겐! 아도겐! 대신 공책을 펼치고 숙제를 했다. "놀리던 방에서 돈이 나오다니 신기하죠." 주인여자가 외출 나가기 전 내게 고구마 찐 것을 갖다주며 하던 말. 놀리던 방에 탄불을 넣고 늘 먹던 밥상에 수저 하나 얹었는데 아들 운동화가 나오고 고깃거리가 나오고 담배가 나오니 참 신기도 하다,는 얼굴로 여자는 웃었다.

순박한 그들이 외출한 사이 우체부가 와서 안채에 편지를 한 통 던져놓고 갔다. 지금 생각했는데 화일명은 '레터'가 좋겠다. 대학을 중퇴하고 타자 2급의 자격증을 딴 이래, 각종 서류와 문서와 회고록을 타자 친 이래, 다시 워드에서 노트북으로 옮겨온 이래 나 자신 첫 소설의 화일명은 다름아닌 '레터'.

그때 다리 저는 남자가 돌아왔다. 2층에 들어와 지내는 그 때문에 나는 처녀다운 호기심으로 그쪽을 기웃거렸을 것이다. 남자는 이제 피아노도 치지 않고 야수 같은 얼굴로 밤마다 벽을 쿵쿵 쳐댔다. 오래 사귀던 여자와 헤어진 끝이라고 누군가 말해주었다. 나는 이제 다 자라서 젊은 처녀가 되었고 실의에 빠진 그를 부드럽게 달래줄 수도 있고 그와 데이트 나갈 수도 있다고 생각한다. 하지만 '늙은 그'는 안락의자에 앉아 내게 엄명한다. 2층에 가까이 가지 말아라!

그해 여름 윤이 있던 2층이 그랬을 것인가. 그곳은 그 집 지붕보다 더 높아서 그곳에서 떨어지면 다리를 절게 되며, 마음은 밤마다 벽을 쿵쿵 치게 될 것인가. 그 여름 밤, 윤이 내 손에 쥐어준 쪽지—오늘 밤 지붕에서 만납시다—를 생각하는 나의 손놀림은 한동안 느려지고 16절지가 끼워진 수동타자기 대신 12.1인치 액정화면의 노트북은 어서, 어서, 다음 말을 건네달라고 경망스레 깜빡인다. 안채의 아이는 배트맨이 어쩌구, 슈퍼맨이 저쩌구 노래를 부르며 숙제를 하고 있다.

5

이제, 윤과 나 사이엔 조부가 앉아 있다. 조부는 잠시 연속극에서 빠졌다가 다시 등장한 조연 같다. 그러고는 한심할 정도로 얼마 안 되는 대사를 말하는 것이다.
"윤은 미국으로 돌아가게 되었다."

흔들의자에 앉아 모과차를 마시며 그는 약간 비굴하게 웃고 있다.

"와이프에게 급한 일이 생겼단다. 딱한 일이지."

나는 못 들은 척 창밖을 내다보고 있다. 서둘러 종영되는 연속극 보듯 흥미 없다는 얼굴. 윤도 나를 보고 있지 않다. 그러나 내 가슴은 서둘러 지는 화초처럼 바닥으로 처박힌다. 결국 조부는 윤을 보내는군. 그는 언제나 무엇인가를 빼앗기만 하는 사람이지. 조모의 법정 상속자인 내 아버지 대신 이 집을, 몽유병처럼 어지럽긴 했지만 꿈 때문에 견딜 수 있던 저 2층의 환(幻)을…… 그랬었을까? 나는 이제 그의 감시의 눈 따윈 무섭지 않다는 듯 몽유병 여자처럼 밤 계단을 밟고 올라가 2층 방문을 열고 들어섰던 것일까?

바로 그제 밤, 한여름밤의 정원이다. 이 집의 유일한 젊은 남녀는 달빛을 밟고 모과나무 옆에 나란히 서 있다.

—저 언덕 아랫동네 생각나요?

—어디요?

—빵집이 있고 은행이 있던 삼거리 사과나무집.

—알아요, 기억나요.

—어릴 적 그 집에서 살았었어요.

—설마…… 그 집에서요?

—거기서 나서 십삼 년을요.

—그 집이라면 어릴 적 제가 매일 지나다니던 길인 걸요!

—그러게 말입니다.

—그땐 왜 못 만났을까요? 바로 지척에서…….

—그보다 우린 왜 좀더 못 만날까요. 이렇게 지척에서…….

달빛 아래 억지로 웃던 그가, 칼날처럼 쓰라린 입술을 맞춰 오던 그가, 격정에 찬 무릎을 꺾으며 함께 잔디 위로 쓰러진 그가, 그리고 지금은 가타부타 말 없는 그가 커다란 가죽가방을 손에 들고 2층에서 내려와 조부에게 꾸벅 절한다.

"건강하십시오."

"가서 전화하게나."

젊은 윤은 굳은 얼굴로 내 쪽은 조금도 바라보지 않고 문을 나선다. 몇 해 전 강단에서 물러난 노학자, 손가락과 팔꿈치까지 경화가 진행된 손을 가진 노학자의 두 눈은 젊은 제자인 윤의 굳건한 어깨와 긴 다리와 아름다운 흰 얼굴을 부지런히 쫓고 있다.

나는 태연하게 앉아 있지만 실은 부들부들 떨며 기다린다. 자, 어서! 그가 내 팔을 잡아채듯 끌고는 자, 어서 이 중세의 수도원 같은 곳에서 나가자고! 쉽진 않겠지만 무엇이든 새로 시작해보자고! 그렇게 말할 것만 같은 지극한 기대 때문에 오금이 다 저려온다.

그리고 대체 얼마가 지났던가.

"애야."

늙은 그가 나를 부르고 있다. 창밖으로는, 나를 잡아채듯 끌고 나가줘야 할 윤이 정원을 지나 철대문을 밀고 나가는 것이 보인다. 도덕심이 강하고 체념 빠른 단역배우처럼 윤은 퇴장한다. 조부의 서재엔 한동안 침묵이 흐른다. 곧이어 쟁반에 받쳐진 모과차가 들어오고 한동안의 시간이 지나고 그가 다시 명령한다.

"자, 다시 시작하자."

나는 얼간이처럼 네, 네, 타자기에 열 손가락을 올린다. 정원의 개가 다시 왈왈 짖는다. 나는 혹시 하고 철대문을 바라보지만, 초인종을 눌러대고 도망치는 사내아이를 향해 늙은 개는 오래도록 짖어댈 뿐. ……곧 구술이 시작될 것이다. 나는 구출되지 못한 인질처럼 밤마다 철철 눈물로 얼굴을 적신다.

내 인생이 다시 지루해지려고 한다.

6

엿새째 낮. 진도는 더이상 나가질 않았다. 오늘 종일 일이 손에 잡히질 않았다. 타자 대신 나는 웃목에 놓아둔 가방에서 책 하나를 꺼낸다.

『언덕 위 문자(文字)의 집』

그해 윤이 떠나고 여름도 훌쩍 지나고 가을이 되자 신문사에서 사람이 와서는 남색 보자기에 조부의 원고를 싸가지고 갔다. 내가 타자 치고 꼼꼼히 교정을 본 원고를. "귀한 옥고(玉稿) 주셔서 감사합니다." 그러나 그 귀한 옥고, 조부의 회고록은 먼지를 잔뜩 뒤집어쓰고 서점 한 귀퉁이를 차지하는 데 만족해야 했다. 십수 년 간 외국에서 향수병에 시달리며 자기 학문세계를 구축해온 전직 정치학자의 회고, 애매모호한 제목의 회고록에 관심 있는 독자란 깊은 산속 반달곰처럼 너무나도 희귀할 뿐이라는 것을 증명한 셈. 나는 그 중간을 펼쳐본다.

진흙을 이겨 넓적한 판을 만들고 그 위에 칼끝으로 새긴 文字들. 그것들을 보고 있노라면 내 가슴은 잔디밭 어린이처럼 뛰논다. 하지만 쌀 한 포대, 양 다섯 마리. 대추야자 열매 세 자루……? 그 기이한 쐐기꼴의 文字가 쌀 한 포대, 양 다섯 마리, 대추야자 열매 세 자루의 뜻이라니. 하기는 遊牧民과 農民을 상대하던 저 3천 년 전 中東의 商人들이 書記에게 부탁한 것은 그런 영수증에 다름아니었겠지.

기억난다. 이때 그는 "이 말은 한자로." 하고 잦은 주문도 했었다. 그러면 몇 칸 자리를 비워두고 타자를 친 다음 육필로 거기에 한자를 채워넣는다. 수동타자기의 시절이란 그런 때였다.

인간이 살아가는 땅 어디서나 部落이 생겨나고 家畜을 기르고 장이 서고, 물건을 바꾸러 온 사람들과 값을 調整하는 사람들과 그것을 글자로 記錄하는 사람들이 생겨서…….

이 부분에서 그의 구술은 활기를 띠었다. 장이 서고 물건을 바꾸러 온 사람들. 나도 그처럼 언덕 아래 동네로 내려가고 싶었을 것이다. 젊은 부인처럼 명랑하게 종종걸음치며, 비록 권태에 못 견디게 절어 있는 곳이라도 북적대는 그곳에 가서 밤 늦도록 신나게 놀다 오고 싶었던 것이다.

그런데 쐐기꼴의 記號를 앞에 두고 이건 무슨 뜻인가, 진

기한 물건 보듯 했을 近東의 古代人들을 생각하면 똑 나를 보듯 웃음이 나올 지경. 그들 어리둥절한 文盲人들 건너편에 학교가 있고 글자를 공부하는 학생들이 있다. 書記官들과 筆耕士들. 글자를 쓰고 읽는 것이 희귀한 능력이 되어 이윽고 權力이 되던 시절. 그러나 글자가 권력이 되던 시절은 古代 王國의 消滅과 함께 덧없이 사라졌다.

윤이 떠나자 그는 내게 해외여행에서 사둔 기념품을 건네기도 했다. 일본산 부채, 화란의 풍차와 나막신, 벨기에의 오줌싸개종, 페루의 나염가방들 따위. "어때, 좋으냐?" 그것들은 확실히 내 마음에 들었지만 나는 여전히 우울한 얼굴을 하고 그는 점차 더 많은 수집품들을 주면서 내 눈치를 살폈다. 이제 누군가 제 곁을 떠나는 것이 무서워 벌벌 떠는 조부 앞에서 나는 한껏 유세를 부렸을 것이다. 당신 얼굴엔 검버섯이 피고 게다가 글자도 못 쓰잖아요.

과연 그의 경화증은 이제 오른팔과 어깨 부근까지 진행되었다. 게다가 관절염이 도져 아줌마가 없이는 거동이 불가능해졌고 날이 갈수록 신경이 날카로워졌다. "이 집, 감옥 같진 않아요?" 그렇게 말했던 건 윤. 물론 내 청춘의 셋방 같은 트렁크는 언제든 들고 바로 떠날 수 있게 잘 챙겨져 있다. 그러나 나는 공연히 짐가방만 꾸렸다 풀었다 했을 뿐 그 집을 떠나지 못하고 있다.

그 집, 유족들 사이에 유산 분쟁을 겪고 상처를 받은 그 집에 대한 미련 때문이 아니라, 조부에 대한 연민만도 아니라, 젊은 제자이자 조카를 질시의 눈으로 바라보던 조부의 치켜진 눈과 굳어가는 손과 관절염 사이에 덩굴 같은 애증이 자라났다는 것. 그는 때로 자신이 미워 쩔쩔매고, 나 역시 때로 내가 미워서 어쩔 줄 모르는 한 인간이어서 아닌 척하지만 서로 거울 보듯 했다는 것.

윤이 떠나고 날은 추워지고 태평양을 건너간 그에게선 이따금 삐라 같은 소식이 오고, 그것은 거실의 난로처럼 나를 달래주었다. 나는 난로 곁에서 〈더 굿 가이〉 같은 노래를 들으며 김치를 담그기도 했다. 자, 이런 것도 힘이 된다. 자꾸만 뒤를 돌아보지 말아라. 하지만 사랑이 힘이라고……? 열차가 증기를 뿜으며 달리고, 무거운 쇳덩이가 하늘을 날고, 항공모함이 바다 위에 유유히 뜨며 또 그 밖의 기절할 힘들이 발명이 되었겠지만, 구식도 한참 구식이 되어버린 것만 같은 사랑이 힘이 된다고……?

그랬었을까? 석고처럼 손이 굳어가던 조부는 타이프 치는 내가 필요했고, 나는 철대문을 밀고 들어온 남자, 윤이 필요했고, 윤은 조부의 논문과 조언이 필요했고, 조부는 때로 2층을 오르는 것 같은 조카손녀, 내가 필요했고, 나는 지붕 위에서 만나자는 조부의 친척조카 윤이 필요했고, 윤은 또…… 결국 우리들 셋은 거실의 난로처럼 타자기를 사이에 두고 서로를 찾았었을까?

나는 새로 문장 하나를 추가하려 한다.

사랑이 힘이 되던 시절……

윤이 떠나고 이제 조부와 내가 남아, 서로를 향해 청춘과 재산을 권력처럼 휘둘러보지만 우리들은 서로에게 굳은 손 아니면 저는 다리와도 같아서 서로에게 더는 어쩌지 못하고 같은 조의 조원처럼 익숙해져갔던 것이다. 그러니 그 커다란 집에서 콤마 하나, 인용부호 하나를 사이에 두고 우쭐대고 고소해하던 그와 내가 함께 그해 가을과 겨울을 맞았던 것. 그때 조부는 언제나처럼 쓴 약 한 사발을 마시고 드롭스 한 알을 입에 넣고는, 겨울 고목같이 굳어지는 손을 힘겹게 팔걸이에 얹으며 그러셨겠지.

— 자 이제 시작하자.

7

일곱째 밤.

그렇지 않아도 그믐이어서 사방이 칠흑 같기만 한 때였다. 짙은 어둠을 뚫고 차 한 대가 들어서는 소리가 들린다. 사람 들고 나는 것이 드문 비포장길이었다. 주인여자가 슬몃 문을 열고 내다본다. 하지만 차는 이리로 들어서는 길을 비켜서 건너편 약수터 쪽으로 가버리고, 사방은 다시 무섭도록 괴괴한 외딴 마을. 그러던 10분 후쯤, 울퉁불퉁 흔들거리며 차가 다시 돌아나오는 소리. 곧이어 헤드라이트가 꺼지고 시동이 꺼지고 누군가 그 안에서 내리는 소리. 한 남자가 내 쪽으로 다가오고 있다. 공기를 가로질러 와닿는 그 미세한 느낌을 나는 알고 있다. 저 언덕빼기 철대문을 밀고 들어오던 날의 공기처럼, 그 집 2층 방을 들어설 때의 기척처럼, 가슴을 떨판처럼 떨게 하는 공기가 한 발짝 내 앞에 다가선다. 내 손에 들린 플래시가 그의 얼굴을 확인한다.

"아, 길을 잘못 들었어요. 지금 막 돌아나오는 길이야."

"……네에."

"오랫만이네."

"……그렇네."

오랫만이라면 한 7,8년쯤? 그 사이 그의 편지가 태평양을 건너왔다고는 하지만 만나기란 7,8년 만이다. 어제 그는, 오늘 오후 이리로 출발하겠다고 전화를 했었다. 그렇다고 하필 첫마디가 길을 잘못 들었어요, 였을까. 장성한 남자 하나가 성숙한 여자 하나를 찾아왔는데 설마 방을 따로 구하진 않겠지…… 주인여자는 슬며시 방문을 열어본다. 잠시 후 그가 그럴 수밖에 없지 않냐는 듯한 얼굴로 방을 하나 부탁한다.

"얼른 불을 넣어드릴게요."

주인여자가 고개를 갸웃하며 부엌으로 간다.

"방이 덥혀지려면 시간이 좀 걸리겠네?"

그가 웃는다. 나도 헤에, 웃어 보인다. 그도 나도 많이 바뀌었군. 우린 늘 안타깝고 애절한 얼굴이기만 했는데.

"지금 그 집엔 누가 살고 있지?"

그가 침묵을 깨기 위해서라는 듯 물었다. 그 집이라면 당연히도 언덕빼기의 집.

"관리인."

그 집의 철대문은 이제 활짝 열려 있고 관람객들은 자동차

82

나 셔틀버스를 타고 언덕을 올라가 이제는 미술관이 된 그 집 앞에 이를 것이다. 유언장에는 그 집을 문화재단에 기증한다고 적혀 있었고, 먼 대륙에서 자신들 부친의 장례를 치르러 온 딸 둘과 그를 위해 타이프를 쳐주던 그의 조카손녀, 바로 내겐 간소한 유산이 나뉘어졌다. 그의 함자를 따 승겸미술관이 된 그 집을 나는 한 달에 한 번은 찾아가본다.

"이따금 그 집 꿈을 꾸곤 한다."

"……나도."

그는 이제 서른 살, 이립(而立)에 접어든 나를 바라보았다. 나는 이제 서른다섯, 이립의 중반에 접어든 그를 바라보았다. 우리는 똑같이 그 집과, 그 집의 흔들의자에 앉았던 조부와, 그 집 비닐봉지가 펄럭이던 지붕을 생각하고 있을 것이다.

—인형…… 인형, 그 이름을 들을 때마다 소설 인형의 집을 생각했지요.

—맞아요. 날이 추워지기 전 이 집을 나갈 거예요.

귀뚤귀뚤 귀뚜라미가 울고 하룻밤새 차가워진 바깥 공기가 방문 사이로 스미고, 그와 나는 눈을 마주치지 않도록 애쓰며 어색하게 앉아 있다. 지난 수년 동안 그리도 그렸으면서 우린 왜 눈을 맞추지 못하는가. 우리는 수년 전 2층의 밤을, 저릿저릿 몸을 떨며 기다리고 있는 것만 같다.

그는 그날 탄불을 넣은 새 방을 두고 내 방에서 옮겨가지 않았다. 우리들은 세월 때문에 잠시 어색해서 어쩔 줄을 모르다가는 이윽고 꿈에서라면 열 번도 더 했을 포옹을 하고는 나란히 누웠다. 밤이 이슥했고 사방은 폭격 전야처럼 괴괴했다.

잠시 후, 그가 타자기에 새겨지는 글자처럼 나에게 파고든다.

저질러라, 저질러! 다짐을 하듯 어디선가 모방한 듯한 정열과 격정으로 우리는 떨고 또 떤다. 그는 몹시도 절박한 얼굴을 한다. 마르고 단단한 허리다. 그 아래 또 길고 긴 다리가 있다. 아도겐! 아도겐! 주문이라도 외치듯 그는 내 허리를 난짝 끌어안았고 잠시 후 부들부들 떨면서 내게서 떨어져 나간다.

"안 돼!"

내가 소리치자 그는 "왜, 왜?" 숨을 가다듬더니 그도 실은 너무나도 사무친다는 듯 방금 전 그가 파고들었던 내 몸을 울듯이 쓰다듬는다. 나도 이렇게가 아니면 안 되겠다는 듯 떠는 시늉을 하지만 실은 내 두 눈은 냉정하게 떠져 있다.

그 집, 조부와 지내던 집, 몽유병 처녀처럼 계단 근처를 서성이던 2층의 환은 그것으로 사라졌다. 비밀스런 격정과 암호를 사이에 두고 허공에 손을 내젓는 듯 떨리고 슬프던 밤. 끝내 저질러지지 않은 죄의 두려움, 왈칵 쏟아질 것 같은 안타깝던 원들은 이제 노인같이 등을 굽히며 볼품없이 사라져버렸다.

늙은 개도 죽고 없고, 철대문도 아치형의 미술관 입구로 바뀌고, 질시와 한숨 속에 우리들을 감시하던 늙은 정치학자도 없는 곳에서, 우리들은 어디서 빌어온 듯한 열정과 격정의 흉내로 떨었을 뿐이군.

나는 주섬주섬 옷을 걸쳐 입고 일어나 앉는다. '사랑이 힘이 되던 시절'. 글은 거기서 멈춰 있었다.

사랑이 힘이 되던 시절.

그렇게 생각하니 가슴은 고통으로 메어온다. 뭐였지? 뭐였
지? 글자 하나가 강력한 힘이 되고 우리들이 무언가로 허둥대
던 그런 한때가 있었지. 담배를 피워 물던 윤은 손을 뻗어 내
허리께를 어루만진다. 아아, 나는 거기가 아프다는 듯 신음을
낸다. ……사람들은 사랑을 허리에 칼처럼 차고 싶어했을 것
이에요. 그 칼이 힘이 되던 시절은 이제 꽃처럼 가고 없다는
걸까요? 지오그래픽 지에 찍힌 부탄국 백성들처럼 어리둥절,
전에 모르던 기이한 풍습을 겪듯, 이 이상한 사랑 때문에 우
리는 고통받았죠. 폭풍이 몰아치는 밤, 사다리를 타고 올라가
지붕에서 만난 것만 같은 그 사랑 때문에. 그리곤 절룩이며
30, 이립을 넘어왔죠.

멀리 바람 한 떼가 달려와 허겁지겁 마을의 나무란 나무,
지붕이란 지붕을 사납게 물어댄다. 윤은 점점 잠에 빠져들고
나는 노트북 화면을 노려보며 키 하나를 누른다.

레터 파일을 지울까요?

…….

레터 파일을 지울까요?

…….

바람이 잦아진 사이로 윤의 숨소리가 희미하게 들리고 해독
할 수 없는 글자들이 까막눈 같은 내 앞에 폭풍처럼 쏟아지려
고 한다. 산을 넘어가려는 바람이 지붕 위의 사자처럼 울고
있다. 나는 이 세상에서 제일 높은 언덕빼기, 정열과 금기와

고통의 집 지붕에 앉아 타자 치는 여자처럼 떨며 키를 눌러댄
다.

　네. 네. 네.

(『문학동네』 1996년 겨울)

정금(精金)의 여자

 왜인지 누군가를 만나기 위해 이곳까지 왔다는 생각…… 공항에 도착할 때부터 그는 줄곧 그런 생각을 하고 있었다. 이곳이 어디기에? 북경의 교외엔 만리나 되는 길이 있고 기차로 서쪽의 도시까지 열아홉 시간쯤 달려가는 것쯤은 아무것도 아닌 나라. 사람들은 혈기왕성한 사성어(四聲語)로 지껄이고 끼니 때면 뜨거운 불로 프라이팬을 달구며 기름진 요리를 볶아낸다…… 그런 곳. 그 중에서도 사람들은 이곳을 시안(西安)이라고 부르지. 진나라 시황은 거대한 지하궁을 만들고 당나라 현종은 며느리 양귀비와 사련을 나눈 3천 년 고도. ……그런 곳이다. 누군가를 만나기 위해 만리길을 달려온 것만 같은 곳.

　그들이 병마용갱을 나와 시안역 근처 시장통으로 들어선 것은 해거름녘이었다. 長安樓니 同盛祥이니 北京飯店이니 하는 간판에 하나둘씩 불이 켜지고 있을 때였다. 말하자면 밥 때가 가까워졌다는 말이다. 그와 승(昇)은 여느 여행객처럼 맞춤한 식당을 찾아 시장통을 배회하고 있는 중이다. 그렇지 않아도 한 집 건너 한 집이 식당인 거리다. 뭘 좀 제법 안다는 듯, 승이 그 중 한 집으로 쓱 들어선다.

　'利口福餃子'.

　"만둣집?"

　"이래뵈도 시안의 명물이네. 한 스무 가지쯤의 갖가지 소채류와 함께 나오지."

　"하긴 그 동안 기름진 음식에 질리기도 했었네."

　넓고 깨끗한 홀에는 띄엄띄엄 자리가 차 있고 중국여자의 간드러지는 비성 섞인 민요가 흘러나온다. 아름다운 목소리다. 모르긴 해도 삼현(三絃)과 양금 반주에 맞춘 것이겠다. 주문을 마친 후 엽차로 나온 자스민차를 홀짝거리던 승은 전화할 데가 있다고 일어선다.

　"어디에다?"

　"……처한테."

　승은 계면쩍게 웃었다.

　"난 이런 노래만 들으면 처 생각이 나서 말일세. 그녀와 중국어학원에서 만난 건 알고 있지?"

"알다 뿐인가."

승은 그때 이얼싼스, 유류치파를 겨우 받아쓰는 초급반이었고 승의 처는 그 학원의 강사였던 것. 승은 이제 북경의 상사 주재원이 되어 매일 아침 서울로부터 온 팩스 확인하고 보고하고 중급 정도의 북경어를 구사하면서 니트를 팔기 위해 동분서주하다가, 거리에 하나 둘 불이 켜지고 주방마다 요리가 한창일 때가 되면 아내 생각에 저렇게 전화통을 붙드는 것이다.

"입덧이 그렇게 심한가?"

"말 말아. 친정집 동치미가 먹고 싶다, 홍어회가 먹고 싶다, 매일 먹는 타령이었지. 석 달 됐을 때 결국 친정으로 보냈지."

"산달이 언제지?"

"내년 일월. 넉 달 남았어. 맙소사. 넉 달이라니."

그렇게 많이 남았다니, 하는 얼굴. 그래서인지 승은 그에게도 몇 번씩 전화를 했다. 다녀가게. 초청장 같은 건 여행사에서 다 해줄 거야. 아주 간단하지. 내 휴가하고 맞추세. 자네가 온다면 내 잘해줄게. 저기 말이지, 우선 서안으로 해서 말이지…… 저기 말이지…… 승의 목소리는 소풍 전날 아이처럼 들떠 있었다. 승은 그의 동창들에게도 전화했을 것이다. 임마, 이번 휴가 때 와라. 김포에서 비행기 타고 한 시간만 하늘에 떴다 내리면 돼. 말만 해. 동양의 베니스 쑤저우(蘇州)? 중국 제일의 항구 상하이? 기가 차고 코가 차고 차범근이 공을 찰 천하절경 구이린(桂林)? 다 데려가줄게.

마침 방학중에 서울에 다니러 온 그가 날아왔고 승은 그를 위해 휴일과 주말을 낀 특별휴가를 냈고, 그리고 이제 내일이면 장장 열아홉 시간짜리 기차를 타고 북경으로 돌아가야 했다.

"젠장. 꼭 개학날 전날 같구만."

어쩌구 하며 여관을 찾아든 것은 밤이 깊어서였다. 산수화가 그려진 병풍과 원앙무늬 붉은 인조견 이불이 있는 집.

"아, 좋군. 진짜 중국집에 온 것 같아."

승이 희색을 하며 중국식 침구에 벌렁 누웠다.

"이제 이런 집도 얼마 안 남았다네."

"현대식 호텔에 밀려서 말이지?"

과연 이 집을 빼놓고는 다투어 서양식 모텔이 들어선 거리였다. 이 도시에서도 제법 북적이는 시장통이었다. 노변 상점은 양고기꼬치나 국수를 사먹는 사람들로 붐볐고 비좁은 거리를 사이에 둔 야시장은 늦도록 철시할 줄을 몰랐다. 그 옆으론 배낭을 짊어진 서양청년 둘이 시내지도를 보며 지나가고 있었겠다. 청년들은 오늘 밤 역대합실에 침낭을 펴고 노숙을 할지도 모른다. 날이 밝으면 암호를 읽듯 다시 지도를 보며 길을 골라 걸을 것이다. 그리고 어쩌면 내내 걸어 북경의 만리길에 닿을지도 몰랐다.

베개에 얼굴을 묻은 승이 졸린 목소리로 묻는다.

"무슨 생각 하고 있지?"

"아니, 그냥."

"학기가 곧 시작되지?"

"……그렇지."

"거기 간 지 한 사 년쯤 되었나?"

"……그렇지."

그는 건성 그럴 뿐 내내 창밖 야시장을 내려다보고 있었다. 이 시장통 저쪽, 서쪽 대륙의 어떤 길을 사람들은 비단길이라 부르지. 낮에는 뜨거운 모래바람이 불고 밤이면 기온이 영하로 내려간다는 곳. 일년 내내 목욕을 하지 않는다는 서역의 유목민 마을을 지나, 부활절에는 물감 들인 삶은 달걀과 새끼 통돼지구이를 즐긴다는 동방 정교도의 마을을 지나 샴페인이 유명한 남불의 한 도시로 가면 그가 다니는 학교가 있지. 사방에선 솜사탕 같은 불어가 흘러다니고 도서관에 들어가면 여어 여기 있었군, 알은체하는 이가 없는 곳.

"……이봐."

창밖에서 시선을 떼고 돌아보니 승은 그새 고른 숨을 내쉬며 잠들어 있었다.

이봐, 아까 그 노래 말이지. 무슨 뜻이지? 그는 승의 잠든 어깨를 슬며시 흔들어본다. 만두를 먹던 식당에서 몇 번씩이나 되풀이되던 노래. 무뚝뚝한 자네에게 전화를 하라고 시킨 노래, 이상하게 가슴을 저며오는 노래, 무슨 뜻이지? 그는 어쩐 일인지 깊이 잠든 승에게 대고 자꾸만 묻고 있었다. 이봐…… 무슨 뜻이지?

2

날은 청명하고 건조했다. 전형적인 대륙의 가을 날씨였다. 나무마다 열매가 많고 알맞게 익을 날씨. 예컨대 혼례하기 좋은 날인 것이다. 어딘진 모르지만 대륙의 하늘 아래를 한 여자와 그가 함께 걷고 있다. 중국 신부(新婦)가 혼인날 입는 것과 똑같은 그 여자의 비단옷이 햇빛에 반짝인다. 여자의 비단옷에 그가 뜨거운 인두 같은 입술을 대자 아아, 여자의 두 눈이 잘 익은 대추처럼 붉어진다. 여자는 어느샌가 저편으로 달아나버린다.

"안 돼, 가지 마!"

여자의 이름을 부르며 깨어났을 때 침대칸이 딸린 차는 푸른 미명의 들판을 달리고 있는 중이었다. 기차 안에 널어놓은 수건으로 얼굴을 닦으며 중국인들은 뜨거운 차를 마시고, 승은 어느새 깨어나 수첩에 무언가를 메모하고 있었다.

"……이봐, 자네 아직도인가?"

"……?"

"아직도 그런가?"

승은 그의 잠꼬대를 들은 것이 틀림없었다.

"자꾸 뒤를 돌아보지 말게."

"……뭘?"

승은 수첩에서 고개를 떼지 않고 말한다.

"서른다섯 나이면 만만한 게 아니지."

"이 친구, 미뤄 짐작하진 말아."

그는 창밖을 내다보며 딴청을 한다. 그래…… 나도 알지. 서른다섯이면 만만한 나이가 아니지. 자꾸 뒤를 돌아보는 건 좋지 않지. 하지만 나는 단지 꿈을 꾼 것뿐이라네. 게다가 지금은 여행중. 여행이란 그런 것 아닌가. 자꾸 뒤를 돌아보게 되는 것, 잊었던 꿈을 되꾸는 것. 심지어 누군가 만날 것 같은 기대로 이곳에 왔다는 생각이지만 걱정은 말아. 세월도 꿈도 어차피 열차처럼 앞으로 달리게 마련 아닌가.

기차는 1,165킬로미터를 달려 이윽고 '可口可樂' 커다란 전광판이 달린 중국 제일의 도시에 그들을 내려놓았다. 월요일이었고 출근시간이었고 엄청난 자전거와 자동차의 행렬이 거리를 덮고 있었다. 광활한 대륙이 역도산처럼 기지개를 켜고 깨어나는 시간. 그들은 근처 호텔에서 간단하게 아침을 해결하고는 승의 회사 앞에서 헤어졌다.

"바쁜데 어서 들어가보게."

"혼자 잘 다닐 수 있겠나?"

"문제없어."

"그럼 이따 퇴근하고 보세. 구경 잘 하고."

"알겠네."

중국여인을 만난 것은 그로부터 두 시간쯤 후였다. 자금성이라 불리던 고궁박물관에서였다. 그 중 저 안쪽에 있는 진보관(珍寶館)에서였다. 금, 은, 옥, 비취 등의 공예품을 전시하는 곳이었다. 왕족이 매장될 때 함께 묻혔을 금비녀와 금반지, 은수저와 은잔, 옥과 비취 식기 세트 따위들. 그것들은 흙더미와 유골 사이에서 건져져 나왔을 터였다. 아, 저것 좀 보아. 발굴팀은 환성을 질렀을 것이다. 그들은 125킬로그램이나 된다는 순금탑이나 직경 2미터짜리 비취 앞에서 입을 하마처럼 벌렸을 것이다.

그때, 앞에 가던 중년의 중국남자가 제 일행들을 부른다.

저것 좀 봐, 저 여자!

함께 가던 남자들의 시선이 일제히 출입구 쪽으로 쏠린다.

히야!

그들의 눈은 아연 뿌듯하게 빛나고 입은 헤벌쭉 벌어진다.

죽여주는데?

과연 출입구 쪽에선 늘씬한 하반신에 서늘한 미모를 가진 여인이 들어서고 있었다. 스물아홉이나 서른쯤? 통이 좁은 베이지색 슈트와 가슴 한가운데의 모조목걸이가 아주 잘 어울렸다. 전형적인 중국 미인이라고 해도 좋을 것이다. 그 뒤로는 웬일인지, 몸집이 작고 지독하게 부끄럼을 타게 생긴 남자가 꽃을 들고 따라오고 있었다. 대체 어디서부터 따라왔던 것일까. 여인이 돌아서서 미간을 찌푸린다. 저리 가요. 그런 말이었겠지. 남자는 내 마음 좀 알아달라는 애원조로 무어라 통사정을 한다. 그런 수작이 이번이 처음은 아닌 듯했다.

체! 저기 저 꼴 좀 보라지.

중년남자들이 혀를 찬다. 오르지 못할 나무는 쳐다도 보지 말랬는데 저 주제에 저 여잘 탐내! 하는 얼굴. 홍콩이나 대만에서 단체관광을 왔을 중년의 사내들은 평소에 흠모하던 여배우의 결혼 발표를 들을 때처럼 공연히 성을 내고 있었다. 미인 뒤의 남자는 과연 추남이라기보다 마르고 볼품이 없는 데다 지독한 외통수로 보인다. 구애를 하기 위해 박물관까지 따라들어온 남자. 애가 타서 죽을 것 같은 인생의 대표선수처럼 남자는 마음이 타들어가는데, 그러거나 말거나 미인은 다시 금과 은과 옥의 전시품 위로 눈길을 돌려버렸다는 얘기.

저것 좀 봐. 저 꽃은 또 뭔가. 내 생전 저렇게 시들한 꽃은 처음일세.

사내들은 이젠 대놓고 킬킬거렸다.

저런 미인이 저 얼간이에게 눈이나 돌리겠나.

그 꽃이란 그가 태어나서 처음 보는 노란 꽃. 그것은 과연 애가 타는 인생처럼 시들어 있었다. 한데 마르고 볼품없는 남자가 허리춤에서 무언가를 꺼내든 것은 바로 다음 순간이었다. 그것은 실내의 조명등 아래서 조악한 모조품처럼 번쩍거렸다. 처음엔 무슨 일인지 몰라하던 관람객들은 으아아, 기겁을 하고 뒤로 물러선다.

나 죽어버릴 거다!

남자는 날이 퍼렇게 선 칼을 들고 그녀를 향해 외치고 있었다.

밍샤홍, 나 죽는다!

극적이고 팽팽한 긴장이 냉랭한 실내를 압도한다. 방금 전 중년사내들은 너무나 놀라 아냐 아냐, 손도 내젓지 못한다. 그런데 밍샤홍은 저 미인의 이름? 미인은 너무나 어이가 없다는 듯 얼굴 가득 경멸의 빛을 띠고 무섭도록 남자를 쏘아보고 있다. 남자의 노란 꽃은 어느새 전시관 차가운 바닥에 내팽겨져 있다. 그것을 지켜보던 그의 가슴에선 어쩐지 한숨이 나온다. 어떻게 목숨을 거는가…… 바닥에 팽겨쳐진 꽃같이 시들 사랑에 어떻게 목숨을 걸어.

좋아, 내가 그걸 증명하지.

내가 증명하겠어, 내 가슴을 찌르겠어! 남자가 그렇게 외쳤던 것일까. 둘러선 사람들은 저도 모르게 제 가슴에 한번씩 손을 얹어본다. 그러고는 잠시 후, 비수가 와서 꽂힐 때의 그 쓰라린 통증을 상상이라도 하듯 진저리를 친다. 그렇다 해도 이봐요 청년, 앞날이 창창한 청년 그러지 말아! 어찌어찌 말려볼 생각을 하는 대신 공예품을 보러 왔던 관람객들은 다음 순간을 초초하게 기다리며 침을 꿀컥 삼킨다. 그 손바닥엔 땀이 축축이 배었을 것이다.

……

……

사람들에게는 숨막히고 남자에겐 일생일대 쓰라린 정적이 흘렀다고 생각된다. 치명적인 상처를 입을 준비가 되었다는 듯 남자는 이윽고 비장한 얼굴로 여인 앞으로 바짝 다가간다. 사랑에 목숨 거는 얼간이. 내가 그것을 증명하지. 그리고 번쩍 칼을 치켜드는 순간, 표범처럼 날쌘 경비가 눈깜짝할 새에 뒤에서 남자를 덮친다. 쩽강! 남자의 손에 쥐어진 칼이 꽃처럼 떨어지고 아아, 오금이 저리다는 듯 사람들은 외마디 탄성을 낸다. 죽도록 사랑한다! 사랑한다, 이 나쁜 년! 죽도록 사랑해! 그런 말일까? 남자는 덫에 걸린 짐승처럼 절규하고 박물관 젊은 경비는 사내를 둘러맬 듯 거칠게 끌고 나간다.

하아.

안도감과 아쉬움이 복잡하게 교차하는 얼굴로 관람객들은 하나 둘 흩어지고 그 중 몇은 주춤주춤 뒤따라나가고, 꼴값을 하는군! 중년사내들은 결과에 적이 만족한 얼굴로 퇴장을 하고 이제 진보관 실내엔 그 기이한 짝사랑의 관람객이던 그와, 내내 무섭도록 긴장하고 있는 중국 미인뿐이었다. 그는 문득 사방이 텅 빈 어떤 장소에 와 있다고 생각한다. 이삿짐을 다 싣고 이제 막 집을 비우고 나갈 때처럼 텅텅 빈 어떤 곳. 몇천 년 전 조상들의 무덤이 발굴되고 고고학자들이 몰려오고 이윽고 부장품이란 부장품은 모조리 빠져나간 빈 매장지 같은 곳.

시작도 끝도 변화도 소멸도 없는 어떤 곳.

아아.

그때 미인의 얼굴이 슬픔과 고통으로 일그러진다. 그리고는 기울듯 한쪽 벽에 기대 흐느낀다. 그때까지 버텨온 수치심과 두려움이 더이상 갈 곳이 없어진 얼굴. 커다란 눈에 칠한 검정색 마스카라가 번지고 번져서 이윽고 뺨으로 흘러내린다. 어쩔까 하다가 그는 주머니에서 구겨진 휴지 몇 장을 내민다. 어쨌거나 저 얼굴에 얼룩은 막아보자고 한 일이었다. 그러자 누군가 그녀 곁에 있다는 사실이 그지없이 창피한 듯 여인은 얼룩진 고개를 숙이고 아녜요, 아냐, 손을 내저었다. 그러더니 스르륵, 차가운 바닥에 쓰러진다.

이런!

중국인 경비 하나가 그를 향해 재촉한다. 뭐 해요. 어서 집으로 데려가 쉬게 해요. 중국어를 한마디도 못 하는 그이지만 경비의 말은 정확하게 그에게 전달되었다. 여자 하나 제대로 간수 못 해서 이 난리를 당하게 한 서방을 책망하듯, 경비는 연신 어서, 어서,라고 그에게 말하고 있었다. 그는 얼결에 여인을 안아 일으키고 물 한 컵을 마시게 하고는 고궁 후문 쪽으로 데려간다. 한떼의 관광객들이 왕왕거리는 광동어로 떠들며 후문으로 가고 있었다. 예정대로라면 후문을 나와 정면으로 마주보이는 언덕의 경산 공원으로 가려고 했던 터였다. 고궁 일대를 조망할 수 있는 정자가 있다는 곳. 뭘 더 어찌해볼 생각도 없이 그는 대기중이던 택시에 여인을 태운다.

집이 어디요?

······.

집이 어디죠?

……북쪽.

수치심으로 내내 입을 다물었던 여인이 나침반처럼 북쪽을 향해 손을 뻗는다. 무얼 하며 사는 여자인가, 그 남자는 누구인가, 물어볼 염도 없이 북쪽 길을 따라 얼마쯤 달렸을까. 커다란 황국(黃菊) 화분이 놓인 2층의 목조주택을 가리키며 여인이 저어기, 저곳이라고 말했다. 그러고 보니 승의 사택에서 멀지 않은 동네였다. 날은 청명하고 동네는 꽤나 조용했다. 집집마다 화단에 황국이 심어져 있는 동네였다. 택시에서 내린 여인이 고개를 숙이고 집 앞 현관에 서서 주춤거린다. 차라도 한잔 마시고 가요, 하는 얼굴.

차를 마시고 가요

여인의 길쭉한 손은 수화를 하듯 자신의 집과 그를 번갈아 가리키며 그렇게 말했을 것이다. 그가 아니다, 아니다 고개를 젓자 여인은 이번엔 간절한 얼굴로 그를 바라본다. 다시 와줘요, 선생님. 네? 꼭 다시 와줘요. 여인은 미간을 찌푸리며 다시 와달라고 애원하고 있다. 가까이서 보니 여인은 묘한 인상이었다. 아, 이 사람은 정말 여자로구나, 하는 느낌이 물씬 풍기고 설화 속에 나오는 여인처럼 총명하고도 어쩐지 가련한 데가 있어 보였다. 어찌된 사연인지 어찌된 인연인지도 모른 채 그는 이제 끄덕이고 있다.

알겠소 알겠소

골목을 빠져나오면서 그는 뒤를 돌아본다. 기이한 인연의 한 여인이 2층의 목조주택 앞에서 그를 배웅하고 있었다. 이상한 일이다. 이곳이 낯설지가 않고 그가 잘 아는 어떤 곳을 다녀간다는 생각이 든다. 서울에 가면 그가 잘 아는 골목이 있지. 오래된 주택가 골목으로 연인을 찾아가던 시절이 있었지. 국화꽃을 그리도 좋아하던 연인. ……그것 때문이었나. 그는 쓴웃음짓는다. 아주 잠깐. 떠올리고 보니 아주 긴 듯도 하지만 실은 아주 잠깐이었군. 아주 잠깐, 뒤를 돌아보는 그 순간을 지나오기가 그렇게도 어려웠군.

사 년 전이었겠다. 친한 선배의 화실에 갔다가 거기서 한 여자를 만나게 되었을 때 "저 아가씨 어떠냐?" 선배는 칸막이 저쪽으로 그를 끌어당기고는 세잔의 화집에 정신이 팔린 여자를 가리키며 말했다. "앞으로 잘 사귀어볼까 하는데. 지금까지는 같은 과 선후배로만 지내왔지만도 말이다." "……그럼 그리는 여자?" "요즘 〈서로 닮은 영혼들〉 연작을 하고 있지. 아직은 불안정하지만 곧 자리가 잡힐 거야." 선배는 그녀의 첫 개인전 팜플렛을 보여주었다. 거기에는 아마도 그런 인용구가 있었을 것이다. ……그 여관은 흔적도 없이 뜯기었을 것이다. 미라에서는 붉은 천을 댄 조각보가 나왔다. 천세불변. 언제까지나 변치 말자는 말에 나는 가슴이 아팠다…… 그때 여자가 고개를 들었고 여자의 눈과 그의 눈이 잠깐 만났을 뿐인데 사람들은 그것을 끌린다,라고 말하겠지. 지금 막 플랫폼을 들어서는 기차와도같이 꽉 차면서도, 곧바로 플랫폼을 빠져나가는 듯 마음에서 무언가 쑥 빠져나가는 느낌. 그와 여자의 둘레가 동시에 환해지는 느낌. 어쩌자는 건가. 사흘 후면 그는 5년 예정의 유학길에 오를 것이다. 학비 외에 한 달치 식비와 교통비와 방세 들을 셈하고 그곳에선 오히려 값이 싼 고기를 두어 근 사다 냉장고에 넣어놓고 식사 때마다 소금을 뿌려가며 구워먹는 날들. 공부의 중압감 때문에 자주 불면증에 걸리고 때로는 외마디 비명을 지르며 잠에서 깨어나는 날들. 너무나 현실적이고 고단한 날들. 그런데 그는 천세불변, 붉은 천을 댄 조각보, 언제까지나 변치 말자, 그런 구절 따위나 생각하고 있던 것이다. 그리고 열아홉 시간 달려가는 기차 안에서 안 돼, 안 돼! 잠꼬대나 하던 것이다.

3

그날 저녁, 승은 퇴근을 하고 그를 위해 장을 보고 북경식의 해물찌개를 만들어주었다. 생각한 것보다는 제법이었다. 2인용 비좁은 식탁에 앉아 식사를 하며 그가 지나가는 말인 듯한다.

"낮에 박물관에서 목숨을 버리겠다는 남자를 보았어."

"목숨을……? 왜?"

"뭐 사랑, 때문인가봐."

"그래서 죽었나?"

"경비한테 끌려나갔지."

"허허. 세월 좋구만."

"그 지경에 무슨 세월이 좋았을라고."

"조금만 더 지나보면 목숨 걸고 사랑할 일이 아니라는 것을 알게 될 텐데."

"……글쎄."

"나도 죽도록 연애하고 결혼했지만 이젠 아내가 방에서 벌거벗고 왔다갔다하는 것을 보아도 별 생각이 안 들어."

"……."

"가만있어보자 저게 뭐였더라. 앗차, 저게 저 여자의 몸이라는 거지. 하하. 그런 식이지. 세월도 사랑도 그런 것 아닌가. 시들고 식고 볼품없어지는 것이지."

"무자비하군."

"무자비하지. 세월도 사랑도 가고 남는 건 의리뿐이지."

"의리라."

"그거 하나는 쓸 만한 걸세."

"집에 술 좀 남은 거 있나?"

술이라면 걱정 없지, 하며 찬장에서 중국제 국화주를 꺼내온 승이 실은 좀 궁금하다는 듯 묻는다.

"자네…… 동경에는 전화 안 하나?"

"겨우 며칠 전에 헤어졌는데 뭐."

"그래도 일 년에 한 번 보는 처지잖나?"

"열 번을 보아도 늘 남 같기만 하지."

아닌 척, 당황하는 승의 얼굴.

"허허, 자네 왜 그러나."

하지만 그건 사실이었다. 떨어져 사는 동안 먼저 냉랭해진 건 아내 쪽이었다. 해마다 가을학기가 시작될 즈음 그는 아내와 공항에서 헤어졌다. 그는 남불로, 아내는 동경으로 지금 막 헤어질 참인 것이다. 그럴 때 애틋한 얼굴이 그들에게는 없다. 일 년에 단 한 번 여름 한철 만나서도 '여보 이리 좀 와봐, 설거지 그만 하고,' 하고 아내를 불러 긴 이야기를 시작하고 싶은 날들이 있기는 있었는가? 아내와 나란히 누웠어도 낯선 지방에 출장을 나가 여관 잠을 자는 느낌.

"너무 심각하게 생각하지 말게. 다 그러고들 사는 거지."

"……."

"갑자기 마누라란 존재가 지겨워지고 심지어 꼴도 보기 싫다가, 그렇게 소 닭 보듯 무심해지는 시기가 지나고 아, 별 성거운 코미디가 다 있었구나 싶어지면 그때 비로소 길이 들어가는 거지. 반들반들 콩기름 먹인 구들장판 같아지는 거지. 그래도 그때 내심 당황했었지. 처는 늘 내게 사랑스런 존재였거든. 그런데 그렇게 딱 싫어지더군. 그때 참 웃겼지."

"그건 자네 얘긴가?"

"맞았네. 하하."

한데 그런 성거운 코미디라는 것도 있을까.

결혼 전 아내는 자신과 결혼하지 않으면 약을 먹겠다는 소동도 벌였었지. 결혼을 하고 얼마간은 순한 자운영꽃 같은 날들이 있기도 했다. 하지만 그때 잠시뿐, 아무리 잘 봐준다 해도 결혼생활은 온전한 것이 못 되었다. 아무리 해도 콩기름 먹인 구들장판 같아지는 일은 그들 부부에게 없었다. 천방지축 어디로 튈지 모르는 럭비공을 따라가듯 늘 전전긍긍한 생활. 그리고 3년 전인가 아내는 공부를 하겠다고 일방적인 통고를 하고는 동경으로 떠나버린 것이다. 이제 저 여자와 그만 살아야 하나…… 하지만 만약 그가 이혼을 요구한다면 다시 약을 먹어버리겠다고 아내는 신경질적으로 쏘아붙였다. 가엾은 사람. 그도 아내가 그 지경이 되도록 내버려둘 생각은 없었다. 하지만 애를 쓰면 쓸수록 무언가 점점 나빠진다. 왜 이리 되었나. 생이 순간순간의 기쁨과 평안 대신 이토록 연민과

의무감뿐이구나. 우리들은 불행하구나. 수도 없이 생각했을
뿐.

"이봐. 같이 산다는 것이 왜 이리 상처가 되지?"

"상처 없이 같이 사는 사람도 있나?"

"……"

"상처는 가까운 데서 생기는 걸세."

상처는 과연 가까운 데서 생겼다. 사소한 일에도 자기 뜻대
로 되지 않으면 아내는 금새 사나워져 그를 향해 베개나 찻잔
같은 것을 집어던지기도 했다. 신경증을 앓는 아내 때문에 장
인장모는 늘 사위 앞에서 쩔쩔매었지. 면목이 없네. 승, 자넨
모르지. 애를 쓰고 써야 겨우겨우 말이 통하고 나란히 누워도
언제나 여관 잠을 자는 기분인 것을 자네는 아나? 아내와 가
깝지 않아도 좋으니, 아니 아주 멀어도 좋으니 상처가 없길
바라는 잠, 여독을 이불처럼 덮고 자는 듯한 잠…… 자네, 그
걸 아나?

"이봐. 한 사람을 제대로 이해할 수 있으려면 얼마만큼의
시간이 필요한 걸까?"

"……글쎄."

"승, 우린 서로 얼마나 알고 있지?"

"쑥스럽게 그런 소린."

"난 말일세. 서른셋이 되어서야 그제야, 인생에 그리 많은
것을 바라지 말자고 생각했다지."

"알아, 알아."

"뭘 알지?"

"자네는 다만 이해받고 싶은 거지."

승의 얼굴도 술로 붉게 달아오르고 있다. 이국에 혼자 나와 주재원으로 있는 승이었다. 중급의 북경 사성어를 쓰는 승. 넉 달 후면 둘째아이를 갖게 되는 승. 외로움이 눈발처럼 뒤섞인 얼굴을 한 승이었다. 그리고는 그렇게 말하는 거지. 자네가 온다면 내 잘해주지. 저기 말이지…… 아냐, 뭐 꼭 외로워서 그런 건 아니라네. 그런 국제전화를 걸어오게 되는 거지.

—저이는 어쩐지 나와 많이 같은 사람이다. 그런 생각이 드는 사람이 있지요. 그건 결코 쉽지 않은 일이에요.

이번엔 한 여자가 그렇게 말하고 있다. 그렇게 생각하니 과거의 한때가 환해진다.

국화무늬가 새겨진 금 펜던트를 잊을 수 없다. 방학을 맞아 서울로 오는 공항에서 그는 그것을 샀다. 그리고 연인의 화실이 있는 골목을 찾아갔던 것. 화실 위층에 전당포가 있던 3층짜리 허름한 건물이었다. 가끔씩 건달을 흉내내려는 어린 소년들 몇이 우당탕쿵탕 그 계단을 밟고 올라갔다. 무언가 값싼 것을 맡기고 술을 퍼마시려나. 어느 날은 계단에서 서성이는 초췌한 남자를 볼 수 있었다. 남자가 굳게 쥐고 있는 손바닥엔 금가락지나 금비녀 같은 것이 들려 있을 것이다. 내놔! 내놓으라구, 이년아! 어쩌면 아내의 문갑에서 뺏아온 패물인지도 몰랐다. 니가 서방을 뭘로 보는 거냐. 이마에 골이 깊이 팬 남자는 이윽고 계단을 올라갔고 잠시 후 지폐 몇 장을 호주머니 깊이 찔러넣고 어디론가 사라져버렸다.

휘이익.

무언가 탕진해버린 자. 돈은 바닥이 나고 사랑은 마르고 청춘은 탕진이 되어, 별날 것 없는 금붙이 몇 점을 들고 전당포

앞을 서성이는 중년의 남자. 약간의 돈을 빌려선 오늘 밤 생을 다 써버릴 것 같은 기세로 끼랴끼랴, 어디론가를 향해 망아지들처럼 달려간 불량소년들. 어디로 갔나…… 어디로 갔나…… 골목 안은 텅 비었다. 날은 더웠고 어딘지 막다른 곳에 이르렀다는 생각이 쌀이 그득한 자루처럼 무겁고도 벅차게 밀려왔다. 그는 그 여름, 골목 안 가게 앞에서 북어포 포장을 따서 맥주를 마시며 젊음을, 세월을 탕진해버리고 싶은 조급한 충동에 몸을 떨었다.

"승, 자넨 모르지?"

승은 그의 빈 잔에 새로 술을 채운다. 속이 자꾸 뜨거워져 온다. 그때도 그랬었나? 휘이익, 불량스레 휘파람 부는 소년들이 지나간 2층의 화실 앞에서, 그는 중년의 남자처럼 얼굴을 잔뜩 찌푸리고 오로지 한 생각에 떨고 있었다. 그것이 왜 나를 떨게 하는지, 왜 그 얼굴에 손을 얹고 싶은지, 왜 그 작은 어깨를 잡아당기고 싶게 하는지…… 앞으로 잘 사귀어볼까 하는데, 말하던 선배가 그 여자 옆에 있다는 것도 잊게 하는지. 온전한 생활은 아니었다지만 내게 아내가 있다는 것도 까맣게 잊게 하는지. 전화기를 보면 언제나 그 번호가 생각나는지…….

"승. 자넨 모르지?"

"알지, 알아."

"무얼 알지?"

"자네나 나나 무언가 다 써버리고 싶던 시절이 있었던 거지."

"……."

사랑이나 열정, 그런 것이 그의 생을 지탱해줄 것으로 생각한 건 아니었지만 그 골목 2층의 화실을 방문하던 때에, 그는 국화무늬 금붙이를 사들고 이것이 영원이 될 수 있다면, 바라는 남자가 되어버렸다. 어느 날은 그녀와 함께 대고려국보전에 가서 고려 적 보물을 보았지. 〈나전국화문경함螺鈿菊花紋經函〉 바닷거북 껍질 밑에 채색을 넣은 함에는 국화잎이 듬성듬성 새겨져 있었다. "바람 부는 가을날의 국화밭 같지 않아요?" 초가을 바람을 맞으며 그 여자 숙이 말했지. "문화재 위원인가 하는 사람의 평이에요. 바람 부는 가을날의 국화밭이라고." 그들은 미술관을 나서서 한참을 배회했다. 서소문의 거리가 바람 부는 가을날의 국화밭 같던 날이었다. 그날은 9월 9일. "음력이면 풍국(楓菊)놀이를 할 때군요. 9월 9일 중양절(重陽節) 말이에요." 지금 이 도시는 이른 가을. 만일 이곳이라면 그 여자의 손을 잡고 저 거리의 호텔 안으로 빠르게 들어갈지도 모른다. 자전거가 세워진 중국인들의 고궁 뒤편 어디쯤 붉은 침구의 방을 찾아들어 한낮의 커튼을 치고는, 너는 나와 많이 같은 사람이냐…… 나와 많이 같아서 그토록 애를 쓰지 않아도 될 것만 같고, 너와 나, 텅 비고 텅 빈 장소에 무언가를 새로 채우고 싶다는 생각을 할 것만 같다. 무언가 흠씬 탕진해버리고 거기서 다시 시작하고 싶다고.

"이봐, 자네 아직도인가?"

승이 그의 어깨를 잡는다. 술이 많이 되었다. 그는 벽에 등을 붙이고 저 남불의 기숙사에서처럼 모로 등을 굽히고 잠든 척을 한다. 꼭 와주세요. 네? 선생님? 알겠소, 알겠소 꿈에서는 낯 모르는 여인이 애타게 그에게 부탁을 하고 있었다. 한 천 년처럼 헤매던 시간이 지나갈 것이다.

4

승이 몇 번씩 그를 깨운다. 중국에서의 마지막 날, 그는 늦게서야 부시시 일어났다. 만리장성에서 보내기로 한 아침이었다. 하늘은 어린 종달이처럼 가볍고 구름은 청명하다. 그렇다 해도 장성의 주변은 시끄럽기가 이만저만. 기념품을 좀 사라고 외치는 상인들을 지나니 이번엔 여덟 아홉은 족히 될 만한 팀의 한인들이 기념사진을 찍고 있던 것.

"자, 찍어요 찍어. 자, 어서."

"사진이 뭐 그리 중요해?"

"그래도 남는 건 이것뿐인데?"

"맞아, 맞아 찍는 게 남는 거야."

마디가 딱딱 부러지는 말을 쓰는 사람들. 그 말들이 어찌나 요란한지 사랑한다,고 속삭일 때말고는 하루종일 싸우는 소리인 것만 같다. 그들은 승과 그를 보자 셔터를 눌러달라, 함께 찍자, 반색을 한다.

"젊은이들 이것도 인연입니다."

"우린 다 같은 동포죠? 하하."

그러면서 별 자신도 없는 호들갑을 떤다.

"서울에 가면 사진을 뽑아서 보내드리리다."

"쳇, 허풍은."

들릴락말락 실소하던 승이 하늘을 보고는 한숨을 쉰다.

"아, 서울 하늘도 꼭 이럴 것이지. 꼭 내 마누라 같은 구름이군. 희고 보드랍군."

승이 말하는 대로 갖은 구름이 시시각각, 변화도 무쌍하게 스러지고 합치는 대로 만리의 장성 위를 흘러가고 있었다.

만주족의 침입을 막기 위해 진시황이 지었다는 장성. 황제는 영영, 변함없는, 만리의 영화를 누리고 싶었겠지. 해서 생시처럼 수천 대의 마차와 전차와 근위병의 호위를 받으며 묻힌 것이겠지. 지하에서 발굴된 6천여 병마들은 위풍당당 시황의 무덤을 지키며 정면을 주시한 채 도열해 있었다. 2천 년 전의 부장품들은 이제 막 관 뚜껑을 열고 나온 듯 생생했다.

―그때 그 마을에선 쉬쉬했다잖나.

―상서롭지 못하다고 해서 말이지?

―우물을 찾으려 땅을 판 건데 거기서 병사들이 나왔으니 어땠겠나?

―기절초풍했겠지.

―상상이나 했겠나? 2천 년 전 조상 중 하나가 제 무덤 속에 이런 걸 묻어두었으리라고 말야.

때마침 반대편에서 걸어오던 노인이 외치듯 무어라무어라 탄식한다. 얼굴 넓적하고 째진 눈에 낮은 콧등을 가진 전형적인 대륙사람. 백발은 성성하지만 아직 등이 꼿꼿하고 어깨도 넓다란 것이 한눈에도 무사 출신으로 보인다.

"뭐라는 소린가?"

"황제여, 일생을 꿈에 건 제왕이여! 좋은 날은 꿈처럼 헛되이 지나갔도다! 뭐 이런 말일세."

낮은 소리로 중국노인을 흉내내던 승이 슬슬 노인에게 다가가 몇 마디 말을 나눈다. 그들의 말이 길어지고 담배가 오가더니 둘은 아예 사제지간이라도 되듯 나란히 걷는다. 한참만에 승이 손을 들어 인사하고 그에게로 돌아왔다.

"전 공산당 고위 간부였다네. 저 유명한 국공합작 때 홍위군이었다는군."

"마오쩌둥의 그 홍위군?"

"그래. 그 홍위군."

"전설 속의 인물 같군."

"자고 일어나니 세상은 바뀌었다고 탄식하더군. 공산당은 노인처럼 늙고 쇠잔하는데, 젊은이들은 새로운 애인처럼 자본주의를 희망하고 미제 운동화에 청바지에 열광하고 말이지. 진황제의 영원불멸의 신념처럼, 이념에 걸었던 자신의 젊은 날이 헛되고 헛되더래."

"……헛되다."

대륙에는 가을이 찾아와서 하늘은 높디높고 만리장성은 끝이 없어 보인다. 이토록 긴 만리의 길도 어디선가는 끝을 보겠지. 그는 서안 병마용갱의 용사들을 응시하듯, 멀리까지 뻗어나간 장성의 길을 가늠해보고 있다.

남기다.

만리의 장성을 걷고 있는 이 순간에도 시간은 자꾸만 달음질치고, 인간들은 이 한순간을 남기는 것에 그토록 위안을 받으며 필름을 들고 17분 현상소로 달려갈 것이다. 아내는, 아내는 신혼 때의 사진을 모두 없앴다. 이게 다 무슨 소용이야. 아내의 신경증이 노인들 관절염처럼 도지던 날이었다. 노인은 탄식한다. 좋은 날은 꿈처럼 지나갔도다.

그가 문득 한 회한에 차서 중얼거린다.

"이봐, 누군가 나를 변치 않고 알아주는 것이 사랑이라는 걸까?"

"옳아. 역사란 것도 정치란 것도 문화란 것도 다 그런 것 아닌가. 알아달라는 얘기지. 수천 년 전 왕릉의 병마용과 토우와 금, 은의 부장품과 글씨와 화첩과 도자기들 말이지. 곳곳에 진열하며 이것이 바로 사랑이라고 말이지."

알아달라는 것. 시계를 보니 비행기 시간은 꽤 남아 있었다. 그렇다면 그렇게 해야겠다. 영 이곳을 떠나기 전.

5

여인의 집 2층 베란다에선 늙은 노파가 화분에 물을 주고 있었다. 화분의 꽃이란 물론 노란 황국이다. 여인은 그 사이 앓았는지 얼굴이 무척 수척해져 있었다. 바람 부는 가을 국화밭을 연상시킬 만큼 가녀렸다.

와주었군요

여인은 반색을 떨듯 말듯 그를 실내로 안내한다. 집은 넓진 않았지만 잘 정돈되었고 서가엔 제법 단정한 서책들이 꽂혀 있었다. 그렇다 해도 다소 어둡고 낡은 곳이었다. 이 위층에는 전당포라도 있을 성싶은 곳이었다. 바야흐로 새롭고도 낯익은 자리로 들어왔다는 생각. 텅 비었다는 것과는 좀 다른 곳이었다.

와줄 줄 알았어요

110

거실에는 중국 연속극 〈판관 포청천〉에 나오는 실내처럼 원탁과 의자가 있었고 창문엔 쌍희(雙喜)자가 새겨져 있었다. 기쁠 희가 두 개 겹친 창문 옆, 원탁 옆 난로에는 지금 막 찻주전자가 얹혀졌다. 그렇게 마주 앉은 여인과 그는 영락없는 꿀 먹은 벙어리. 여인은 서랍에서 깨끗한 모조지를 꺼내고는 그에게도 펜을 권한다. 영어를 전혀 할 줄 모른다는 듯 여인은 애초에 필담을 원한 것이다. 가슴에 할 말은 가득하지만…… 하는 얼굴로 여인은 한동안 찻물이 끓고 있는 난로를 바라보았다. 그 가슴에선 모조목걸이가 반짝인다.

여인은 이윽고 상소문 올리듯 모조지 위에 글자를 눌러쓴다.

'그 남자가 저를 따라다닌 건 벌써 석 달째. 그는 괴로워서 죽겠다지요. 그 핑계는 저를 사모한다는 것.'

思慕. 이틀 전 자금성에서 난리를 친 남자를 말하는 것일 테다. 남자의 생각대로라면 사모하는 마음 때문에 세상은 온통 난리통이어야 할 테지.

'하지만 제 마음은 저 먼 산 사찰의 스님에게 가 있어요. 스님은 저와 혼약을 했었지요. 어느 날 갑자기 그가 삭발을 했습니다.'

婚約. 여인의 미간이 좁혀진다.

'부처님 나라로 가겠다는 거지요.'

淨土國. 그러니까 소멸도 없고 시작도 없고 변화도 없고 전생(轉生)하지도 않는 곳으로 가겠다는 것?

'그 사찰은 임제종파 소속이지요.'

臨齊宗. 나한을 만나면 나한을 죽이고 부모를 만나면 부모를 죽이고 부처를 만나면 부처를 죽이고,의 그 임제?

'저는 쌀봉지를 들고 시주하러 갑니다. 공양미를 부으며 기원하지요. 제발 부부의 연을 달라고. 그 사람, 재가신자로 남게 해달라고.'

供養米. 여인의 얼굴이 간절해진다. 조금 전까지 읽었던 것인지 『육조단경』 사이에 볼펜이 끼워져 있다.

'인연은 때로 무자비한 것이에요. 그는 바위처럼 끄떡없어요.'

不搖動. 그의 미간도 여인처럼 좁아진다. 세간 인연이 어디제 마음 같은가,라고 쓰려다 그는 쓰지 못한다. 쉿쉿쉿, 찻물이 조금씩 끓기 시작한다.

'스님을 생각하면 마음은 무너질 것같이 쓰리지요. 하지만 그뿐. 저는 다만 쌀봉지를 들고 업장의 소멸과 새로운 인연을 기원할 뿐.'

業障消滅. 거기까지 쓰고 여인은 비로소 펜을 놓았다. 그에게 그 말을 하기 위해 지금껏 기다렸다는 듯. 불룩한 가슴을 가진 여인은 이제 물씬 여인 냄새를 풍기는 것이 아니라 세월과 고단한 인연에 지친 한 인간이 되어 그의 앞에 앉아 있다.

이곳은 어디이고 대체 무슨 일이 있었나. 집 앞 골목엔 황국이 피었고 미인과 혼약한 남자는 절로 들어가고 임제종 절간의 쌀통에는 공양미가 부어진다. 그리고 찻물이 끓고 있다. 아직도 3천 년 고도 서안의 세공사는 금비녀와 금거울 위에 국화무늬를 넣고 있겠다. 이봐요, 차가 끓어요. 한 천 년쯤 시간이 지나가네요. 여인이 그림자처럼 일어나 찻잔에 물을 따른다. 연하고 가볍게 말려진 잎들이 물 속에 퍼지며 기묘한 향을 냈다.

112

─세간 인연이 어디 제 마음 같은가요?

연인 숙은 소식을 끊기 전 전화로 그렇게 말했지. 그녀는 이제 소식을 끊겠구나, 그런 예감은 맞았다. 지난 여름방학 서울에 갔었을 때 그녀가 있던 화실은 날로 확장되는 상가의 기세를 이기지 못하고 쌈밥 전문의 한식집으로 바뀌어 있었다. 그녀는 어디서 무얼 하고 있을 것인가. ……전화번호 안내를 원치 않습니다. 114 교환수는 오로지 그 말만을 되풀이하였다. 골목 안쪽 담벼락엔 아직 떨어져나가지 않은 포스터가 그녀의 두번째 작품전을 안내해주고 있었다. 〈서로 닮은 영혼들 2〉 한쪽 면이 떨어진 포스터는 마침 북상해온 B급 태풍 속에서 펄럭거렸다. 그는 애달픈 마음으로 펄럭이는 포스터를 들여다보았다. 그때 그 호주머니엔 그녀의 국화무늬 펜던트를 매달 금줄이 들어 있었다. 가을날의 바람은 아니고 태풍이 부는 날이었다. 그러니 서로들 그렇게 다른 데를 헤매고 마음은 그렇게 어긋나기만 하는가. 서로 어긋난 인연끼리 만나는 것은 바위를 움직이는 것처럼 그토록 어려운가.

─금은 불순물을 걸러내면서 정련(精鍊)이 되는 것이지요?

숙은 소식을 끊기 전 자꾸 그런 말을 했다.

─정금과 같은 마음이 중요한 거죠? 마음을 정련하는 것.

그러고는 그 말을 끝으로 소식을 끊었다. 한 3천 년 전, 3천 년 전 중국의 세공사들은 금덩이를 달구고 두드리고 펴서 그 금붙이 위에 국화무늬를 새겨넣었겠지. 누군가 그 국화무늬 금붙이를 녹여서 돌반지를 만들고 다시 녹여서 금비녀를 만들고 녹여서 금박 라이터를 만들고 변하고 변하고 세월이 지나 저 3층 전당포에 맡겨졌을지도 모른다. 그도 그 국화무늬를 찾기 위해 그리도 그녀를 찾아갔는지 모른다.

자, 들어요.

찻물을 우리던 여인이 찻잔을 그 앞에 내민다.

'국화차?'

菊花? 그의 글씨를 보고 여인이 고개를 끄덕인다. 이곳 남양(南陽) 사람들은 첫서리가 내리고 음력 9월 9일이 되면 국화주를 담궈 먹고 황국 말린 차를 마신다지. 오래된 명절이라지. 그러고 보니 중양절이 멀지 않았다. 그는 여인이 내민 찻잔을 받쳐들며 그 생각을 하고 있다. 천세불변. 그는 여인의 모조지 위에 不變, 글자를 적으려다 만다. 쉿, 변치 말아라. 너의 볼과 눈빛과 내 마음을 위로해주던 웃음 같은 것. 바람 부는 가을날의 국화밭 같던 것. 너 때문에 내 생의 어느 시절이 금은방처럼, 황국처럼 환했었다는 것. 그러니 저 중국여인처럼 쌀봉지를 들고 가 업장을 소멸하고 새로운 인연으로 다시, 텅 비고 텅 비어서 새로 채울 쌀독처럼 어질게 다시 시작할 수 있는가. 그것은 한갓 헛된 것인가.

그는 무언가 대결하듯 모조지를 노려보다 그렇게 쓴다.

'어진 인연 이루시오'

良緣達成. 봉지에 쌀을 담던 여인이 웃을듯 울듯 고개를 끄덕인다.

6

비행기 시간이 다 되었다. 승은 중국제 두충차와 중국고전을 몇 권 넣어주었다. 상형문자 보는 셈치고 읽어봐라, 보다 보면 정들 거라고 승은 말했다.

"잘 가게. 딴 생각 말고, 제수씨한테 자주 연락하고."

가을이 와서 밖의 공기는 한결 서늘하고 왁자지껄 혈기왕성한 대륙사람들의 잡담은 비행기 굉음처럼 야단이다. 그릉그릉. 쇠바퀴가 활주로 바닥을 긁는 소리가 한동안 이어진다. 그는 안전벨트를 매고 무릎 위의 가방을 연다. 승에게 부탁하려던 말. 이거, 이 줄을 전해줄 테야? 여기 이거. ……주소가 바뀌었대. 좀 알아봐줘. 좋은 그림 그리라고 전해줘. 그렇게 말하려니 꼭 유언 같군. 그는 웃는다. 그르릉. 한동안 바닥을 긁던 기체는 이제 가뿐히 떠올라 그가 돌아갈 곳을 향해 직진을 시작할 것이다. 그는 가방을 닫았다. 부장품과도 같이 목걸이 금줄은 그의 기내 반입용 가방 속에 묻혔다.

그로부터 20시간 후. 그가 사는 도시에 도착했을 때 기숙사 앞길에서 사고가 있었다. 그가 짐가방을 끌며 찻길을 건널 때였다. 제 인생을 끝장내기라도 하듯 질주하던 차가 그를 밀친다.

"유류품을 확인해."

노랑 머리의 경찰이 와서 지시한다. 그의 가방에서 신분증과 금줄이 발견된다.

그때 모조목걸이를 한 중국여인은 쌀봉지를 들고 절에 불공드리러 가 있었다. 쌀은 사금처럼 반짝이며 독에 부어지고 여인은 혼약, 공양미, 업장소멸…… 상소문처럼 하염없이 하염없이 글자를 적는다.

그때 골목길 화실이 있던 그 여자 숙은 〈서로 닮은 영혼들 3〉 연작을 준비하고 있었다. 그때 그 여자는 문득 이상한 기운에 끌려 그 남자의 펜던트를 꺼내본다. 가을이 오고 황국이 피고 세공사들은 금쟁반 금거울에 중양절 가을국화를 새겨넣겠다. 이제 그 남자, 그곳으로 갈 것이다. 시작도 끝도 상처도 소멸도 없는 곳. 그 여자 숙, 몇 번이고 다듬고 다듬은 정련 속에 이제 막 무늬 하나를 완성했다. 국화무늬 금줄이 지금 막 완성되었다. 그 남자, 그 여자와 함께 반짝이는 국화무늬 속에 묻혔다.

정금의 여자.

부장품을 발굴하던 후손들은 그렇게 기록하리.

(『문예중앙』 1997년 봄)

금과 수국과 왕릉의 시간

왕릉 근처

　차는 좀처럼 속력을 내지 못했다. 휴일이고 날이 유난히 좋았던 탓이다. 방금 지나온 한강엔 모터보트가 물살을 가르고 달려가고, 강변엔 어린 소년들이 나와 하늘 높이 공을 차고 있었다. 이제 겨우 광진대교를 건너 워커힐 앞을 지나고 있던 참이다. 차는 종일 이렇게 막힐 태세였다. "담배를 피워도 될까요?" 운전대를 잡은 D가 묻는다.

　"그러세요"

　왕릉 근처로 소풍을 나가기로 한 것은 우연한 일.

　길을 강북으로 틀어 퇴계원 지나 진접면 지나 314번 광릉내

길로 들어서면은, 빽빽한 수목들이 밀림을 이루는 곳. 10년 전인가부터 식구들과 자주 오던 곳이었다. 휴일 늦은 아침을 먹고 나서 어디 가까운 데 다녀올까 싶으면, 차 꽁무니에 약수통을 매달고 여주나 양평처럼 수월히 다녀올 수 있는 곳이었다. 한식을 제법 잘하는 집은 어딘지, 수박이나 먹골배는 어느 원두막 것이 그 중 싸고 좋은지, 길이 꼼짝없이 막힐 때 반가운 기계국수 포장마차가 어디쯤 있는지 제 동네처럼 훤한 곳이었다. 그 길을 굼벵이처럼 따라와서는 산채정식이나 더덕구이를 먹고 가는 곳.

"산채정식을 드시려우?"

여주인이 쟁반에 물컵과 물수건을 가져와서는 주문을 받는다.

"산채말고는 뭐가 있지요?"

"뭐 여긴 더덕구이도 좋고 도토리묵도 좋고."

"그럼, 산채하고 더덕 해주세요."

여기 산 하나, 더덕 하나! 여자가 주문을 넣는다. 식사 때는 아니더라도 간단한 요기라도 할 요량들인지 널찍한 식당은 벌써 자리가 차간다. 가족이거나 연인으로 보이는 이들은 이것 좀 먹어봐라, 여기 간장에 찍어 먹어라, 전 한 쪽을 두고도 살갑기가 그럴 수 없다. 내 앞에 앉은 사람은 가족이나 연인 대신 전에 좀 알고 지내던 D.

"전에도 와봤지만 근처에 절이 있다는 건 몰랐는 걸요."

"춘원이 묵었던 절이었대요."

"춘원? 『무정』의 그 춘원?"

"맞아요, 『무정』."

118

"숲을 찾아들어야 할 만큼 세월이 고단하고 무정했었나보죠."

"무정 세월, 세조와 정희후 윤비의 능이라지요."

그러고는 말은 다시 끊겼다. 아무래도 너무 오랫만인 탓이다. 그래봐야 6년 만이다.

나이를 먹어가는 일에는 그런 것도 포함되어 있던가. 까닭 없이 점점 낯을 가리고, 모처럼 모임에 나가면 낯익은 얼굴이 그지없이 반갑고, 그저 익숙한 가구처럼 모서리가 반들한 관계가 안심이 되는 것. 산나물 하나를 사면서도 "아주머니, 어디 분이세요? 아, 산청 분이세요?" 어쩌구 하던 나였다. 지금은 그저 "많이 파세요. 돈 많이 버세요." 산나물 봉지를 건네받고 인사나 잊지 않으면 잘하는 것이다. 세월 탓이다. 그런 생각을 한다.

이곳은 광릉요강꽃, 광릉나비나물, 광릉물푸레나무들이 있다는 근교의 왕릉 근처. 소풍객들은 깻잎에 상추, 들깨 넣어 버무린 도토리묵이나 감자 갈아 만든 부침개를 먹고 있다. 우리도 능과 수목원에서 반나절 다리품을 팔고 와서는 이제 왕릉 근처 식당촌에 앉아 있던 것. 때는 오후 5시. 먼저 맥주를 한 컵씩 시원하게 하고는 무 넣고 풋고추 넣고 끓인 된장찌개에 산채로 차려진 저녁상을 받는다. 공교롭게 점심때와 같은 것이다. 그것도 우연한 일.

내열(內熱), 한여름, 쌈을 싸서 먹는 밥

한 남자가 지금 막 차에서 내려 아파트 동수를 확인하고 있다. 막 베란다에 빨래를 내다널던 참이었다. 휴일 더운 한낮이었다. 남자는 다름아닌 D. 그의 손에는 커다란 종이봉지가 들려 있다. 슈퍼에서 주는 누런 재활용 봉지다. 잠시 후 초인종이 울리고 채소가 한가득인 봉지가 내 앞으로 내밀어진다. 신선초, 청경채, 깻잎, 꽃상추, 샐러리 등속. 쌈된장 넣고 쌈밥으로 먹으면 맞춤할 것들이다. 누구의 방문을 받으며 이런 것을 받기는 그 중 처음이었다. 물론 그 속에는 슈퍼타이 같은 집들이 용품도 들어 있었다.

"웬 채소죠?"

"많이 먹고 꽃상추 같아지라고."

"싱겁기는……."

이번엔 내가 차 대접이랍시고 찰미숫가루에 냉수를 붓고 얼음을 띄워 내놓는다. 둥글레찻물은 식혀서 냉장고에 놓고 먹던 것이고, 미숫가루는 찹쌀 등 오곡과 함께 갈았다는 2킬로그램짜리 한 봉을 사두었던 것. D가 웃는다.

"미숫가루 내놓는 여자는 처음인데요. 그것도 젊은 여자가."

"콜라나 사이다는 순 설탕물이지만 이건 다 살로 가잖아요."

"하긴 옛날에 참 많이도 먹었지요."

"요즘은 캔으로 나온다고도 하대요."

그렇게들 할 말이 없었을까. 청량음료는 설탕물이다, 이건 다 살로 가는 거다. 옛날에 많이 먹었다. 고작 그런 말이나 주고받고 있던 것이다. 그보다 이렇게 다시 만나 그런 말이나마

주고받을 줄은 몰랐던 것이다. 일주일 전인가 근처 24시간 편의점에서 마주친 후에야 비로소 그와 한 동네와 살고 있다는 것을 알았던 것. 이리로 이사온 지는 일 년여. 그날 그가 조만간 한번 방문하마 했던 것이다. 함께 사는 후배는 외출중이고 집에는 나와 그뿐. 미숫가루 얘기로 지지부진 얘기가 맴돌자 좋은 생각이나 들었다는 듯 나는 오래된 자켓의 로이 부캐년을 튼다. 〈스위트 드림〉. 다시 들으니 새롭네요, 하는 말을 듣자는 건 아니었지만 그가 계면쩍은 얼굴로 웃는다.

"이젠 그런 것 들어도 감흥이 없네요."

"감흥……;"

"한때 저런 노래가 있었지 싶고."

"맞아요."

"점점 나훈아나 이미자가 좋아지고."

"맞아요 〈영영〉 〈동백아가씨〉 그런 거요."

"〈영영〉, 그거 좋죠"

"그때도 그랬었나요?"

"그랬었나?"

6년 전. 그때라면, 좀 알고 지내는 사람의 도예 작업실로 몰려가곤 하던 시절이었다. 그러니까 스물일곱쯤? 지금도 그렇지만 그때만 해도 나는 그저 견습생에 불과했다. 전기가마가 어떻게 생긴 것이고 태토에 적당한 온도는 어떤지, 고열을 견디는 힘의 비밀은 무언지…… 그저 호기심이 나서 죽겠다는 시늉만 하고 있을 때였다. 그런데 D, D라면 강북의 한 방사선과에서 일하고 있을 때였다. X선, 라듐, 방사선 등을 이용한 방사선 요법의 하루 일과를 마치면 발에 엔진이라도 단 듯 부리나케 양평의 도예실로 달려오곤 했다. 그러면 그 작업실의 주인이자 건축설계 일을 하는 A, 사시사철 들로 산으로 야생화를 찍으러 다니는 B, 언제나 바위만을 그리는 C가, 여어 어서 와, 하며 지금 막 이 강변구락부에 합류한 D를 반겼다. 그리고 아직 도착하지 않은, 하지만 오늘도 올지 아니 올지 통 모르겠을 또 한 사람, 바로 나를 기다렸다. "E는 안 오려나?" 그러면 어쩐지 현기증을 앓는 듯, 하지만 늦게라도 이렇게 오지 않았느냐? 하는 얼굴을 한 내가 안녕들 하슈, 사내처럼 건들거리며 들어서는 것이다. 그러면 남한강변 외딴 고가의 멤버는 다 모인 셈.

늘 말이 없는 A는 부지런히 판을 틀고, 명랑한 B는 고물 기타로 〈알람브라 궁전의 추억〉을 치다 말고, 내내 일이 잘 안 풀리는 C는 화투를 좀 치자고 졸랐고, 또 D는 히말라야 등정기 같은 것을 보면 정신 없이 가슴이 뛴다고 중얼대기도 하던 시절이었다. 생각해보면 딱하기 그지없던 때. 생각해보면 내열(內熱)이 많던 시절이었다. 연민 때문인지, 무엇을 해도 전기줄에 닿은 듯 가슴이 저릿저릿하던 시절이었다. 그러니 서로 어찌해줄 수는 없고 다만 그 사람의 고독이라는 것, 외로움 같은 것을 멀거니 바라보던 때였다.

"전시회 소식 신문에서 보았어요."

D는 뜬금없이 그런 말. 한 달 전에 있었던 나의 도예전을 두고 하는 말.

"……네에."

"제법 크게 나왔던데요."

"그거, 아무것도 아니에요."

122

나는 다시 추가한다.

"개뿔도 아니에요."

개뿔도 아니에요. 그렇게 말하고 나니 만족스러웠다. 그것은 신문 문화면의 '전시회 소식'이라는 의례적인 소개말고는 별다른 관심도 없이 쓸쓸하게 막을 내렸다. 도자기들을 걷어오던 날, 술이라도 처먹고 대취하고 싶은 심정이었다. 그날에야 비로소 6년 전 누군가 내게 했던 말이 생각났다. 고3을 상대로 수입 좋은 입시교습을 하면서도, 틈만 나면 한두 군데쯤 줄이고 빈둥거릴 생각을 하는 나를 보고 하던 말이었다. "E씨, E씨는 E씨가 가진 재능을 가혹하게 훈련할 줄 모르죠." "……." "말해봐요. 무언가 절실하지 않아서 그렇지요?" 그것을 말해보라면 그의 말은 사실이었다. 무엇 하나 간절하고 절실한 것이 없어서 일찌감치 시들한 얼굴을 하고 인생을 바라보던 시절이었다. 제발 절실해다오! 나는 전기가마 속에 구워지는 도자기들을 향해 간절히 말했다. 열여섯에 동갑내기 사촌이 죽고 다시 스무 살에 아버지가 돌아가시고 나서였을까. 그 후 종지잔 하나, 흔한 접시 하나 만들 기력이나 욕구 같은 것이 있을 리 없던 시절. 오로지 입시생들 교습을 시켜주고 나머지 시간엔 〈아프리카 미사〉 〈미사 크레올레〉 같은 음반을 사들고 들어와서 사무치게 들어대면 하루가 꼭 맞춤할 때였다. 단조롭고 지리멸렬한 시간 속에서도 그 시간만큼은 더없이 경이롭고 뿌듯했을 것이다.

"아무리 개뿔도 아니었을라구요. 하하."

내게 아무 반응이 없자 D는 흠, 흠, 목소리를 바꾼다.

"그래, 작품은 어떤 것들이었어요?"

"그저 흑자(黑瓷)들이었어요. 검은빛이 도는 도자기."

"어쩐지 철학적인 기분이 듭니다. 아, 저것들인가요?"

D는 베란다 한쪽 구석에 놓여진 나의 그것들을 한참이고 들여다보았다. 지난 세월 나의 마음인 듯 딱딱하고 부자연스런 흑자들을 D는 그러나 사랑스럽게 바라보려고 애를 썼을 것이다. 과연 거기 새겨진 국화무늬는 아름답기는 하다. 그러나 항아리의 선은 역시 부자연스럽고 심지어 경직이 되어 있기까지 하다. 나는 D의 시선을 항아리에서 잡아끄느라 수작을 부린다. 시간을 보니 정오를 막 넘어서고 있었다.

"가만 있어보자, 무얼 좀 해볼까요? 쌈밥 같은 건 금새 되겠는데요?"

"뭘요. 괜한 수고 마세요."

"금방 됩니다."

D도 아직 식전이겠다. 밥 있고 쌈고추장 있으니 양배추 찌고 된장찌개나 끓이면 되겠다. 굵은 멸치에 호박, 마늘, 풋고추에 두부를 바둑판같이 썰어 넣고 갖가지 쌈잎과 찐 양배추를 대나무 소쿠리에 둘러내면 그만인 것이다. 싱크대 앞에서 부지런히 손을 놀리는 나를 향해 D가 말을 건다. 하지만 흑자 얘기라면…… 더이상은 싫다.

"그곳 생각나요?"

"……그곳?"

"오이하고 상추, 쑥갓 이런 것들을 키우던 집이었잖아요. 밤에는 올빼민지 뭔지 소리내어 울었지요."

"네, 맞아요."

"밤에 들짐승 우는 소리에 E씨는 잠자던 방에서 뛰어나왔잖아요."

"아하, 생각나요."

"그게 부엉이 울음은 아니었나요?"

"글쎄, 난 승냥인 줄 알았겠죠."

"승냥이라면 거기가 두메산골이었던가?"

"하긴."

하긴 그 근방에서도 유독 후미지고 시골스럽던 곳이었다. 강남에서 한 시간쯤만 내려가면 그런 곳이 있다는 것이 믿겨지지가 않았고, 하나같이 민한 인간들이라 밤에 우는 것이 부엉인지 승냥인지 뭐가 뭔지 모르는 것도 믿어지지 않았다. 그렇다 해도 그렇게 만난 것이 그해 여름 한철이었다. 밤새 모기떼에 시달리다 멍한 얼굴로 아침에 일어나보면 비는 멀쩡하게 그쳐 있고 햇빛은 텃밭에 고루고루 쏟아지고, 그러면 무언가 다 놓아버리는 심정이 되어 신생이라는 것을 생각하게 되는 것이다.

"어느 날인가 거기서 주말을 보내고 늦은 아침에 둘러앉아 밥을 먹었죠. 그때 해물탕을 끓인 게 누구였죠?"

"B였지요."

"맞아요, B. 요리를 잘하는 B."

"B도 왔으면 좋았을 텐데."

"B씨는 지금 뭐하고 살죠?"

"여전해요. 여태 꽃을 찍으러 다니죠. 일전에 회사 그만두고 독립했어요. 뭐, 아직 어렵긴 하지만."

B는 언젠가 우리들에게 그가 찍은 꽃들을 보여준 적이 있다. 산오이풀, 물봉선, 개오동, 노루귀, 괭이눈 등등. 하나같이

예쁜 이름을 가진 것들. 이것 좀 봐요. 이쁘죠? 이쁘죠? 어린
딸이나 애인 사진을 보여줄 때같이 B는 흐뭇해했었다. 무슨
연애를 저렇게 예쁘게 하는 남자도 있구나, 하는 생각이 들게
했던 사람.

"A씨는요?"

"그 녀석도 마찬가지죠. 동료들과 건축사무소 동업을 하고
있어요."

A는 언제고 한결같을 사람이다. 백 년이 지나 그 자리에 가
도 그 일을 할 사람. 허튼 말 허세 허풍이라는 것을 생각할 수
없는 사람이었다. C의 그림에 나오는 바위 같은 사람. 적어도
믿어도 좋을 사람이었다.

"C씨도 여전하고요?"

"지난해 전임이 되었어요. 오래 기다렸죠. 서른일곱에 됐으
니. 하지만 이제 많이 안정되었어요."

서양화를 전공한 C는 늘 일이 잘 안 풀려 미안하다는 얼굴
로 한쪽 구석에 깨진 유리컵처럼 앉아 있곤 했다. 해도 한번
술이 들어가면 건달 사촌이 되어서는 제기랄, 젠장, 어쩌구 하
는 말들을 어설프게 내뱉고는 곧이어 만취해버리곤 하던 시절
이었다. 그런 C가 안정이라. 하긴 C도 어느덧 사십을 바라보
는 나이였다.

보글보글 경쾌한 걸음처럼 된장이 끓고 양배추가 구수한 냄
새를 풍기며 쪄졌다. D는 땀을 흘리며 쌈을 싸먹기 시작한다.
아니다, 손을 내젓던 것과는 반대였다. 제법인데요, 밥집을 차
려도 되겠어요, D는 듣기 좋으라고 한마디 한다. 어쨌든 미숫
가루 얘기할 때와는 사뭇 다른 분위기다.

"그리고 또 한 사람, D씨도 여전하다던가요?"

"글쎄. 그 사람 D는 아직도 히말라야에 가고 싶어하죠."

"어떤 날엔 엑스 레이 사진이 산의 맥박같이 보인다고도 하고요?"

"하지만 전 같지 않아요. 히말라야시다 나무 이름만 들어도 가슴이 뛰었던 사람이었잖아요, 난. 허허."

그렇게 말하는 D는 수련의 시절 틈만 나면 히말라야 타령을 하던 사람. 병원일에 치여 하루에 기껏 서너 시간 자면서 말이다. 예과시절 2년 간 산악반을 했었던 탓이겠다. 싱글싱글 웃을 사이를 주고는 그쯤에서 화제를 돌리는 D.

"이리로 온 지는 얼마나 되었죠?"

"얼추 일 년 다 돼가죠?"

"그 집 참 좋았잖아요. 그 적산 가옥."

"그래요. 집집마다 백목련이나 사과꽃이나 라일락이 피었다 지는 동네였죠."

6년 전 그때, 처음으로 집을 떠나 선배언니가 있는 동네에 전세를 얻었을 때였다. 그곳에서 일 년도 못 되어 나온 것은 밤의 한기 때문. 그 적산 가옥 다다미방엔 유난히 습기가 들고 밤엔 벽마다 외풍이 들어 온몸이 다 저리고 아팠다. 그것만 아니라면 진득이 살아도 좋을 성싶은 집이었다. 어느 집 마당에선 오래된 창이 흘러나오고 날은 덥고, 한번 자리에 누우면 아귀처럼 잠이 달라붙고 그러면 꼼짝 없이 몇 시간이고 곯아떨어지던 시절이었다. 나와는 연대가 안 맞으려니 미련없이 나온 집이었다. 그렇다 해도 목조로 지어진 외양이 마음에 드는 집이었다. 그래서가 아니라도 잊을 수 없는 집이었다. 누구 때문이라고 할 수도 있는, 잊지 못할 집.

오후 2시 반.

집 밖에는 아직 햇볕이 기승이다. 신도시의 살풍경한 아파트 너머로 전기가마 속같이 해가 타고 있다. 후식으로 참외와 차까지 마신 D가 방문을 마치는 시간이다. D는 처음 올 때처럼 고개를 들어 아파트를 한번 더 올려다본다. 여긴 20층이나 되네. 우린 저층 아파튼데……, 혼잣말같이 하던 그가 목소리에 힘을 실었다.

"가끔 생각나면 연락 줘요. 알잖아요?"

"?……"

"아니다 해도 다들 때로,"

"?……"

"항아리라도 내던지고 싶을 만큼 열이 나는 때가 있다는 거."

"……알죠"

무언가 속에서 고열을 내던 시절은 아직 지나가지 않았던가. 나는 베란다에 방치된 나의 흑자를 생각하고 D는 예의 그 히말라야를 생각하는지, 나와 그의 얼굴에 적적한 공감이라는 것이 돌고 한동안 말이 없어진다. 잠시 후 D가 간절한 청을 하듯 말한다.

"어디든 다녀오지 않겠어요? 가까운 데 어디라도?"

오래된 능

능에서 내려와 상가 식당촌에 닿았을 때는 초저녁 무렵이었다. 이 윗길로 올라가면 일제 때 춘원이 묵었다는 절이 있고 청경채처럼 깨끗한 화단이 있고, 약수통을 들고 서 있는 산책객들도 있을 터였다. 해는 아직 소쿠리에 남은 쌈잎처럼 퍼져 있고 휴일의 산책객들은 어슬렁거리며 다녔다. 그렇다 해도 우리는 식당에 자릴 잡고 앉는다.

"우선 시원하게 맥주할까요?"

"좋으실 대로 하세요."

"꼭 그때 같은 날이군요."

꼭 그때 같은 날이다.

한낮의 더위가 가시고 제법 선들한 바람도 불 줄 아는 날. 6년 전이다. 매일 머릿속에 집만 그리는 A, 요리 잘하고 노력형인 B, 과묵하지만 신경 예민한 C, 무던하면서 속에 정열을 감춘 D, 그리고 무언가 잔뜩 연민만 많던 내가 그곳에서 일박을 했던 날이었다. 예정에 없던 일이었다. "꼭 MT를 온 것 같군." 하고 D가 말했다. "맞아, 여기도 강가잖아"라고 바위만을 그리는 C가 받았다. 과연 조금만 차를 타고 나가면 D같이 무던하고도 정열을 감춘 강이 있는 곳이었다. 밤이 깊어 일행들이 하나 둘씩 잠이 들고 오로지 D와 나만 깨어 있을 때였다.

―잠을 좀 자두지 그래요?

―낯선 데서는 잠을 통 못 자요.

―불안해서?

―그런 것도 같고 그보단 생각이 많아져서요.

―여행할 땐 어떻게 하죠?

―수학여행, 졸업여행과 MT 그 밖에는 집에서 보내주질 않았어요. 가족들과 함께가 아니라면.

―올해 몇이죠?

―우리 나이로 스물일곱.

―하긴 그 나이 땐 불안하기도 했었죠. 낯선 곳에 가면 가슴부터 뛰었을 때였어요. 그러니 잠이 올 턱이 없지요."

그러고 보니 그때 그는 스물일곱쯤 먹은 청년 얼굴을 하고 있었다. 그러나 그는 그때 서른셋이었다.

6년 전 부엉이나 승냥이나 다른 무엇의 울음소리 대신 왕릉 근처 숲에는 벌레소리가 가득하다. D는 맥주를 제법 했다.

"처란 말입니다."

다시 술잔을 입에 가져가던 D가 꺼낸 말.

"웃기는 말인 줄은 압니다. 하지만 들어주세요."

"물론이죠."

"처는 나와 선을 보던 날 자수를 놓은 원피스를 입고 나왔지요."

"네에."

"말도 없이 그저 조용하기만 한 여자였어요. 제 생각이 있어도 남들이 뭐라기 전까진 그저 가만있기만 한 여자…… 바위그림이나 꽃사진이나 흑자에 대해서라면 도통 모르는 여자예요. 빛의 삼원색이 빨강 파랑 초록이라는 것도 모를 여자. 하지만 재봉엔 솜씨가 좋았지요. 집 안의 방석보, 탁자보, 에이프런, 아이들 셔츠들은 거뜬히 만들어내곤 했어요."

"멋지군요."

"들어주세요. ……아내란 그저 익숙한 가구 같은 존재라는 생각을 하던 남자였지요. 귀찮지만 가끔씩 자리를 옮겨주면 되는 건 줄 알았었죠."

밑고 끝도 없는 말들. 어쩐지 길고 긴 이야기가 될 것만 같다. D의 얼굴은 아파트에서와는 딴판이다.

"지금 별거중입니다."

"……"

"원인은 아무래도 나였어요. 아녜요. 분명 나예요. 결혼 5년째쯤이 맞을 거예요. 환절기가 되면 몸이 자꾸 아프고 오로지 바깥 생각만 나는 것이 어쩔 수가 없어요. 4월이 오면 영천 은혜사 가는 길의 복사꽃이 보고 싶어 안절부절, 가을이면 밀양이나 영풍 쪽 고갯길로 마음이 먼저 가 있지…… 기갈든 사람마냥 자꾸 밖으로만 돌고 싶은 거예요. C 말이 맞아요, 총각 때 병이 도진 거죠. 그래 등산을 한다 수석을 한다, 주말과 휴일을 보내고 돌아와도 처는 앙탈도 없이 옷 받아주고 밥을 주고는 다시 미싱 앞에 앉지요. 밥 대주고 이부자리 내주는 여자, 꼭 조선 여관 여주인과 사는 것만 같았어요. 그때부터였을 거예요. 자고 있는 자식들을 들여다보면 거위새끼래도 예쁘겠는데 처는 점점 꼴보기가 싫어져. 알 수가 없어요. 뭐든 하는 것마다 싫고 나무 그늘 같은 안색도 청승스럽고 나를 이해해주면 해줄수록 미련곰통이 같은 것이, 떨어져 살면 딱 좋겠어. 그래도 내 어머니를 사 년 동안이나 모셨던 여자다, 내 아이를 낳아준 여자다…… 마음을 달래봐도 소용이 없어. 그저 변덕이라고밖에 할 수 없는 그런 거예요."

D에게 그렇게 매정한 구석이 있었나.

"아버지는 젊어서 마냥 떠돌던 양반이었죠. 그저 산이고 바다고 발 닿는 데로 돌아다녔다고 해요. 그래도 집이라고 일년에 몇 번 생각날 만하면 들어와서 어머니는 늘 기차 시간표를 외우다시피 살았었죠. 그렇다 해도 아버지는 어머니에게 뜸한 소식이어서 제 어린 마음에도 어머니가 읍내 우체국 같기만 했다는 생각이 들었겠죠. 아버지는 그곳을 그냥 지나치기만 한 먼 데 편지 같았을 거예요. 나도 커서 아버지를 닮는 게 아닐까, 그러면 큰일인데, 하는 마음도 있었죠. 먼 데 편지 같은 아버지를 미워하는 마음으로 어느 날 밤, 별거중인 아내를 찾아갔지요. 다음날이 칠석날인가 한 밤이었죠. 그저 그런 이야기를 나누다 보니 담배를 다 피웠고 처는 화장을 지우는 크림이라나 뭐라나, 클린싱 크림? 그런 것이 떨어졌다고 했어요. 그러고 보니 나도 담배가 필요했고, 그래 같이 24시간 할인점에 가서 간단한 장을 보고 들어와서는 그날 그 집에서 하룻밤을 잤지요. 그녀는 침대에서, 나는 그 아래 이불을 깔고 그저 피곤에 지쳐 서로 자기에 바쁜 그런 잠. 3개월 만에 만났는데도 그저 모든 것이 그만 시들해진 얼굴로 이내 잠이 들었지요. 이른 아침 처가 나가는 소리가 들리고 저 혼자 깊은 잠을 잤지요. 이제 가봐야 되는 거 아닌가 하면서 내처 늦게까지 말이죠. 처는 친구의 의상실에 나가고 나는 병원 월차 낸 날이고."

칠석 전날 만난 D와 그의 아내.

"아침에 일어나서 처의 방을 찬찬히 살펴보니 전과는 딴판이었죠. 화장대엔 화장수나 크림 따위가 뒤죽박죽 놓여 있고 머리끈이나 핀 같은 것도 아무렇게나 뒹굴었겠죠. 그때 은박 포장의 좌약 같은 것이 눈에 띄더군요. 전에 처가 쓰던 피임약 같은 것이…… 이상하게 마음 떨리고 혼자 있는 처에게 이런 것이 필요한가, 아닌가를 생각하는 짧은 순간 기분이 개떡 같아지더군요. 그 은박포장은 실은 둘코락스 변비 좌약이었던 것. ……처에게 변비가 있었던가? 변을 못 봐 끙끙대는 처 생각이 나 마음이 덩달아 무거웠겠죠. 그게 하필 좌약일 건 뭐냐 하면서 말이죠. 방과 맞붙은 싱크대 옆엔 이사 와서 한 번도 안 썼을 전골냄비, 불고기판이 아무렇게나 얹혀져 있고 냉장고엔 먹다 남은 깻잎 장아찌나 콩장, 시들어빠진 콩나물 같은 것이 맨접시째 들어가 있었어요. 이런 것을 먹고 사는구나…… 그런 것들은 어쩐지 처음인 것 같았지요. 같이 살 땐 한 번도 관심 가져보지 않은 것들 말입니다."

변비약과 깻잎 장아찌와 콩장.

"아, 들어주세요. 화장대 옆에 꽂힌 낡은 앨범을 보니 처의 대학시절 사진이 나오더군요. 퍼머 머리가 촌스러운 듯하고 볼우물이 패게 수줍게 웃고 있는 처를 보는 건 그때가 처음이었죠. 장을 넘길 때마다 처는 봉선화같이 앳되서 애잔한 마음이 들더군요. 처가 처녀 적엔 이랬었구나, 그래도 어딘지 밝고 꿈이 많았었겠구나…… 마음 아파오데요. 처는 내게 시집 와서 이런 웃음을 웃어본 적이 없어요. 그렇게 한 번 해주지 못한 것에 가슴을 쳤지만 그러고는 그뿐, 더는 어쩔 수 없다는 생각이 드는 거예요."

아내의 봉선화 같은 처녀 적 사진을 처음 보는 D.

"그래도 그 노트를 보게 돼서 다행이에요. 두터운 대학 노트엔 옷감 조각들이 잔뜩 붙어 있고 봄 양장저고리, 치마를 그린 것들이 수십 장씩 있었지요. 한결같이 옷에 자수가 들어간 그림이었죠. 생각해보니 처는 내가 한창 밖으로 돌았을 때도 옷깃에 공을 들여 자수를 놓았던 기억이 나요. 그게 무슨 무늬였던가는 생각이 안 나요. 뭐 포도무늬나 당초문(唐草紋) 같은 것이었겠죠"라고 말했다.

당초문을 수놓는 D의 아내.

"옷깃에 그깟 무늬 놓는다고 뭐가 달라지나, 생각한 나였어요. 빗살무늬든 연꽃이든 뭐가 그리 다르다고. 그런데 처는 한껏 공을 들여 수공하는 마음으로 그것들을 하고 있던 거예요. 그러고는, 틈만 나면 강이나 산 언저리를 돌고 환절이 되면 마냥 히말라야에 가고 싶은 남편을 이해해보려고 기를 썼겠죠"

흑자를 구우러 다니던 날들. 천 도도 넘는 가마에서 항아리를 구워 무늬를 새기고 유약을 바르고 한동안 바라보던 날들. 옷깃에 자수를 놓는 D의 아내와, 흑자에 국화문을 놓는 내 마음과, 히말라야에 가고 싶어하는 D의 마음은 같은 것이라고 나는 생각한다. 산오이풀과 개오동을 찍는 B의 마음. 바위만을 그리는 C의 마음. 그리고 꿈 같은 집을 짓고 싶어하는 A의 마음. 그것은 무언가를 끌어오고 싶은 마음이다.

무언가 끌어다 쓰고 싶은 마음.

"그날 슈퍼에 나가 신선한 야채와 꿀참외와 유산균 요구르트를 사와서는 냉장고에 채워주고 다 떨어져가는 영양 크림도 새것으로 사서 화장대에 놔주고는 나왔지요. 야채를 많이 먹어. 변비에 그게 좋아, 메모를 쓸까 하다가 말고요. 그런데…… 그러는 저로 말하자면 내년이면 불혹이에요. 젠장, 벌써야? 벌써 불혹이라고? 해보지만 소용이 없는 거지요."

불혹. 그게 이제 D의 차례가 되었다는 것이군.

"그날 처의 집을 나오는데 작은 연립주택 베란다에 수국 화분 하나가 덩그러니 있는 것이 보이겠죠. 흰색과 연보라가 섞인 것이 무덤덤하게 말입니다. 꼭 처 같구나, 그런 생각이 들더군요. 그녀는 그렇다 치고 저는 낼 모레면 불혹이에요. 청춘의 저승사자 같은 나이 말입니다. 그런데 아직 속에 열이 남아 이 야단이에요."

D는 이제 술잔을 입에 대는 횟수가 눈에 띄게 늘었다. 제 습관이라는 게 있어 자제를 하면서도 한번 마음놓고 마셔버리고 취하고 싶어하는 모습이 그 얼굴에 있다. 자동차야 내가 몰고가면 되는 일이지만 이제 낼모레가 불혹인 D가 그러는 것을, 무언가 끌어다 쓸 것이 필요한 D를, 먼 친척뻘 오빠 보듯 바라보고 있다.

D, 당신도 지쳤겠군. 매일 방사선과로 출근해선 X선 감마선 라듐선 빛에 대해 다루고, 전문의가 되고, 4월이 오면 늘 쩔쩔매고, 환절기에는 어쩔 수가 없고, 그리고 이제 불혹을 앞두고 있다. 그 가슴에 남은 고열을 이제는 어찌해봐야 할 그런 나이.

나? 나도 지쳤겠다. 이립과 불혹 사이. 두번째 전시회는 무섭도록 덤덤하게 끝이 나고 그 흑자 항아리들은 베란다에 방치돼 있다. 잔뜩 힘이 들어가서 부자연스럽고 경직된 항아리들. 그것이 도무지 마땅치가 않아 어찌할 줄을 모를 때서야, 그러니까 정확히 실패를 느끼고서야 이제 한번 제대로 흑자를 굽고 싶다고 생각한 것이다. 절실해다오! 아무리 외쳐대던 시절과는 분명 다른 것이다. 선이 부드럽고 자연스럽게 풍성한 그런 항아리를…… 그리고 그 위에 좋아하는 국화무늬를 넣고 싶다고. 그러니 시간이 필요하다. 항아리가 잘 익을 시간이…….

그러니 제각각 다른 제 앞의 난관이랄 것을 돌파해오느라 무심해지고, 그러면서도 무언가 원(願)이 하나씩 남은 모습으로 D와 나는 앉아 있다. D는 맥주 한 병을 더 주문했다.

"B, 그 친군 한때 이혼했었어요."

"한때?"

"그때 아이는 B의 친할머니가 키우게 되었는데 아이가 말수가 부쩍 줄고 엄마, 언제 와? 조르지도 않고 눈에 띄게 기운을 잃더라는 거예요."

B라면 물봉선 개오동 산오이풀 사진을 보여주던, 해물탕 요리를 잘하던 그 B?

"헤어진 지 일 년이 지나 전처와 길에서 우연히 만났다는 거예요."

"우연, 그거 무서운 거잖아요?"

"아, 그거 무섭죠."

"물귀신 같을 적도 있잖아요?"

"맞아요. 그날 어쩌다 저녁을 같이 먹게 되고 와인까지 한 잔 하는데 어찌된 일인지 같이 자고 싶어지더라는 거겠죠. 그날 밤 북악 스카이웨이 어디쯤에서 같이 자고 밤늦게 각자 집

136

으로 갔다는 거죠. 그러다 보름 후 다시 만나고 사람들 눈을 피해 처음 그 모텔로 가고…… 그러다간 아예 2주에 한 번 날을 정하고 언덕빼기 모텔에서 만나기로 했다죠. 그러기를 3개월. 그러다 아예 다시 합치기로 한 거예요. 둘 다 아직 혼자였으니까. 만나서 다시 자보니 좋더라고. 그렇게 보니 처가 산오이풀처럼 어여쁘더라고……."

말수가 줄고 눈에 띄게 기운을 잃더라는 아이도 아이지만 만나서 자보니 좋더라는 부부. 그러는 D의 표정은 후박나무 그늘같이 어둡다.

"처와 다시 합치게 된다면 나무가 아주 많고 약수가 있는 곳에서 살고 싶다는 생각을 합니다. 오래된 나무들이 산소를 내뿜고 다친 곳을 소독하고 싸매줄 것만 같은 곳 말이에요. 나훈아와 이미자가 더더 좋아지고 휴일이면 처자식을 데리고 나가 외식하는 게 좋아지고 옷깃에 자수를 놓는 미련퉁이 여자가 살뜰해지면…… 그러면 어쩌면 행복해질 수도 있겠지요."

해가 넘어가는가. 왕릉 부근이 흑자의 국화문양으로 어둑해지려고 한다.

그런데 저…… F는요? 혹시 F 소식은 모르시나요? 그렇게 묻고 싶은 걸 참느라 가슴이 다 저릴 지경이었다. 하지만 그렇게 하지 않았다. 그렇다면 그건 세월 탓이다. 〈금의 남자〉 지난번 흑자전의 제목을 보고 관람 온 친구 하나가 묻는다. "금의 남자? 비단 금(錦) 할 때 그 금?" "아니, 쇠 금(金)."

"아하, 금같이 빛나다 그런 뜻?" "글쎄." "금같이 단단하다?" "글쎄…… 금같이 견고하고 빛날 줄 아는 것, 그저 그런 것." 그렇게 견고하고 아름답게 어딘가에서 살아가고 있으려니 생각하면 마음은 다진 흙같이 평평해지고 이윽고 무연해지기까지 하는 것이었다. 한때 그런 사랑 한번 해보고 싶었지. 군데군데 삭는 청동 같지도 않고 도자기처럼 깨지지도 않는 그런 사랑. 그저 스물여섯이나 일곱쯤에 말이지.

그때 내 속을 읽을 리 없는 D가 무심히 말한다.

"지난해 친구 하나가 교통사고로 죽었지요."

"……."

"E씨가 알지 모르겠지만 F라고……."

F라면 내 흑자전의 표제가 된 사람? 〈금의 남자〉의 바로 그 F?

"서울에서 방학을 보내고 돌아가는 길이었대요."

흑자 항아리처럼 굳어지는 내 얼굴.

"그 아내는 충격으로 안면이 마비가 되었더랬죠."

"……."

"지난해 9월 초. 그러고 보니 꼭 이맘때군요."

D는 생각나는 대로 말하고 있었다.

"지난번 그 친구에게 다녀왔어요. 동기의 묘지에 가긴 처음이에요."

항아리가 쨍그랑, 깨지는 마음.

"전에 한 번 양평에도 왔었는데 기억 못할 거예요. 곧 돌아갔었으니까. 기억 안 나죠?"

기억이 왜 안 나나. 바로 그해였었지. F, 당신을 처음 본 것은 A의 작업실에서였지. 그해 여름 D가 당신을 그곳에 데려왔을 때, 당신은 나를 보았지. 당신은 그때 이미 마음으로 무언가를 시작했었지. 그 일주일 후 당신은 서울을 떠났지. 그후 당신으로부터 날아온 수많은 편지와 전화가 있었지. 왜 안 나나? 기억이 왜 안 나? 이렇게 생생한 걸. 사랑하기에 참 좋은 나이였지. 그렇다 해도 사랑하기에 좋은 사이는 결코 아니었지. 예전 그 적산 가옥의 벨이 울리지. 밤이면 외풍이 들던 집. 네에. 수화기를 들면 저편에서 당신이 지금 막 말을 꺼내려 하지. 보지 않아도 알지. 그것은 국제전화임을 알리는 뚜 신호와 함께 아주 익숙한 공기에 실려왔지. 그건 다른 사람, 말하자면 A, B, C, D 들은 결코 알 수 없는 것이지. 당신은 F이지.

"장지가…… 어디랍니까?"

"저어기 경기도 모란공원."

그곳, 그곳이라면 내 동갑내기 사촌과 아버지가 묻히신 곳. 봄이면 종달이가 울고 여름엔 수국이 피고, 가을이면 도토리가 구르고 겨울이면 눈이 봉분처럼 덮이는 곳. F, 어찌하여 당신이 그곳에 있나. 나는 V 네크라인 셔츠 안으로 걸려 있는 목걸이를 만져본다. 그것은 당신이 준 것. 당신이 내 뺨을 만지고 눈꺼풀을 쓸어줄 때 내 가슴은 성당 저녁종처럼 흔들렸다. 당신의 두 눈은 안경 너머로 금처럼 빛났지. 그리고 나의 한시절에 정금처럼 남아 있지. 그 위에인 듯 내 흑자 항아리에 국화무늬를 새겨넣지. 그 정련(精鍊)의 어려운 길을 거치고는 새삼스레 금을 발견한 것처럼 떨며 그날 밤 잠을 설치게 되는 것이지. 그것이 인생이었구나. 그런 것이 인생이었어.

"F는 정말 좋은 놈이었는데."

"……."

"전에 그를 보려면 학교 도서관이나 언어학 연구실로 가야 했었는데 말입니다. 한데 이제는 모란공원이에요."

지난 늦여름이라면 그렇다면 이제 일주기가 되었겠다.

"술 한 잔만 줘보세요."

"E씨가 술을요? 젬병인데 술을요?"

D는 내 잔에 술을 따르고도 자꾸만 그러고 있다.

"설마 하니 죽기야 하겠어요?"

식당 주방에서는 식당 일 나온 여인들의 굽고 데치고 조리고 무치는 음식들 냄새로 가득하다. 녹두빈대떡이며 삼색나물들이 F 때문에 사촌 때문에 아버지 때문에, 젯상처럼 보이는 저녁. 늦여름 벌레들이 쇠잔한 채 울어대는 왕릉의 저녁. 해마다 기일이 되면 주방의 여인들처럼 굽고 데치고 조리고 무치는 저녁이 있었지. 언제는 안 그랬을까, 언제나 음식 냄새와 함께 오는 기일.

그날 집의 문은 조금 열렸다. "바깥 문을 조금 열어두고 향을 피워 망자의 영혼이 오는 길을 안내하는 거란다. 그러면 망자는 정종 한 잔으로 목을 축이고 나물과 전유어와 육포의 저녁을 하고 이승의 다리를 건너 다시 저승으로 돌아가는 게다." 영혼불멸과 윤회설을 믿던 조모는 아버지의 사십구재를 올리고 극락왕생을 빌고, 미생전부터 사랑했던, 나의 아버지인 당신의 큰아들과, 나의 사촌인 당신의 손주에게 해마다 기일 음식을 내놓고 위로할 것이다. 그러면 나는 옆에서 덤덤히 전을 부쳐내고 땀을 흘리며 가스레인지의 불을 조절하지. 그러다 6년 전, 일가가 개종을 하여 추모예배로 할 것을 권하자 조모는 완강히 반대하셨다. "해마다 찾아오는데 어떻게 젯상을 안 차려주겠나?" 벽에 매달린 에어컨이 윙윙 바람을 뿜고 있는데 조모는 말씀하셨다. "문을 닫으면 멀리서 찾아왔다가 못 들어오시잖니……." 하지만 얼마 후 조모는 생각을 바꾸셨다. "그래, 지난 세월 동안 늬 아버지와 사촌, 젯상 잘 받고 갔다. 알겠다. 이제 기도하마."

식당은 이제 한산하다. 얼굴이 달아오르는 내가 주섬주섬 핸드백을 챙긴다.

"이제 그만 가봐야죠."

"……그래야겠죠."

D와 나는 젯상 물리듯 산채정식과 더덕구이와 맥주 몇 병의 상을 물러나온다. 차를 몰고갈 일 따위는 잊어버리고 대신 산책을 해야 한다. 식당을 나오자 봉선사 입구 성긴 나무 사이로 한 쌍의 남녀가 보인다. 20대 초반? 둘 다 꽉 끼는 청바지에 발랄한 청셔츠를 입고 있다. 청년은 여자의 입술에 성급히 제 것을 대고 허겁지겁 달겨든다. 스르르, 밀림에서 바람이 불어온다. 청년은 이제 두 손으로 여자의 허리를 감싸 두른다. 그러고는 이제 처녀의 손을 이끌고 날쌘 들짐승처럼 저 안쪽 숲을 향해 달려간다.

"아, 사랑하기 좋은 때군요."

"히이, 사랑하기 좋은 때."

"봄구슬봉이꽃 같은 시절이군요."

"봄구슬봉이꽃 같은 시절."

나는 알딸딸한 한 잔 맥주 기운에 히죽 미소지으며 방금 전 그들이 사라진 숲을 바라본다. 그렇다고 다 사랑하기 좋은 사이는 아닌 것이다. 후박나무 그늘 같은 D의 걸음은 왕릉 밑 숙박촌에 이르렀다. 여주인이 고개를 내밀고 묻는다.

"주무시고 갈 건가요?"

그런 질문을 받게 될지 몰랐다는 듯 D와 나는 어쩔 줄을 모른다. 환절기가 되면 어쩔 줄 몰라하는 D가 한참을 머뭇거리다 내게 말했다.

"오늘밤 같이 있어줘요"

한동안 침묵이 흐르다 나와 D는 동시에 웃는다.

그곳은 광릉 근처의 어느 방. 흙항아리에 국화문양을 새기는 나, 히말라야 등정기를 읽으면 가슴이 뛰는 D, 수국을 닮은 재봉하는 여자, 금 펜턴트를 주고 간 남자. 그리고 지금은 왕릉의 시간.

D가 말한다.

"왜, 왜 사랑을 못 하죠?"

"안 돼요…… 사랑이 안 돼요"

내가 엉엉 울고 싶은 마음으로 말한다. 어디선가 항아리가 익어가는 시간이다. 무정 세월…… 나는 찡그린 얼굴로, 울지도 못하는 얼굴로 금과 수국과 국화무늬를 떠올리며 그런 생각을 하는 것이다.

열대야의 후덥지근한 기운을 지나고 나면 금새 가을이지요. 늦여름 매미떼가 악을 쓰고 울고 나면 바닷물은 급격히 차가워지고 고속도로는 휴양지에서 돌아오는 차들로 붐비고 창문은 안으로 닫히는 때. 그 사이 대체 무슨 일이 있었던가요. 아,

지난 여름은 참으로 더웠다고 아무것도 달라진 건 없다고 말하게 되는 때. 그리고는 돌아와선 저마다의 만성인 고열을 견디는 것입니다. 금은 변치 않고 수국은 시들고 왕릉 근처엔 사람들이 와서 산채정식을 먹고 가는 시간. 금이나 수국이나 왕릉의 시간들을 말입니다. ……그런데 정말이지 그것을 견뎌가는 것일까요? 저의 항아리들이 익는 시간들처럼 말인가요?

D는, 별모레가 불혹인 D는 내 목덜미에 코를 박고 자꾸만 자꾸만 아, 세월이란 것이 뭐지요? 뭐지요? 덩달아 훌쩍이려 하고 있다.

(『샘이 깊은 물』1997년 5월호)

금 여름 – 불망(不忘)

여자가 나올 시간이다. 토마토처럼 붉그레한 뺨과 생오이채처럼 젖은 머리칼, 플라스틱 바구니엔 로션과 비누. 그 몸에서는 김이 아직 나는 것도 같다. 그러니 저 이것 좀, 하고 차가운 쌕쌕주스라도 그 손에 쥐어주면 좋겠다. 여자는 배시시 웃으며 국도 쪽으로 고개를 돌릴 것이다. 시원하게 그늘진 미루나무 길을 지나면 한갓진 국도가 나타나고, 멀리 해안선을 찾아가는 차들만 뜸한 소식처럼 지나가는 동네에서의 한철이다.

화(火) – 온천장 입구

"여기서 온천장까진 얼마나 걸리죠?"

144

꼭 그쯤에서 여자가 물었다. 온양에서 도고—예산—삽교로 이어지는 45번 국도변에서였다.

"온천장이라면 지금 제가 가는 길인데요."

남자는 때마침 그리로 가려던 길이었다. 늦더위가 발톱을 세우고 고양이처럼 그르릉거릴 때였다.

여자와 남자가 만나게 된 사연은 그리 된 것. 대나무 가방을 받쳐들고 차를 기다리던 여자를 옆자리에 태우고는 늦더위로 달아오른 2차선 국도를 달렸던 것. 방금 전 세차를 하고 난 남자는 얼마든지 달릴 수 있을 것같이 기분을 냈지만 온천장까지란 그래봤자 5분에서 10분 거리였다.

"마침 온천에 가시나보죠?"

"아뇨. 그 마당 옆에 정구장이 있거든요. 거기서 네시부터 다섯시까지 정구를 하지요."

"여기 분이신가요?"

"웬걸요, 이 고장에서 한 닷새 묵고 있을 뿐인 거죠."

휴가중이거든요. 묻지도 않은 말을 덧붙이고 난 남자는 근육질의 어깨를 불룩거리며 정구채를 꺼낸다. 미루나무가 있고 정구장이 있고 지금도 뜨뜻한 온천이 솟구치는 모텔 앞마당에 막 도착하고 난 때였다.

지금부터 사 년 전 일이다.

그날 여자는 "방이 다 나갔는데요. 화요일쯤 와보시던지요"라는 지배인의 말을 들어야 했다. 설마. 해수욕장은 폐장되고 휴양지도 속속 파장 차비를 하는데 비수기 온천장이 만원이라니…… 하지만 "이곳은 나이 든 온천객들이 며칠씩 묵어가는 곳인 걸요. 정말로 뜨거운 탕을 찾아온 사람들 말예요. 철이

따로 없지요." 온천장의 지배인은 자부심을 가지고 말했다. 해서 여자는 군말 없이 인근 호텔로 옮겼던 것이다. 홍콩과 동경, 런던과 뉴욕의 현지시각을 알리는 시계들이 나란히 걸린 카운터에 나비넥타이를 매고 섰던 관광호텔의 웨이터는 객실 요금표를 가리키며 일금 팔만육천원을 요구했다. "딱 하나 남은 방입니다. 앞이 툭 트인 좋은 방이에요." "싱글이 맞나요?" "아뇨, 트윈이죠." "제게 필요한 건 싱글인데요" 일금 팔만육천원짜리 방, 그것도 한적한 소읍의 방이 다 들어찰 리는 만무했겠지만 남자는 공연히 이것저것 체크하는 체하고 나서야 비로소 "여기 있군요, 딱 하나 남은 방." 했다. 객실료는 당장에 절반으로 내렸다. "하지만 온돌입니다." 아무렴 어떠냐. 그렇지 않아도 이틀 후엔 처음 그 온천장으로 옮겨갈 셈이었다.

. 이틀 후, 여자가 온천탕에서 나와 요구르트를 마시며 나무 그늘 아래 쉴 즈음, 남자는 지금 막 정구를 끝내고 수건으로 땀을 닦고 있었다. 그 시간이란 건 늦여름 오후 다섯시. 남자와 여자가 다시 만나게 된 사연은 그런 것. 남자의 상기된 얼굴에 반색이 가득하다.

"그 동안 어디 있었어요?"

"저기 가야장호텔요."

"거긴 좀 비쌀 텐데."

"그래도 안전하잖아요"

말해놓고 나니 이상하기도 했지만 그건 사실이었다. 어째서 그리 겁이 많았는지 모르지만 문걸이에 안전핀까지 도합 세

146

개를 해야 안심이 되는 것이 여행지의 밤이라는 것이었다. 그래도 온천지랍시고 한적한 국도변에 식당촌이 있고 노래방에 나이트 클럽이 있어 쿵짝쿵짝 쉬지 않고 뽕짝 메들리가 울려 퍼지는 이상한 곳이었다. 아침에 일어나 커튼을 젖히면 전면 창 가득 인적 없는 평야가 한눈에 들어오는 곳. 그래도 그것 하나만은 좋아서 여자는 창밖을 내다보며 풍년가라도 불렀던 것이다. 그러고는 그날 아침 온천장으로 옮겨온 것이다. 뜨거운 오후, 혼자 정구를 치던 남자는 수돗가에서 푸하푸하 얼굴과 목덜미를 닦고는, 가슴께가 땀으로 펑 젖은 티셔츠를 손으로 들썩거리며 다가와 앉았다.

"이곳으로 올 때 녹의홍상 신부를 보았어요."

"신부?"

"녹색 저고리에 다홍 치마 색시요. 물봉선같이 예뻤어요."

하기는 오늘 아침 이곳으로 옮겨올 때 젊은 부인이 택시에서 내리고 있긴 했었다. 녹의홍상. 초록 저고리에 다홍 치마다. 신혼여행에서 돌아오는 길인가 싶었지만 한 손에 여행가방을 든 신랑은 다른 한 손엔 대바구니를 들고 있었다. 십중팔구 이바지음식이겠다. 이를테면 꿀 바른 유과와 산자와 절편 따위. 말하자면 신행길이겠다. 그 앞에 길이란 것은 좁다란 논둑길. 황금색 햇빛 아래 신랑과 색시는 꽃분홍 양산을 받쳐 들고 히히대며 신행을 가고 있었다. 음양오행 운운하는 사람은 녹색은 목(木)이고 다홍은 화(火)니 상생(相生)이구만, 상생, 하겠지. 그런 것 귀에 담진 않지만 어쨌든 상생이라니 좋겠다. 이제 막 손톱에 물들인 봉숭아꽃 같은 시절이겠다.

"아, 좋을 때군요."

남자는 한숨까지 내쉬며 장단을 맞춘다. 서른다섯이라는 남자 나이에 꼭 알맞은 한숨이다. 이를테면 뭘 좀 안다는 듯하면서도 근수는 그리 나가지 않을 성싶은 한숨.

"사실은 말입니다. 누가 나를 총각, 하고 불러줬으면 좋겠어요. 총각이라고? 저는 순진한 척 놀라며 뒤를 돌아보는 거죠."

"돌아보면……?"

"돌아보면 아줌마들이 총각, 이것 좀 들어줘요, 하겠죠. 저로 말하면 이런 국도 근처에 혼자 사는 총각이어서 이따금 김치통을 들고 찾아오는 처녀라도 있는 거겠죠. 뭐, 우체국이나 휴게소 매점의 처녀 말이죠. ……하지만 쉽게 혼인 약속 같은 건 하지 않는 겁니다. 핫하하."

남자는 이젠 건달 흉내를 내고 싶어 어쩔 줄 모르는 얼굴이었다. 처음 만났을 때 약간의 경계의 기색을 띠는 여자를 보고 아닙니다, 나 나쁜 사람 아녜요, 착한 사람입니다, 손사래라도 칠 듯싶던 남자였다.

"필요한 게 다름아닌 여자친구라니, 어찌된 일이죠?"

"어찌되긴. 시간 남고 기운 남으니 그렇겠죠."

"하긴 휴가중이긴 하네요. 핫하."

하는 남자는 무단결근을 하고 지방으로 내뺀 샐러리맨 같은 얼굴을 잠깐 하다 말았다.

설령 그렇다 해도 한갓진 과수원에서 사과가 익어가는 마을이다. 남자가 여자친구 만나기에 마땅한 동네는 결코 아니었다. 온천탕에선 쉴새없이 수증기가 올라오고 노인들은 신경통을 달래느라 방을 잡고 며칠씩 묵어간다. 낮에는 그런 대로 온천객들로 북적이지만 밤이면 외딴 집처럼 덩그러니 불을 켜고, 지배인은 유령처럼 순찰을 도는 것이다. 그런 마을이었다. 마을일이란 것은 그래 봤자 부처님 손바닥이고, 소문이란 건 녹슨 삼천리 자전거 바퀴보다 빨리 굴러갈 동네였다. 마을 청년들은 원정이라도 가고 싶다는 얼굴로 저쪽 홍성이나 대천 쪽을 바라볼 곳이었다.

"신혼여행을 경주로 갔을 때였지요. 해가 기울고 바야흐로 노을 지는 왕릉을 지나는데 처의 얼굴이 백일홍같이 물들었었죠. 차 안에서 처의 허리에 팔을 둘러서 그랬던 것. 그때만 해도 손톱에 봉숭아물도 들일 줄 알던 처였죠. 아, 그게 벌써 팔년 전의 일."

"장가를 일찍 든 축이네요."

"처의 뱃속에 어린애가 덜컥 들어섰거든요."

"음, 좋은 때였군요."

여자가 알 만하다는 듯 배시시 웃는다.

"둘 다 외로운 시절이어서 그리 됐겠죠. 이젠 어린애도 컸고 처는 이제 내 앞에서 옷을 훌렁훌렁 잘도 벗어젖힙니다."

"해서 이젠 봉숭아물이 지겹던가요?"

"아니, 처나 자식이라기보다 꼭 내 선생 같아서요."

"……"

"처가 뭔가, 자식이 뭔가…… 그런 것 말입니다."

여자는 절로 한숨이 흐른다. 그렇지 않아도 화단 한구석엔 봉숭아가 저절로 지고 있었다. 남자는 처음 만난 사람에게 선뜻 제 속을 내놓은 품을 멋적어하며 앉아 있다. 매미는 악을 쓰고 운다. 온천장 마당의 나뭇잎은 더 뻗을 데가 없나 두리번거린다. 매미도 잎도 마지막 힘을 다 소진할 때까지 제 주장을 하는 때다. 말하자면 청춘인 시절.

이제 스물아홉과 서른다섯. 청춘의 벼랑을 미적미적 넘어가
는 여자와 남자는 언제까지고 혼자 있고 싶은 마음이 반, 혼
자 식당을 찾아들고 혼자 벙어리처럼 다니다 밤이면 숙소로
기어들어가는 것이 끔찍해지는 마음 반, 해서 마냥 온천장 마
당에 앉아 있던 것이다. 남자와 여자 앞으로 목욕바구니를 든
사람들이 부지런히 드나들었다.

수(水)—읍내

여자가 부러 읍내에 나온 것은 농협에 볼일이 있어서. 볼일
이라야 돈을 찾는 일이다. 숙박비가 예정에 없이 많이 나간
데다가 아무래도 객지에선 지갑이 두둑해야 마음도 두둑해지
는 탓이다. 여자가 돈을 찾아 농협을 나올 때 건너편 조산원
간판이 눈에 든다. 저런 곳이 아직 있었구나…… 싶을 때 그
문을 열고 나온 건 고무풍선처럼 '얼굴' 부은 애엄마와 포대
기에 싸인 갓난쟁이 하나. 일행은 단지 그뿐인지 산파로 보이
는 흰머리 여자가 나와 어서 가요, 조심해 가요, 손짓을 하고
있었다. 산후 귀갓길이 저처럼 단촐한 것은 보던 중 처음이다.
풍습을 기억하는 산파라면 포대기에 비단을 접어 생년, 생월,
생일, 생시를 적어 주었겠다. 저 갓난쟁이는 영문도 모를 사이
93년 8월 이십 몇 일, 자(子)시에서 해(亥)시 사이의 사주와
팔자를 갖게 되었을 것. 그리고는 때마침 들이닥친 늦더위의
질긴 공기를 들이마시고 있는 것이다. 섭씨 29도에서 30도.

밝고 청명한 공기다. 과수원에선 사과가 익어가고 식당 아가씨는 하품을 하고 온천탕을 나온 노인들은 온몸에 김을 내며 느릿느릿 산책을 하는 마을.

남자와 여자가 만나는 둘째 날이다. 수요일이다. "수(水)의 성질은 동(冬)과 장(藏). 씨앗과 뿌리를 품고 있는 겨울 땅속 같은 때죠." 여자가 들려준 말. 그 말은 맞겠다. 저 애엄마의 지난 열 달 자궁 같은 날이었겠다.

남자와 찾아들어간 곳도 꼭 그런 곳. 천장이 낮고 실내는 무덤처럼 어둑한 곳. 햇볕을 피해 들어오느라 들어온 것이 하필 그런 곳이다. 읍내에서 제일 후미진 다방. 오후 3시라면 그중 가장 한적한 시간. 하품하는 다방 아가씨를 바라보던 남자가 꺼낸 말은 그런 것.

"언젠가 조카들을 데리고 소풍을 갔었죠."

"소풍요……?"

"형수 사십구재를 지내고 난 봄날이었어요."

"……."

"엄마가 안 온다고 매일 보채는 아이들을 달래서 저기 어디쯤 동구릉 같은 곳으로 말예요. 탄불에 구운 감자와 찐 달걀에다 칠성 사이다를 싸가지고 말이죠."

"네에."

"애들은 전쟁놀이라고 나뭇가지를 휘두르며 죽어났다 살아났다 하는데 저는 내내 그 말만 연습하고 있는 거예요. 니들 엄마는 이제 없다. 죽었다. 그래서 김밥 싸줄 사람도 없다."

"……."

"그러다 집에 갈 시간이 되자 작은 애가 훌쩍훌쩍 울기 시작했죠. 엄마 어디 갔어? 그런 거였겠죠. 먼데 갔다. 먼데 어디? 먼데, 아주 먼데. 빨리 오라 그래, 삼촌. 오기가 힘이 들어. 저 달만큼? 그래, 계수나무 달만큼. ……그런데 달 얼굴이 곰보인 거 너 알지? 우리 접때 먹었었지? 곰보빵 맛있었지? 맛있으면 바나나지? 다음 소풍 올 때 우리 바나나 사가지고 올까? ……기껏 얼러본다는 게 그런 것."

"아이가 울음을 그쳤던가요?"

"웬걸요."

"형수는 어쩌다 그리됐대요?"

"형수가 죽던 날 연신 추워, 추워, 입술이 하얗게 질린 채 허공에 손을 저었죠. 밤새 그렇게 연탄을 땠는데도 허한이 나서 말이죠. 무슨 병인지 도무지 모르고 앓던 거예요. 그러다 어느 새벽 방에 들어가보니 형수는 군불 때다 남은 삭정이처럼 식어 있었죠. 형이란 인간은 어딜 갔는지 사흘째 집에 안 들어오고 있을 때였죠."

형수는 재봉학원을 나와 재봉에 자수에 매일 방귀신처럼 앉아 일을 하던 여자. 신라여자처럼 긴 머리를 친친 잡아 매고 일하던 여자다.

"그리고 그런 것도 닮는 것인지 환절기만 되면 조카들은 춥다고 이불을 뒤집어쓰고 앓았죠. 저희 어머님은 계피를 끓여주면서 불쌍한 놈들, 불쌍한 놈들 하셨죠. 허한이 났구나, 허한이 났어."

그러고 보니 계피가 계수나무 껍질이겠네, 아이들은 계수나무 달을 보고 울었겠네, 하고 있을 때 남자가 다시 꺼낸 말.

"죽은 형수가 아니었다면 전 지금쯤 건달이 되어 있었을 거예요. 저의 태생이 유복자인 데다 젊어서 죽은 삼촌에, 형수에…… 대학이랍시고 들어가서도 사는 게 어렵냐, 죽는 게 어렵냐, 혼자 쩔쩔맸던 거죠."

"버둥버둥 말이죠?"

"맞아요, 버둥버둥. 그러다 달을 보고 우는 아이들을 보고는 정신이 번쩍 든 것이죠. 전집물 외판도 해보고 문공부에서 임시직도 하다 맘 잡고 착실히 봉급 주는 회사에 들어간 거죠. 그리고 저도 제 자식을 낳았지요. 쭈글쭈글 주름 잡힌 데다가 낯까지 찡그린 자식, 3.5킬로그램짜리 어린 자식을 안자 가슴에 회한이 밀려왔지요. 세상에 나와 자식을 떨군다는 것에 환호성과 슬픔이 범벅이 되어 그날 술을 많이도 퍼먹었죠."

"……."

"인연이라는 게 무서워 죽겠다, 그런 생각을 한 적도 있어요."

알 수 없는 남자다. 누가 날 총각, 하고 불러줬으면 좋겠다고 할 때와는 완연히 다른 얼굴이다.

그날 저녁 남자는 차 뒷자리에서 커다란 봉투를 가져와서는 그 속의 것을 꺼내 보였다. 여자가 삶은 토마토 같은 뺨을 하고 젖은 머리를 찰랑이며 온천탕을 나온 때였다. 읍내에서 온천장으로 돌아온 후였다.

"내가 찍은 것들이요."

그것들이란 연꽃과 모란, 소슬꽃과 나비, 파랑물총새, 자라, 물고기와 매화가 새겨진 대웅전의 꽃문들이었다. 극락정토의 꽃밭 같은 색. 그래서인지 꽃문양은 터무니없이 화사하면서도 애잔했다.

"주로 꽃문, 닫집, 명부전 그런 걸 찍습니다."

"사진을 하시는군요."

"지난 초여름까진 앨범 만드는 회사에 다녔었죠."

"한데요……?"

"한데, 지난 장마가 지날 무렵부턴가 어쩔 수가 없었어요. 처에게 사정을 했죠. 시간을 달라고. 내가 정말 만들고 싶은 건 앨범이 아니라 사진집이라고."

어쩐지 무단으로 장기결근을 하고 내일 아침이면 사표를 들고 올라갈 것 같던 남자였다.

"앨범 유행이란 것이 접착식이 포켓식으로 바뀌고 다시 복고바람을 타고 접착식으로 돌아오고 장인되는 양반의 회사이긴 하지만 차츰 승진을 하고…… 그런 게 아니라 명부전이나 꽃문을 찍고 싶다고. 그리고 우주의 중력에 꼼짝없이 붙들린 행성처럼 나도 삼백육십오 일 무언가를 중심으로 돌고 있다는 생각을 하게 된단 말입니다. 그게 설마 계수나무 달은 아니겠죠. ……알아요, 이런 것?"

알긴 당신이 뭘 알겠냐는 얼굴로 남자는 여자를 바라보았다. 이 여자가 그것을 알기나 할 것인가. 하지만 어쩌면 알지도 모른다. 그러기에 남자는 연 이틀 일행처럼 여자 곁에 앉아 있었겠다.

154

목(木) - 오래된 절

밤 사이 천둥 번개가 치고 비가 장대처럼 쏟아지다가는 날이 밝자 개었다. 내리기도 무섭게 내리고 개이기도 무섭게 개인 날이었다.

아침부터 남자는 열심히 명부전을 찍고 있다. 제단엔 향로와 화병, 화병엔 노란 국화, 노란 황국은 꼭 제자리인 듯 모양 좋게 꽂혀 있다. 남자는 필름을 갈아 끼우러 나왔다가 꽃밭 앞의 여자를 향해 말을 붙인다.

"적적할 땐 어떻게 해요?"

"그냥 내버려둬요."

"내버려둔다고 되나."

"나중엔 적적이 뭔지도 잊게 돼요."

그러는 여자의 손엔 절의 입장권이 쥐어져 있다. 작년에 왔을 때는 이런 입장권이 석 장. 말하자면 3일을 줄곧 왔다는 말. 매일 아침 식당에서 밥을 먹고 몇백원짜리 입장권을 끊고 들어와서는, 새로 지은 조잡한 돌계단을 지나 아직 기승인 뙤약볕에 곤충들 우는 소리도 지나 서두를 것도 없이 대웅전 마당으로 들어섰을 것이다. 적적(寂寂)…… 폭염의 사찰엔 적막뿐이고 요사채 쪽에선 무슨 수리중인지 드릴 소리가 드르르르, 드르르르, 이따금 파적을 하던 여름이었다. 그 아래 서점겸 매점 그늘에 앉아 금강경을 읽다가 붉고 호사스런 중국풍 침실로 꾸며진 진신사리 모신 방도 기웃거리던 여름이었다.

여자는 그때처럼 명부전 꽃밭에 앉아 끝물 더위에 자지러지는 벌레 소리를 듣고 있다. 찌르르르르르. 그 똑같은 장소에

선글라스 낀 아버지와 청바지 입은 어머니가 서 있다. 그들 앞에는 쏟아지는 봄빛에 미간을 찌푸리고 선 어린 그 여자가 곰보빵을 먹고 있다. 살구꽃 놀이를 나온 봄날이다. 조산원 앞 포대기 속 아이 같던 여자는 보리싹처럼 자라 어느새 학교 갈 나이가 되었다. 20년도 넘은 사진. 물론 흑백이다. 그 아래를 웬 어린애가 꽃나무 가지를 흔들며 지나가다 수국아, 수국아, 제 부모가 부르자 도로 그 곁으로 간다.

그새 일이 끝났는지 카메라 가방을 둘러멘 남자가 여자 옆에 와서 앉는다. 앉기만 한 게 아니다. 예의 그 딴 데 보는 시늉에, 별것 아니지만 마침 생각이 나서, 하는 듯한 얼굴로 시작한 말이다.

"중국 호남성 장사라는 곳에 마왕퇴라고 있어요."

"또 심각한 얘기 하려는 거죠?"

"들어줘요. 그 한 묘에서 초미인이라고 나왔다지요."

"초나라 여자?"

"그 미인은 조각 같은 네 겹 장식관 속에 잠들어 있었다죠. 가는 몸매에 삼단 같은 머리채를 틀어올리고 재봉질 흔적 없는 비단옷을 걸쳤었다죠. 아무래도 이승의 옷은 아니었겠죠."

이상하다. 번번이 뜬금없는 말인데도 묘하게 집중시키는 데가 있는 남자다.

"관을 덮은 비단그림에는 붉은 태양과 뽕나무 가지와 두꺼비와 토끼 한 마리, 초승달과 항아 선녀가 그려져 있었다죠. 지금부터 이천 년 전 이야기예요."

비단천그림이라면 남자 옆에 합장묘처럼 앉아 있는 여자도 전에 본 적이 있던 것. 오렌지빛 등황, 토홍(土紅), 광택나는 홍색 주사, 은분의 안료가 몽유병 걸린 처녀 같은 색을 냈던 것. 그게 바로 선염기법이라는 것.

"총각 시절 사귀던 아가씨가 하나 있었어요."

이제야 본론이라는 듯 남자의 목소리가 낮아지고 여자는 한적한 시골 우체국이나 휴게소 매점에서 일하는 처녀를 생각한다.

"젊어서 혼약을 한 처녀였죠. 친구들 몇 불러놓고 우리들끼리 우선 하는 그런 혼약. 눈썹이 초승달 같던 처녀였어요. 처녀는 한때 절로 들어갔었죠. 해도 절집이 세간의 고된 일 피해 들어가는 데는 아니겠지요. 그러길래 삼 개월 만에 다시 나왔던 거죠."

"무슨 구비진 사연이 있었기에……?"

"저희 집에서 그 약속을 파했죠. 이유는 단 한 가지, 둘이 서로 상극이라는 거죠. 혼인을 하게 되면 남자가 일찌감치 단명한다는 거였어요. 궁합을 보고 온 어머니는 한겨울 무처럼 새파랗게 질렸겠죠."

"아무리 궁합 하나에?"

"할머니는 병으로 일찍 죽은 삼촌 생각에 노상 우는 게 일이고 형수는 겨울날 언 사과궤짝처럼 추워, 추워, 덜덜 앓다가 죽고, 아이들은 어른들 몰래 달을 보고 울고…… 슬픔이 집안에 많던 집이었어요. 그렇다 해도 혼례를 못 하면 차라리 지금 죽겠다고 소동을 피웠죠. 스물둘에 사귀어 스물다섯 때 일어난 일이에요. 열이 많을 때였겠죠."

"……."

"처는 어찌어찌 뒤늦게 그 사실을 알고는 펄쩍 뛰었어요.

죽겠다고 했다면서요, 왜 같이 죽지 그랬어요? 당신은 그깟 싸구려 사랑이나 하고 다녔군요! 그렇지 않아도 앨범 공장집 외딸, 상처니 흠이니 하는 것 나는 모른다는 듯 자만심 강했던 여잔데 상처를 받았다는 거죠."

"네에."

"그 뒤 들은 소문으로는 아가씨는 저 때문에 시집도 안 가고 있다고도 했고 이름 모를 병을 얻었다고도 했죠. 그리고는 소문조차 끊기고 영 행방불명이 되었죠. 그것도 지난 봄에서야 들은 얘기."

여자는 아무래도 나훈아가 부르는 〈소문〉을 생각하게 된다. 광주에서 살더라는 소문도 있고 몰라보게 변했다는 소문도 있고…… 그리고는 이윽고, 영영 나는 못 잊는다, 아아아아 아아 아아 결코 잊을 수 없다, 고백을 하지.

"차라리,"

그렇게 말해놓고 남자는 잠시 망설인다. 차라리 손 모아 행복을 빌리라. 그런 노래는 누가 불렀던가. 여자는 유행가 가사 같은 결말, 종내 박약했을 사랑의 결말을 생각해본다.

"차라리 그때 어린애를 먼저 낳고 살 것을 그랬어요. 어린애가 허한이 나고 아프면 계피차도 끓여주고 돌에는 색동옷 입혀서 사진도 찍고 말이죠. 아, 그때 그렇게 생짜로 헤어지는 게 아니었어요. 그 여자, 산부인과 찾아가지 않게 해야 했어요."

남자는 그 속에 아직 남은 불이 있다는 듯 명치께를 문지른다. 남자의 가슴은 화전(火田)처럼 넓고도 가파르다. 연녹색 면 셔츠 사이로 가슴뼈가 화석처럼 드러난다. 언젠가 저 가슴에 홍역 같은 불을 놓았겠지. 스물셋에서 여섯이라면 모르긴 해도 불 같은 시절. 젊은 시절 불을 놓고 앓다가 그 젊은 사랑의 얼굴은 곰보가 되었겠지. 남자의 곰보 초승달에는 행불(行不)이 된 항아, 산부인과에 다녀온 항아가 숨어 살겠지. 허리가 아픈 항아는 자주 펄펄 끓는 구들장을 지고 누웠었겠지. 남자는 이제 서른다섯. 이제 산허리 비탈진 밭을 일구는 나이가 되었어도 이따금 그 불을 어쩔 수가 없던 거겠지. 여자는 그 불이 낯설고, 희한하고 그립다는 듯 한숨을 쉰다.

"행불이 되었다 해도 십몇 년이 지나도록 내 달에 살아 있는 여자예요. 항아 같은 여자. 그러고 보니 그 여자, 토끼띠였군요. 하하."

항아라면 달에 살고 있다는 선녀. 하(夏)나라 제후 예가 서왕모에게 청한 불사약을 훔쳐 달아난 선녀.

"항아는 불사약을 먹고 남자의 달에 살아 있군요."

"맞아요, 그것도 훔쳐온 불사약……."

경내는 여전히 적막하다. 국화를 든 중늙은이 부인 하나가 그들을 지나쳐 명부전으로 가고 있다. 그러고 보니 낼모레가 7월 보름 백중날. 여자는 사무소 앞에 붙여진 기도동참 안내문을 바라보고 있다. '부처님께 몸과 마음의 온갖 정성을 다바쳐 지극정성으로 기도를 올려 각 가정의 업장을 소멸시키고 온갖 번뇌를 끊어 삼재팔난과 관재구설을 면하오며 병고자 즉득쾌차, 학업자 학업성취, 사업자 재수대통, 직무자 수분성취, 자손창성, 수명장수, 부귀영화가 만대에 충만하시기를 바랍니다.' 그러니 인생고해라는 것. 살구꽃 놀이에 잠시잠깐 즐거워도 인생고해라는 것. 만나고 싶은 인연과는 못 만나고, 만나지 말았으면 좋았을 인연과는 만나서 고해라는 것. 접근하는 방식의 차이일 뿐 고리타분하긴 매한가지인 세상, 모든 경(經)이란 것도 실은 세간 인생을 향한 연민이 없다면 아무것도 아니라는 것.

　나뭇가지를 흔들며 돌계단에서 놀던 아이는 이제 "저기 비단잉어 있다. 우글거린다." 하는 부모를 따라가고 있다. 어린 애가 떨구고 간 꽃나무 가지에는 잎마다 가느다란 잎맥이 뻗어 있다. 말하자면 저것도 잎의 손금이라는 거겠지. 잎을 펼치면 제 나무의 가지며 뻗어나갈 방향이며 모조리 제 운명을 흉내내며 손금을 그리고 있다는 거지. 아이를 바라보던 남자가 느닷없이 목은 어떤 성질이냐고 묻는다. 말할 것도 없이 목(木)이란 생(生)의 성질. 색은 녹색, 계절로 치자면 봄. 아버지 어머니와 절에 꽃구경을 왔던 봄. 올라올 때 보니 절 입구에 아이 하나가 오락기 옆에 붙어 있었다. 오락기라고 해봐야 왜 때려, 왜 때려, 하는 두더지잡기라든가 소주와 담배, 캐러멜 따위를 걸고 표적을 맞추는 조잡한 것들뿐. 아이의 해진 운동복은 밑단이 껑충 올라가 있었다. 아이는 지금 봄나무 같은 나이. 물이 오른 나뭇줄기처럼 등짝은 자꾸만 위로 올라가려 한다. 바야흐로 제 생의 뼈대가 세워지는 나이인 줄도 모르고 아이는 왜 때려, 왜 때려, 되바라지게 소리치는 두더지나 표적 맞추기가 하고 싶어 안절부절이다.

　경내는 다시 적막강산. 남자와 여자는 두 그루 나무처럼 그

160

자리에 꼼짝없이 다리를 뻗고 앉아 있다. 그런데 목은 색으로 치자면 녹색, 계절로 치자면 봄? 남자는 새삼스레 제 가슴에서 무언가 소생하는 듯한 두근거림을 듣는다. 그러고는 여자를 돌아본다. 그들이 부모미생전(父母未生前)부터 알아왔던 사이려면 하루가 더 걸렸다.

금(金)－사하촌 여관

아침부터 수은주는 자꾸만 올라간다. 여자는 사하촌의 한 여관 툇마루에 앉아 있다.

여자가 온천장에서 이리로 옮긴 것은 어제 해거름 무렵. 남자는 어젯밤 아마도 남쪽으로 떠났겠다. 여자를 여기까지 데려다주고 자신은 부안 내소사로나 가겠다고 한 것. 섭섭함이 없을 리 없었겠지만 그렇다 해도 저 갈 길이 따로 있는 작별이었다.

작년 이곳으로 올 때는 때 늦은 비가 쏟아졌었지. 사방이 칠흑 같고 한치 앞을 분간하기 어려운 때. "정전인가?" "정전이래." 누군가의 말소리가 들렸다가는 전깃불처럼 툭 끊기고 인기척마저 끊긴 으시시한 밤길을, 그것도 초행길을 혼자서 겁을 먹고 올라오던 때였다. 얼마쯤을 왔을까. 언덕 저 앞에서 가느다란 불빛이 흘러나왔지. 그게 하필 상가여서 차일은 비에 젖고 조문객들은 양초 몇 개의 어둠 속에서 둘러앉아 있었지. 거기서 양초 하나를 얻어 칠흑 속에 여관을 찾아 들었다. 높다란 계단 위에 있는 한옥이었다. 아침이 되어 보니 그 여관이란 것은 마당에 까맣게 여문 해바라기가 있고 빨랫줄엔 옥양목 호청이 빳빳하게 널린 곳. 말하자면 햇볕이 많고 밝은 곳. 주인인 노부부가 종일 일을 하고 여자의 방값으로 일용품을 사던 집이었다. 언제 가나? 오늘 가나? 겸연쩍게 묻던 집.

남자가 무거운 카메라 가방을 메고 여자가 묵은 여관을 찾아온 것은 저녁밥 때가 다 되어서.

"왜 할머니뿐이죠?"

"할아버지는 저 아래 삽교 상가에 가셨어요."

여자는 여긴 또 어쩐 일이냐, 하는 말 대신 속삭이듯 덧붙였다.

"호상이래요. 상복을 입은 이들이 은은한 곡을 하고 있을 거예요."

아무래도 노인들이 많은 동네인 까닭이겠다.

그보다 우선 남자는 이 집을 찾아오길 잘했다는 생각을 한다. 여자와 저녁 한 끼 더 먹고 남쪽으로 간다고 해서 나쁜 것은 아니었다. 여자도 같은 생각인 듯 식사를 가는 걸음이 밥상보처럼 가볍다. 그날 식당 메뉴는 꽁보리밥. 가을에 씨 뿌려서 봄에 수확하고 여름에 풋고추에 된장 해서 비벼 먹는 밥.

남자는 고춧잎나물에 젓가락을 가져가며 생각한다. 이 여자를 어떻게 만나 벌써 몇 끼 식사를 같이 했나, 정 들었나. 벽제 어디쯤 공방에서 도자기를 굽는다는 여자. 그걸 굽는 가마 속엔 천 도씨도 넘는 불이 있지요. 초벌이 끝나고 안료를 쓰고 난 뒤 거기에 국화문을 새기지요. 소국, 만개한 황국, 바람 부는 날의 들국 그런 것들…… 여자는 지금 무슨 생각을 하고

162

있나. 입밖에 내지 않고는 귀신도 모를 것이 사람 속이라 했나.

여자는 그때 제 부모의 신혼사진을 생각하고 있다. 뜬금없이 사진은? 뜬금없이는 아니다. 논둑에서 녹의홍상 색시를 보았을 때부터 줄곧 생각했던 것. 61년 제주도 성산포. 어머니의 녹의홍상이 바람에 휘날리는 사진. 호텔 커피숍에서 뜨거운 커피를 마시는 사진. 신혼집 서재에서 두 분이 나란히 신문을 읽는 사진. 그리고 그 후, 지금 막 잔치를 끝낸 한복 차림의 젊은 부친이 웃고 있다. 64년, 11월, ×일, 묘시생. 첫돌을 맞은 여자를 안고 뜰 앞 벚나무 아래서 찍은 사진이다. 여자는 언젠가 형부의 슬라이드로 벚나무 아래 자신과 젊은 부친을 보았다. 색동옷을 입고 오방낭자 색동주머니를 차고 앉은 여자와 여자를 안고 있는 젊은 부친. 그 집에는 자주 모임이 있고 조부와 부친의 손님들이 초대된다. 조부와 친분 있는 어른들이 와서 여자의 짱구머리를 쓰다듬고는 거실의 항아리와 화병과 연적 들을 둘러본다. 모란과 국화, 당초와 물고기 문양이 새겨진 도자기들. 여자가 자라면서 매끼 밥을 먹듯 보아온 모양과 문양들. 훗날 여자가 항아리 굽는 여자가 된 것도 그 때문이겠다. 그리고 잊지 못하는 그 노래, 〈추월만정秋月滿庭〉.

추월은 만정(滿庭)하여 산호 주렴으 비치어 있고 청천(晴天)의 외기러기난
월하(月下)으 높이 떠서 뚜루루루루루 끼룩 울음을 울고 가니 심황후

기가 막혀 기러기 불러 말을 헌다

심청이 헤어진 심봉사 생각에 우는 대목. 조부가 돌아가시
고 난 후의 아버지처럼 여자도 그것을 들었지. 소파에 앉아
〈추월만정〉을 듣고 계신 부친. 그 안색은 창백하다. 열여섯의
여자는 사춘기랍시고 방문을 걸어잠그고 책에 빠져서는 그 기
색을 눈치 못 챈다. 그가 병색의 얼굴을 감추고 흔들의자에
앉아 독서라고 하시지만, 얼마 후 기진할 것같이 다시 눕게
된다는 것. "……나중에 말이다. 내가 어딜 좀 가게 되면 이
서재를 네가 맡아다오." 여자, 지금 막 알에서 나오려고 쭉쭉
소리를 내는 병아리 같던 여자에게 부친은 말씀하신다. "어딜
가시는데요?" "좀 멀다." 여자는 그때 부친의 회한, ……벌
써라구? 설마, 농담이겠지. 아무래도 이건 너무 이르잖아. 아
직 다 크지 않은 저애들을 남기고 가야 한다니……, 하는 회
한을 읽었어야 했다. 13년 전 부친의 회한을.
   그 얼마 후 여자의 집엔 장의 예식이 진행중이다. 입관 전
곱추 장의사가 부친의 손톱 발톱을 깎자 얌전퉁이 언니의 볼
을 따라 병아리똥 같은 눈물이 뚝뚝 떨어진다. 우리 언니가
우나? 정말 울어? 언니는 내가 모르고 있는 것을 꼭 알고 우
는 얼굴 같구나. 지난 봄 학교에서 색색의 부활절 삶은 달걀
을 받아온 여자의 머릿속은 엉뚱하고 뒤죽박죽이다. 사람이
한번 죽어도 그의 영혼은 사흘 만에 다시 살아난다. 그리고는
영영 산다. 그러니 부친은 돌아가신 것이 아니라 돌아오시는
것이야. 여자가 생각하는 것은 그런 것. 거기에 불공도 시주도
많던 외가의 내세관이 보태진다. 해서 여자는 부친과의 마지

164

막 대면이라는 것을, 최후의 대면이라는 것을, 조금치의 눈물도 없이, 아침 조회처럼, 교장선생님 훈시처럼 지루하게 견디고 있을 뿐이다. 사흘이 지나 여자는 부친의 방을 가본다. 달걀에서 병아리가 나오듯 눈을 비비며 뭔가 생(生)할 거라는 생각은 어이없이 깨진다. 방은 텅 빈 닭장처럼 말끔하고, 부패하는 냄새를 감추느라 잔뜩 피워댄 향이 부나비처럼 돌아다닐 뿐이다.

사는 게 더 어렵나, 죽는 게 더 어렵나.

둘 다 어렵지요, 어려워요. 남자는 이제 정종 반 병을 비웠다. 언제부턴가 제법 하게 된 술이다. 해마다 형수 기일에 따르던 술이다. "형수, 이런 수는 무슨 뜻으로 놓는 거죠?" 형수는 일감 맡은 이불보에 부지런히 십장생 수를 새기며 말상대를 해줬지. "늙지 말고 아프지 말고 오래오래 살라는 뜻이죠" "금슬종고락(琴瑟鍾鼓樂)? 이건 또 뭐죠?" "그거야……부부금실 좋으라는 뜻이지요, 도련님." 젊은 형수는 얼굴을 붉혔지. 그리고는 붉은 공단 베갯모에 壽 福 多 男 子 하는 길상어(吉祥語)와 그 글자 사이사이에 칠보문을 수놓는다. 원하는 일이 뜻대로 이뤄지길 비는 마음은 청홍 보자기에 칠보문으로 새겨졌겠다. 방에는 갖가지 공단과 비단과 무명이 제 차례를 기다리고 있었다. 남자는 그 후 '61년 만에 찾아오는 복돼지해 윤년' 하는 수의(壽衣) 광고를 보게 되었지. 순수 국내산. 최고급 천연삼. 마 100프로. 손삼베 백칠십여 만원에서 기계삼베 40만원까지. 갖은 수의 남자 18가지 여자 17가지. 저고리, 두

루마기, 버선, 대님이나 원삼, 속곳, 치마, 속치마를 챙겨입고 저승을 간다는 거지. 시집 와서 진종일 옷만 지어내던 형수는 제 몫으로 성긴 삼베옷 몇 가지만 챙겨입었을 것이다. 장례 때 남자는 흰옷을 입고 길을 밝혀주었다. 저승길이 어두우니 그 길을 밝히자는 옷. 갓 심은 묘목이 흠뻑 젖던 날이었다. 형수의 영혼은 성긴 삼베옷을 입고 비를 맞으며 밝은 그 길을 건너갔을 것이다. 불망(不忘). 아무것도 모르는 조카들은 어린 마음속에 봄날 묘목 같은 글자를 새겼겠다.

사는 게 더 어렵나, 죽는 게 더 어렵나.

여자는 시외전화를 걸러 식당 밖으로 나온다. 남자는 정종 한 병을 거의 비워가고 있다. 아무래도 남자에게는 사무치는 밤인 듯. 전화선을 타고 조카 목소리가 금새 달려온다.
"이모, 내일이 외할아버지 제사랬어. 그래서 외할머니 댁에 갈 거다."
"이모도 내일 아침에 가지. 가서 전도 만들고 고기도 만들 건데 넌 뭐 할 거니?"
"나는 종이에 뭐라고 쓸 거지."
"뭘까?"
"뭐게?"
"말해보렴. 아, 궁금해서 밥솥처럼 가슴이 탄단다."
"뭐냐면은 외할아버지 어서 오세요, 그런 거지. 내일이 그런 날이래. 외할아버지가 오시는 날."
외할아버지 어서 오세요. 기일을 잊은 건 아니었지만 여자

166

의 가슴은 탄 밥솥 같아진다. 그때…… 13년 전이다. 부친의 방은 말끔히 치워지고 아무것도 없었지. 술병이 발견된 것은 그 후의 일. 서재 뒤편에서 됫병짜리 정종 병이 대여섯 개 나왔던 것. 그 술을 누가 사다주었을까. 간병을 나오던 50대의 부인이라지. 젊어서 남편을 잃고 간병일을 하며 살아온 부인은 부친의 청대로 몰래 술을 들여오고 술병을 감춰주었다고 했다. 설마 아버지가? 병중의 그가? "……자네 부친이라고 뭐가 다르누. 문병객들은 자나깨나 투지니 용기니 희망이니 하지만 정작 그 통증을 감당해내는 건 자네 부친 혼자뿐이지. 진통제 떨어질 시간 되면 빚 독촉하듯 들이닥치는 통증이 뭐가 달라. 그게 지옥같이 외로워서 부들부들 떠는데 뭐가 달라?" 간병인 부인은 수소문 끝에 찾아간 여자에게 말했다. "안 아파본 사람들은 몰라, 백 번 죽었다 깨도 몰라. 자네 부친은 차라리 자진하고 싶다고 하셨지." 여자는 한겨울 저수지처럼 심장이 얼어붙는 듯했다. 설마 아버지가? 아, 이렇게 살아 있다는 게 여간 좋지 않구나. 치료 잘 받아서 곧 자리 털고 일어나겠네, 해서 어머니를 안심시켰다던 부친이었지 않나. "만약 내일 아침에도 내가 살아 있다면 그땐 이불로 얼굴을 덮어씌우고 바짝 눌러줘. 내 가족들이 알면 절대 안 되지. 자네 부친은 내게 부탁했다네. ……하지만 그런 수고는 필요 없었어. 그날 새벽녘에 운명하셨으니……." 간병인 부인은 한숨쉬며 청자 담배를 피워 물었다. 여자는 덫에 걸린 심정이 된다.

그런 것인가? 그런 것인가? 생이 겨우 그런 것?

어린 시절 여자의 긍지와 자부심이 되었던 부친이라 할지라도 40대 어느 날 그를 기다린 건 지독한 방사선요법과 항암제

와 모르핀과 하염없는 육체의 손상뿐. 가슴의 박동도 손목의 맥박도 그 속에 찐득이는 뜨거운 피도 비극적으로 시들고, 비극적으로 소멸하는 육체를 바라보며 부친은 식구들 몰래 술을 구해 마시고 내일 아침에도 내가 살아 있다면…… 하는 간청을 한다. 그것은 어쩔 수가 없나? 불가피한가? 여자는 덜덜, 13년 전 언니처럼 운다. 그리고 몸과 영혼에 대한 제 생각을 전면수정해야 한다고 생각한다. 그 후 부친 서재의 그 많은 책, 인생이 무어냐?를 말해줄 것 같은 동서고금의 책들을 닥치는 대로 읽어치운 여자는 너무나 맥이 빠져서 그렇게 외친다. 설마 농담이겠지!

그러니 그런 것인가? 무거운 농담처럼 어이없고 변덕스럽고 자주 무익한 것? 희망이란 것, 생에 대한 불치 같은 희망은 언제나 저편에 있고 여자는 덫에 걸린 외기러기 같아졌지. 소용없다. 소용없어. 신입생 대표로 선서를 하고 여고에 입학했지만, 언니나 동생처럼 모범생이었지만, 이제 그런 것이 무슨 소용, 교과서 사이에 다른 책을 끼고 읽는 날들이 시작된 것이지. 나만은 인생을 탐구해보련다 하는 얼굴, 실은 혼란스럽기 짝이 없는 얼굴이 되었던 거지. 어째서 그렇게 사무쳤는지 알 수가 없지. 다른 누구도 여자의 발목을 꺼내어 내 말을 들으렴, 인생이란 말이다……, 달래줄 것 없었지. 그러고 보니 꼭 13년이군. 그리고는 해마다 이맘때 한나절 전을 부치며 외통수 얼굴을 하곤 했었군.

아버지, 어서 오세요 그 사랑스런 인사 한 번 해보지 못한 여자가 식당으로 돌아온다. 남자는 정종 한 잔에 구운 삼치 한 쪽을 입에 넣고 있다. 아버지 어서 오세요, 이 음식 좀 드

168

셔보세요. 아버지 이 술 좀 받아보세요…… 이제는 스물아홉
이나 먹어서 더더욱 그 인사나 할 수 있겠는가. 아버지, 이건
제가 훔친 불사약이에요. 이것 좀 드셔보셔요.

남자는 흑관 하나만큼 거리를 두고 나란히 걷고 있는 여자
를 흘낏 훔쳐본다. 낮에는 햇볕이 그렇다지만 밤은 여실히 다
른 공기다. 오슬오슬 떨고 있는 듯한 여자 어깨에 남자가 손
을 내민다. 저도 모르게 그 손이 뜨겁기가 뜨겁다. 이거 야단
이다, 야단이다. 남자는 그러고 있고 추위 때문은 아니게 여자
는 떨고 있다. "금의 성질이라면 수(收)겠죠. 거두고 수렴하는
것. 계절이라면 단연 가을." 식당에서 여자가 했던 말. 여자가
담벼락 해바라기 꽃대궁처럼 대뜸 기울어온다면 남자는 어깨
를 펴고 담장이 되고 싶다지만…….

"그만 잡시다."

남자가 좁디좁은 방, 여자가 묵는 옆방에 들며 말한다. 일금
만오천원의 방, 비수기라며 만삼천원을 받은 방. 비닐 장판에
나일론 이불이 버석대고 옹색한 주전자와 재털이가 놓인 방이
다. 내일 아침이면 이불을 개고 일어나 남자는 남쪽으로 여자
는 서울로 돌아갈 밤의 방이다.

남자가 문을 두드린 것은 그날 밤, 금의 날 밤. 초승달이 뜬
밤이다. 외딴 오두막 같은 방이다. 여자는 스스륵 자객처럼 문
을 열고 들어와 그녀 옆에 누운 남자를 바라본다. 이것을 무

엇이라 말하면 좋을까. 이것은 낯선 남자의 몸, 화전 같은 남자의 몸. 계수나무와 초승달 항아가 숨어 있는 남자의 몸. 격정과 슬픔 많던 집안 내력과 어찌할 수 없는 연민이 달빛처럼 흘러가는 몸. ……남자도 여자의 그것을 바라본다. 깨물면 퍼렇게 멍이 드는 목덜미와 움켜쥐면 꽈리처럼 부푸는 젖가슴, 간지르면 돗단배처럼 출렁이는 아랫배와 도자기를 빚는다는 여자의 마디 거친 손. ……이것은 이것은 부모미생전부터 알아온 듯한 여자의 몸. 당신인가? 당신인가? 남자는 막 마중을 나가듯 여자의 몸을 에워싸고는 끙끙댄다. 당신…… 이제는 녹색 저고리에 다홍 치마를 입어. 항아리처럼 단단한 배를 움켜쥐고 계수나무 같은 아이를 낳아. 남자의 목소리는 점점 더 떨리기도 떨린다. 다시는 오래된 절 앞에 가지 말아. 사흘 내내 입장권을 끊고 들어가 무슨 생각을 그리도 오래 하지 말아. 명부전 근처엔 얼씬도 거리지 말아…….

토(土)-온천장 입구

그리고 그날은 토요일. 45번 지방국도 위에는 귤빛 햇빛과 청명한 바람과 높은 하늘이 제각각 깊은 생각에 잠긴 체한다. 입추와 처서는 벌써 지난 때다. 백일홍이 내내 피고 끝물 더위나 저 혼자 기승인 때다.

온천장 입구에 여자는 내린다. 온천장엔 여전히 수증기가 올라오고 시든 사과 같은 노인들이 느릿느릿 식당으로 들어가고 있다. 그 몸에선 김이 아직도 모락모락 나고 있다. 앞마당에 차를 세운 남자가 말한다.

"······다시 혼자군요."

"······혼자긴 왜에."

정구장에선 두 남자가 땀을 흘리며 공을 치고 있었다. 인근 호텔 앞에선 여전히 뽕짝 메들리가 쿵짝쿵짝 울리고 휴게소 매점 아가씨는 하품을 하고 한갓진 과수원에선 사과가 익어갈 것이다.

"혼자가 아니면 뭐겠어요."

"그래도 꽃문이 있잖아요. 그리고······."

돌아가면 제 아버지 잔에 술을 따라야 할 기일이, 만져주고 구워주고 무늬 새겨줘야 할 항아리가 기다리고 있는 여자가 말한다. 남자라고 왜 아닐까. 그가 만들고 싶은 건 접착식 졸업 앨범이 아니라 사진집이라고, 형수와 초승달 같은 아가씨와 슬픔이 많던 집안 내력을 달래는 듯, 남자는 서해안 어디쯤 꽃문 달린 절을 찾아갈 것이다.

"늙지 말고 아프지 말아요."

남자는 지난밤 일금 만삼천원짜리 방에 함께 있던 여자, 부모미생전부터 알아온 듯한 여자, 지금은 다만 쌕쌕주스를 손에 쥐고 국도 쪽을 바라보는 여자에게 말한다. 잊지 못해요, 차마 그 말은 못한다.

그 후로 수십 번 초승달이 흘러갔다.

여자는 지금 막 주둥이가 넓적한 화병을 구워낸다. 1100에서 1200 도씨의 고열. 거기에 모란과 소슬꽃, 나비와 자라, 파

랑물총새를 새겨넣는다. 지금부터 사 년 전 여름 여자는 온천
이 있고 정구장이 있고 고려 적 절이 있던 마을에 있었다. 매
미가 우르르 떼지어 울고 담벼락엔 해바라기니 백일홍이 피던
여름이었다. 초승달 뜨던 밤, 남자가 스르륵 여자의 나일론 이
불에 들었고 덩달아 맨몸이 되던 때였다. 그 몸의 맥박과 심
장 박동을 항아리처럼 어루만지던 밤이었다.

　지금도 한 색시는 유과와 산자 이바지음식을 들고 신행을
가고, 부인들은 壽 福 多 男 子 길상어를 수놓고 자식들은 제
부모의 수의를 준비하고, 누군가는 재봉질 흔적 없는 비단옷
에 불망(不忘) 수를 놓는다. 불망. 비단옷을 입고 해마다 부친
은 처서처럼 입추처럼 돌아오시리. 형수도 아가씨도 담벼락
붉은 백일홍처럼 돌아오리. 아버지도 형수도 아가씨도, 훔친
불사약을 먹고 오늘 밤 곰보 달에 숨으리. 저 달을 따와, 저
달을 따와. 어린 아기들은 달을 보고 조르리.

　……잊지 못하리.

(『꿈꾸는 죽음』, 문학동네, 1997)

172

사랑이 나를 만질 때

처음부터 처녀를 만났던 건 아니었다. 그랬더라면 이 도시의 첫인상도 달라졌을 것이다. 이 길을 따라 올라올 같은 시간, 처녀도 몇 걸음 앞서 올라왔을 것이다. 그러나 아직 만나지는 못한 것이다.

'신비롭고 아름다우며 성스러운 도시'

그곳에 도착했을 때는 정오 무렵이었다. 해그림자가 짧게 비추고 어디선가 웅성거리는 소리가 들렸다. 황금빛 둥근 지붕의 회교사원과, 아무런 장식 없는 정방형의 주택들과, 낡은 유대인 회당과 납작납작 낯선 겨자빛 지붕 위로 태양은 뜨겁게 내리쬐었다.

—거기 가면 햇빛 때문에 눈을 뜰 수가 없을 거예요. 모자와 선글라스 잊지 마세요. 물도 자주 드시구요.

출장과 휴가를 겸해서 중동으로 간다고 하자 사촌누이가 일러준 말. 스물하나에 봉쇄수녀원에 들어가 여태 그곳에 있는 누이다. 록카페가 뭔지, 랄랄라 오비 라거가 뭔지 도통 모르는 누이, 봄구슬봉이꽃 같은 누이. 그녀의 권유가 아니었다면 이 따분한 곳에 올 생각은 꿈에라도 하지 않았을 것이다. 어느덧 서른여덟. 떠밀려나지 않으려고 두 발에 잔뜩 힘을 주다가는 우박처럼 쏟아지는 피로를 맞고 제풀에 주저앉는 나이, 이대로는 더는 버틸 수 없는 지경이 되는 나이였다. 날은 장마 때였다. 미뤄둔 월차를 찾아 쓰지 않는다면 손가락 하나 까딱 못 할 그런 때였다. 어디든 떠나지 않으면 안 될 것같이 그는 휘청휘청 서점으로 달려갔다. 햇빛의 항구 소렌토, 운하가 있는 암스테르담, 백야의 도시 오슬로, 중동의 파리 베이루트…… 세계전도를 펴놓고 몇 번씩 길을 더듬어보기도 했다.

예루살렘. 해발 8백 미터의 산 위에 자리잡은 신비롭고 아름다우며 성스러운 도시. BC 997년 다윗왕이 수도로 삼았는데 나중에 바빌론에 의해 함락되었음. 구시가는 구약과 신약의 배경이 되는 옛 예루살렘이 있던 지역으로 가장 흥미로운 곳.

흥미로운 곳? 그렇다 해도 예루살렘의 성문을 들어설 때 그가 처음 본 것은 목발 짚은 절름발이 걸인과, 장을 보러 나온 남루한 블레셋(팔레스타인) 사람들과, 검은 양복에 조끼까지 받쳐입은 유대나라 사람들이었다. 2천 년 전 이곳 성문 앞에는 비둘기와 양을 파는 상인과 환전상이 있었다지. 서기 2천 년 후에도 여전히 이런 모양 저런 모양 잡다한 노동을 하며 나날의 밥을 벌고 있는 저잣거리.

어쨌거나 이 길을 통과해야만 한다. 그러길래 그와 일행이 된 사람들이 저렇듯 씩씩하게 앞서가고 있는 것이다. 다들 사람 좋아 보이는 얼굴을 하고 있었다. 객고를 달래느라 공연히 뒤숭숭한 그 같은 인간은 없어 보이는 것이다.

"아직…… 혼전이신가?" 그 중 한 부인이 어젯밤 호텔 로비를 배회하는 그에게 물었다. "네, 아직……." "교제하는 여자도 없고?" "뭐, 그렇습니다." "저런." 그럼 직장은 어딘가, 사는 곳은 어딘가, 우리가 한번 중매를 서랴, 이렇게 먼 나라에 와서 만난 것도 인연인데, 하며 그들은 유쾌한 수선을 떨었다. 하지만 불과 6개월 전만 하더라도 그에겐 여자가 있었지 않나. 야근을 마치고 파김치가 되어 아파트 문을 열면 그를 기다리던 여자가 부시시 이불을 걷고 달맞이꽃처럼 일어나던 밤도 있었다.

— 가게는 어떡하고 왔어?

— 일찍 닫았죠 뭐.

여자는 배시시 웃으며 여편네 흉내를 냈다. 햇수로 5년을 만나와서, 그 젖이 짝짝이라는 것과 못생긴 참외배꼽과 배꼽 아래 너더댓 바늘쯤 꿰맨 맹장수술 자국까지 다 아는 형편의 여자였다. 그렇다 해도 언제부턴가 매일 같은 얘기를 하고 또

하고 또 해서 재방송되는 주말 드라마처럼 지리멸렬, 시들한 세월이 있었을 것이다.

—왜 안 된다는 거죠?

—그 얘기라면 그만 하자.

—나와 함께 사는 게 싫어?

—니가 싫은 게 아니다.

신새벽, 여자는 수심에 찬 얼굴로 종종걸음치며 여자의 빵집으로 돌아갈 것이다. 버스 종점이 있는 언덕빼기 '서울제과' 안쪽 방으로. 수수한 옷장이 있고 화장대가 있고 소박한 책장이 있는 방. 그 아래 자리를 펴고 둘이 나란히 누우면 모든 것이 꼭 제자리를 찾은 듯 맞춤한 방. 명색이 살림방. 그 방에 처음 이불을 펴던 날 여자는 그의 어깨를 베고 말했다.

—우선 여기서부터 시작해요. 돈은 한푼 두푼 아껴 모으고.

— ……

—아침엔 내가 가게 문 열 테니 밤엔 당신이 내려줘요, 응?

— ……

—휴일에는 아침 늦게까지 자자. 누가 와서 빵을 좀 팔라고 해도 열어주지 마요. 우리끼리 밤식빵 같은 아이들을 만들자, 네?

여자는 멋대로 행복해서 죽겠다는 얼굴을 한다.

실 같은 봄비가 소리 없이 내리던 날이었다. 이런 게 안정이라는 건가…… 그런 생각이 밀물같이 밀려드는 저녁이었다. 그렇다 해도 꼭 서른여덟. 38년 동안 떠돌던 마음이 이제 와서 정처를 찾는 것인가 생각하면 숨이 턱까지 차오는 중이었다. 됐어, 그만 좀 해두지, 하는 말 대신 그는 담배를 부벼 끄고 석류를 베어물듯 여자의 가슴에 얼굴을 묻는다. 앙꼬빵처럼 여자의 가슴은 달다. 그 순간 그는 토목설계실의 기사도 뭣도 아니고 다만 기갈난 한 마리 양이 되어 여자의 초원에서 풀을 뜯는다. 아아, 이제껏 재잘대던 여자의 숨은 가빠지고 뺨에도 숨가쁜 홍조가 떠오른다. 아아아, 마침내 여자는 목동처럼 간절히 그의 이름을 부르고는 때로 그가 알 수 없는 말을 중얼댄다. 히잉 – 내 울타리가 되어줘.

얼마쯤 왔다는 것일까. 길은 여전히 미로 같다.

여기까지 와서 고작 그 생각인가 하면서도 여자의 짝젖이 생각나서 그는 회한에 찬다. 그립군…… 만 4년을 만졌던 가슴인데. 모든 것이 잊혀진다 해도 여자의 못생긴 짝젖은 잊을 수 없을 것이다. 그 가슴은 〈파리텍사스〉에 나오는 라이 쿠우다의 기타처럼 때로 애절하게 흐느긴다. 내 울타리가 되어줘요, 히잉. 그렇다 해도 '서울제과' 살림방과 그가 사는 11평짜리 독신자 아파트 사이는 더이상 좁혀지지 않았다. 비 내리는 휴일, 여자의 석류 같은 가슴이나 참외배꼽을 어루만지며 9시 저녁뉴스를 보는 것도 좋았지만 딩딩딩딩 디디딩딩, 기상캐스터가 내일의 날씨를 전해줄 시간이 되면 그는 이제 그만 혼자 있고 싶어져 어쩔 줄을 모르게 되는 것이다. 뚱한 얼굴로 말없이 양말을 찾아 신고 넥타이를 고쳐매는 그의 등뒤에서 여자는 초조하게 말한다.
　―갈 거지?
　― ……응.

―그래 가.

― …….

―난 그저 소속이 필요했던 건데…….

소속이라고? 뚱한 얼굴로 양말을 찾아 신던 그는 새삼 가슴이 아프다. 그러니 이제 여기서 그만 자리잡고 살아야 하나? 그는 길을 잃은 양같이 외로이 여자의 초원 쪽을 바라본다. 그 건너편도 돌아본다. 그편이라고 해봐야 기껏 비좁고 을씨년스런 독신자 아파트가 있을 뿐이다. 거기 가봐야 봉지 뜯긴 인스턴트 양송이 수프나 자장덮밥 같은 것이 있을 뿐이다. 밥솥이고 그릇이고 수저고 그저 전시품처럼 놓여 있을 뿐, 불을 지펴 음식을 한 흔적이 없는 을씨년스런 주방. 어느 날 여자의 장부에서 그런 것을 본 적이 있다. 녹두 11,000 약콩 5,500 수수 4,500 율무 7,000 검정깨 9,500(500g)…… 회사 앞 식당들 밥이 정말로 싫고 거뭇한 잡곡이 그립다 그러면, 다음날로 당장 유기농산물 센터에 가서 대여섯 가지 잡곡을 사오던 여자였다. 내가 좋아하는 잡곡밥을 해주는 여자. 내가 한밤중 찰떡이 먹고 싶다면 당장에 찹쌀이라도 빻아 떡을 쪄줄 여자. 한데 나는 네가 필요하다는 것, 그것 하나를 해주지 못하나? 내게 소속되고 싶다는 너를? 세상의 인간관계에 관해서라면 나는 그토록 옹색하기 짝이 없고, 빚을 독촉받는 기분이고, '이젠 더는 못 봐주겠다. 이자까지 쳐서 갚아달라' 할까 불쌍한 빚쟁이처럼 작정없이 피하고만 싶은 거구나…… 착잡한 심정으로 그는 지금 막 신은 양말을 벗어던지고 여자를 향해 돌아선다. 그러고는 성큼 다가가 가엾은 여자의 털스웨터를 걷어올린다. 저 아래 시장통 리어카에서 골랐을 여자의 값싼 브래지어를 걷고 그 가슴에 입을 대자 여자는 "아아…… 그만둬, 그만둬." 그런다. "이런 게 아니야, 아니야." 그러며 운다. 제가 미워 죽겠다는 얼굴이 되어 그가 담배 한 대를 피워물고 나자 여자는 불긋한 눈가를 훔치며 그의 손에 빵봉지를 쥐어준다.

―집에 가서 먹어. 아침 거르지 말고.

온도는 점점 더 올라간다. 못 해도 40도는 족히 될 것이다.

"자, 이제 왼쪽 길로 들어섭니다."

일행들 안내를 맡은 청년이 말한다. "자, 이쪽." 길은 몇 번이고 더 꺾였다. 길이 꺾일 때마다 기념교회가 나타나고 그럴 때마다 일행들은 모자와 선글라스를 벗고 십자성호를 긋고 기도했다. 비아 돌로로사(Via Dolorosa). 비탄의 길, 십자가의 길이라고 알려진 미로 같은 골목길은 저 유명한 골고다 언덕까지 계속될 것이다. 2천 년 전 나사렛 사람 예수라는 서른세 살의 목수가 십자가를 지고 올라가 처형되었다는 곳. "자, ……이곳." 청년이 언덕 어디쯤에서 일행들을 멈춰 세운다. "수고하셨어요. 길은 여기서 끝납니다." 긴 언덕길을 오르느라 가파른 숨을 한번 내쉬던 일행들은 그들 앞에 나타난 낡은 바실리카를 올려다보고 있다. 성분묘교회*. 그것은 별다른 기교

---

* 기원 후 4세기 콘스탄틴 대제의 명으로 골고다 언덕에 세 개의 건물이 세워짐. '마투리움'이라는 웅장한 바실리카, 예수의 빈 무덤에 세운 '아나스타시스'라는 둥근 교회, 그 사이 십자가 처형 장소를 표시하는 '칼바리움'(골고다)이라는 성소 그후 7세기 페르시아 침입으로 파괴된 후 재건. 그 후로도 파괴와 재건을 거듭한 후 12세기 십자군에 의해 오늘날의 모습으로 건축. 이후 세 개의 건물이 한 지붕 아래 모이게 됨.

나 호사 없이 850여 년의 세월을 지닌 채 무료하게 서 있을 뿐이다. 그렇다 해도 성지를 찾아온, 그를 제외한 일행들에게는 나사렛 예수의 사랑의 연대기처럼 감동적일 것이다.

"아, 나는 칠십 평생 이 순간을 기다려왔어요."

노신부는 하필 그를 보고 말한다. "그렇군요." 그는 건성으로 끄덕인다. 그렇다 해도 햇볕이 너무 뜨겁고 지나온 길은 온통 북새통이었으므로 노신부의 얼굴엔 만감이 교차한다. 아, 우리 주님의 길이 이토록 뜨겁고 가팔랐다니…… 모르긴 해도 노신부의 감격도 안내자 청년의 설명도 쉬이 끝날 것 같진 않다. 그는 슬쩍 교회 입구로 걸음을 옮긴다. 어두컴컴한 실내에 로만 가톨릭과 아르메니아 정교회, 그리스 정교회 풍의 번쩍번쩍한 장식 때문인지 대단히 낯선 설화 속의 세상 같은 곳.

처녀를 처음 본 곳은 그곳이었다. 잠시 후 미사가 집전될 시간이었다. 정오가 가까운 시간이었다. 그곳에 들어섰을 때 처녀 하나가 바실리카 입구에 놓인 향유와 가톨릭 성물(聖物)에 입을 맞추고 있었다. 소매 없는 흰 셔츠와 흰 슬랙스 차림에, 다소 비좁은 어깨와 팔은 구릿빛으로 그을려 있어서 건강해 보이는, 이상스레 눈길이 가는 처녀였다. 그 차림 때문만은 아니었을 것이다. 무언지는 모를 파동이 그의 가슴을 쩔렁쩔렁 흔든다. 여자…… 부드럽고 따뜻한 피를 가진 암노루 같은 것, 다가가 쓸고 만지고 싶은 것, 찰현(擦絃)의 악기처럼 울 줄 아는 것…… 애초에 그에게 없는 것에 대한 그리움이 그의 가슴을 쩔렁쩔렁 뜨거운 양철통처럼 흔들어댄다.

180

왜 이러지?

　한낮이었고 미사가 집전되고 있는 시간이었다. 여자가 필요
한가? 그는 물었다. 글쎄…… 그런 것 같지는 않아. 이번 여행
을 떠나오기 전 동료 하나는 그의 어깨를 쳤다. "기회가 되면
이태리 여자하고 연애라도 하고 오게나. 조각처럼 예쁘다잖
나." "하하, 내 주제에?"라고 말했던가? "자네가 어때서?" "여
자라면 이젠 딱 자신이 없어. 그건 울타리를 짓는 일 아닌가."
"잠깐 연애에 웬 울타리?" "처음엔 그저 잠깐 지나가려던 연
애겠지. 한데 그게…… 아냐, 그저 괜한 소릴세." 그게 아니라
면 '서울제과' 여자가 생각나서 이러나? 글쎄…… 여자를 만
났던 만 4년 사이 몇 번이나 끝장을 낼 뻔도 했었지만 여자와
영 헤어진다 생각은 하지 않았었다. 하지만 이번엔 달랐다. 지
난 겨울, "그래 오늘 한번 해보자." 담판 짓듯 여자와 싸움을
벌이고 난 날이었다. 눈이 내려 미끄러질 듯한 언덕빼기 길을
막차로 내려오던 밤이었다. 분노와 회한과 연민과 애상……
늘 그렇듯 그런 것이 2월의 스산한 눈발처럼 휘날리던 길이었
다. 그 밤을 끝으로 또다시 언덕빼기 버스종점 앞 '서울제과'
를 올라가는 일은 없었다.

　십자성호를 긋던 처녀는 이제 바실리카 안을 한 바퀴 다 돌
았나보다. 어두운 밤하늘의 별자리를 따라가듯 그는 처녀를
지켜본다.

　처녀는 이제 교회를 나와 골목 입구 기념품가게 쪽으로 가

고 있다. 가게에는 양가죽으로 만든 손가방과 지갑과 올리브 나무로 만든 장식물들과 페르시아 산 양탄자들로 가득하다. 딸랑딸랑 종을 들어보이던 처녀가 주인과 뭐라고 말하며 비둘기처럼 구구대며 웃는 것도 같다. 잠시 후 처녀는 손에 선물 봉지를 들고 오렌지 주스 파는 데로 건너갔다. 그 자리에서 오렌지를 으깨어 샛노란 즙을 내주는 노변 상점. 달콤한 오렌지 향이 나그네의 발을 잡아끄는 곳. 그런데……, 그런데 그렇다. 믿기지 않기는 그 다음 순간이었다. 어디선가 한 블레셋 여자가 번개같이 나타났다 싶더니 막 주스 가게 앞에 이른 처녀의 어깨를 낚아챘다.

"여어, 이게 누구더라?"

"……."

처녀의 눈이 휘둥그레진다.

"너 잘 만났다, 이년!"

거위같이 두꺼운 목소리를 내지르며, 그 거대한 아랍 여자는 돌연 처녀의 머리채를 잡아쥐었다. 여름인데도 겹겹이 껴입은 차림에 그 몸으로 말하자면 100킬로그램은 족히 될 듯싶었다. 육중한 몸을 출렁대며 여자는 제 청춘을 도둑맞기라도 한 듯 처녀를 향해 "물어내, 물어내, 이 나쁜 년!" 아우성을 쳐댄다. 땟국이 흐르는 더러운 얼굴 가운데 오직 두 눈만이 이상한 광채로 불을 뿜고 있다. 주변에 있던 금발의 순례객들이 놀라 웅성거린다.

"미쳤나?"

"미쳤어, 미쳤어."

"말려야지."

그렇다 해도 미친 여자가 휘두르는 힘에 놀라 차마 엄두를 내지 못하고 오히려 몇 발짝씩 물러서고 있었다. 그나마 흑발의 동양 청년 하나가 투우사처럼 그 사이에 뛰어들었지만, 그까짓 것쯤 애들 장난이라는 듯 아랍 여자는 스페인 황소같이 펄쩍거린다.

"물어내, 이 나쁜 년!"

미친 여자는 발광을 하고 처녀의 청결한 흰 셔츠와 슬랙스는 구겨지고 뜯겨졌다. 아, 저 흰 깃은 더럽혀져서는 안 되는 것만 같구나. 구겨지고 더러워져서는 안 되는 제복 같구나. 어쩔 수 없이 지켜만 보고 있던 그의 입에서도 덩달아 욕이 튀어나왔다. 빌어먹을, 누가 좀 어떻게 해봐! 잠시 후 장총을 든 금발머리 유대인 병사가 달려오자 그제야 사람들이 한데 달려들어 산더미 같은 여자를 처녀에게서 떼어놓았다. "괜찮아요? 괜찮아요?" 주위의 이방인들이 애처롭게 묻는다. 괜찮기는. 처녀의 머리카락은 산발이 되고 흰 셔츠는 아무렇게나 잡아당겨지고 군데군데 찢기었다. 한마디로 얼이 빠진 얼굴. "뭐 도와줄까요? 도와줄까요?" 지나가던 은발의 노부부가 한숨 쉬며 처녀에게 묻는다. "괜찮아요, 괜찮아요." 간신히 냉정을 되찾은 처녀의 얼굴. 괜찮기는. 처녀의 찢겨진 셔츠 사이론 가슴의 융기선이 뚜렷이 드러나 있다. 가녀리고 무고하며 애처로운 가슴 선.

"낄낄낄낄낄!"

미친 여자는 이제 눈을 가늘게 뜨고 귀밑까지 길게 입을 올리고는 낄낄거린다. 자신이 한 짓에 적이 만족했다는 웃음. 그러고는 이제 됐어, 됐어, 고개를 끄덕이며 처녀에게서 빼앗은

종을 흔들어 보였다. 베들레헴의 양떼들과 양치기 목동 그림이 그려져 있는 종. 나는야 고독을 사랑하는 외로운 목동······ 미친 여자는 올리브나무 종을 아무렇게나 던져버리고는 노래를 부르며 골목길로 사라져버렸다. 옷 매무시를 수습하던 처녀의 눈가는 얼마 후에서야 꽈리처럼 붉어졌다.

왜지? 내가 무얼 어쨌기에? 하는 듯한 처녀의 얼굴. 본당 신부님 드리려고 산 건데······, 하면서 우는 처녀의 얼굴. 조금 전 바실리카에서 성물에 입맞추던 모습 대신, 처녀는 이제 세상에서 제일로 외로운 모습이 되어 손으로 눈가를 훔치고 있다. 난데없는 봉변을 당했어도 이제껏 냉정을 잃지 않으려고 애쓰던 태도가 역력했던 처녀였다.

그런데 여기는 대체 어딘가? 서울에서 6천 마일쯤 떨어진 중동의 수도 해발 8백 미터의 '아름답고 신비롭고 성스러운' 도시. 그 중 비아 돌로로사. 비탄의 길의 절정을 이루는 곳. 앉은뱅이와 소경과 미친 여자와, 삼시 세 끼 밥을 위해 차려놓은 상점들이 골목마다 가득한 곳. 그런 곳이다. 그가 처음 처녀를 만난 곳은. 어쩔까 하다가 그는 주춤주춤 처녀에게 다가간다. 그리고 주머니에서 손수건을 꺼낸다. 이깟 손수건 안 돌려받아도 그만인 것이다.

"들판을 가다 잠시잠깐 만난 우박이려니······ 그렇게 생각하시오"

한참을 주춤대다 그렇게 말하자 어쩐지 외롭고 간절한 심정이 되었다.

당신, 외롭겠군. 누구든 우박 쏟아지는 들판 길에 있다 생각하면 외로운 것이지. 어딘가 피할 곳이 간절해지고, 일단 어디든 찾아 전속력으로 뛰게 되고 그러고는 문득 아, 내가 지금 정말로 혼자구나, 그런 생각을 하게 되는 것이지. 어느 날인가 빵집여자에게도 그런 말을 했었던가. "이따금 그런 생각을 하게 된다. 피할 수 없는 불운이나 불우나 외로움이 우박처럼 쏟아지는 들판을 걸어가고 있다는 생각. 그땐 피할 지붕이 하나 있으면…… 하고 간절해지는 것이지. 뛰어들 수 있는 낮은 지붕과, 성긴 것이라도 몸을 가릴 담요 같은 것이……"

그리고 얼마가 지난 것일까. "여보, 형제. 왜 거기 있소" 노신부가 그를 부른다. 성분묘교회 순례가 얼추 끝난 모양이었다. 미친 여자의 소동 동안 순례를 마친 그들은 노루 같은 얼굴로 교회에서 나오고 있었다. 희한하게 환한 얼굴들. 그러자,
"저…… 여기."
고마웠어요. 제 난국을 수습한 얼굴로 처녀는 손수건을 돌려주었다. 그러고는 더 무어라 할 새도 없이 총총 언덕길을 내려가기 시작했다. 어디로 가시오? 여기 사시오? 묻기라도 해볼 걸 했던 것이다.

소금바다 어머니

아침 일찍 버스를 타고 달려온 길이었다. 나무 잎사귀 하나, 꽃 한 송이 없는 황야를 내내 달렸던 참이었다. 그 중 믿을 수 없는 연청색 사해가 나타나고 그 광경에 감탄하는 바로 당신을 위해서라는 듯, 해변의 식당엔 싱싱한 야채 샐러드와 가지

찜과 잘 구워진 고기와 기름에 튀긴 생선이 준비되어 있었다. 식당을 보자 한바탕 왕성한 식욕이 돋고 그리고 그제야 시든 상추같이 자리에 누운 노모를 생각한다.

"노모는 전에 육식을 좋아하셨죠."

"고기?"

그렇게 되묻는 사람은 며칠 전 그에게 "아직 혼전이신가?" 묻던 중년부인.

"육고기 물고기 가릴 것없이 좋아하셨죠. 그 중에서도 삼겹살, 홍어회, 밴댕이젓 같은 것 말입니다. 하지만 지금은 드실 수가 없죠."

그건 사실이었다. 노모는 고무 호스를 빼고 한동안 죽 같은 유동식을 드신 후 퇴원하시고 나서는, 맵거나 짜거나 소화가 안 되는 음식은 일절 드실 수 없었다.

"그럼 죽만 드시나?"

"꼭 그렇지는 않지만……"

그만하기 다행이다. 어른들은 말씀하셨다. 3개월 전만 해도 집에선 묘자리를 봐둬야 한다, 일찌감치 장의사라도 알아둔다, 한바탕 난리가 있던 터였다. 수술은 해보겠지만…… 큰 기대는 마십시오 위의 2분의 1을 잘라내는 수술 앞에서 의사는 신중하게 말했다. 길어야 3개월입니다. 회생이란 사해에 물고기가 나타나는 것만큼 기적이라는 듯 그는 고개 저었다. 그리고는 수술경과가 좋아서 3개월이 아니라 지금 6개월을 넘기고 있다. 조마조마하고 아슬아슬한 세월이다.

—내가 뭐랬냐? 난 오래 살 거라고 했지?

—네, 네.

―너도 제발 그 웬수 같은 술 좀 퍼먹지 말아라.

―네, 네.

―건성으로 말고.

노모의 방에는 표고버섯과 송이버섯 달인 물. 구운 무화과 나무 열매 같은 것이 있었다. 그가 농협에서 사다 소포로 부쳐준 것들.

"형제님은 효잔가 봐요?"

"아닙니다."

그건 전혀 아니다. 그들 모자처럼 무정한 사이도 또 있을까. 30년이 넘도록 서로 덕이 되는 말을 주고받는 적이 없는 무정이었다. 넌 하는 게 왜 늘 그 모양이냐, 쯧쯧. 그래 가지고 무슨 일을 하겠다고. 느이 형 좀 봐라. 느이 형 반만이라도 닮았으면 오죽이나 좋을까. 그러기는 그도 못 할 것이 없었다. 나한테 해준 게 뭐가 있어요? 뭐 하나 제대로 해준 게 있어? 내가 받은 건 그 지긋지긋한 신경질에 생색뿐이에요, 빌어먹을! 주로 그런 식이었다. 이런 못된 놈, 어서 나가라! 자식이 아니라 웬수다. 평생 노모와 불화한 아버지를 국화빵같이 빼다박은 그는, 이 지독한 인연하고는 안 된다, 지옥이 따로 없다, 툭 하면 가방을 싸곤 했었다. 그래봤자 친구들 자취집을 전전하다 말 뿐. 그러다 정말로 삼륜용달차에 요와 이불, 비키니 옷장과 책상, 역기와 영어사전 따위를 싣고 자취를 나온 것은 대학교 2학년 겨울방학 때. 그렇지 않아도 잘못 선 빚보증으로 좁아터진 그들의 한옥도 곧 경매에 들어갈 형편이었다. 그렇게 되면 형제들도 제각각 얻어살 방 한 칸을 찾아서 흩어질 형편이었다.

그 후 세월이 지나 서른셋이 되었을 때 그러니까 5년 전 이맘때는 어땠는가. 형은 장가들고는 처가 근처로 분가하고, 셋째는 지방으로 전근 발령이 났고, 변두리 연립주택 집에는 덜렁 노모뿐. 그때만 해도 정정하셨던 노모의 예순여섯번째 생신날 그는 20인치 TV를 보내드렸다. 나이 들면 TV 보는 것도 큰 재미래요, 하는 동료여직원의 조언이었다. 해서 선심쓰듯 6개월 할부로 카드를 긁은 것이다. 노모는 뭐 그저 쓸 만하겠구나, 대수롭지 않은 듯하시지만,

—내가 호수돈고녀(高女)를 다닐 때 말이다.

밥상을 들여오는 노모의 눈가는 진작부터 흐뭇해져 있다.

—그땐 고녀 가는 여자가 흔치 않았지.

또 그 얘기로군.

—그땐 네 외할머니 친정이 수만 평 전답에다 삼십 칸도 넘는 대궐집을 가졌어서 저런 굴비쯤은 트럭으로 싣고 왔지.

노모는 그가 함께 가져온 굴비두름을 가르키며 말하신다. 어머니. 그 허센 또 뭐예요, 그 코미디 같은 허세, 하려는 걸 그는 참는다. 설령 그랬었는지는 모르지만, 전에는 트럭으로 싣고 온 굴비였는지 모르지만 지금은 슈퍼에서 산 단돈 5만원짜리 굴비두름이나마 들고 찾아오는 아들이 가뭄에 단비 같은 것 아닌가? 그래도 아들이 왔다고 마련한 고기에 젓갈 찬의 밥상에 마주앉아 모처럼 싸우지 않는 저녁을 보내던 그들 모자 사이는 그러나 잠시 후 다시 차가워진다. 노모가 방금 전 그래, 하고 운을 뗐기 때문이다. 노모는 아무 생각 없이 전처럼 느물느물 그의 속을 긁기 시작할 것이다. 그래, 청약저축은 들고 있는 거냐? 너도 이젠 집 한 칸은 마련해야지, 언제까지

그깟 11평 전세로 돌 거냐? 그러니 술 좀 그만 처먹고 담배 끊고 돈 모아라. 마흔이 내일모렌데. 거기까진 그래도 참고 들을 수 있는 말들. 그 다음은……, 그래도 색시가 빵집을 한다니 저 먹고 살 건 모아왔겠지. 그런 색시를 어디서 또 구하겠냐? 말이야 바른 말이지 니가 남보다 학벌이 나아, 아닌 말로 인물이 잘나, 그렇다고 남보다 돈을 잘 벌어. 그러니 색시 마음 변하기 전에 어서 어서…… 하며 있는 대로 심사를 긁는 말들. 제 일 제가 알아서 합니다. 그 말이 목구멍까지 차오르겠지만 대신,

—이제 가볼게요. 집에 가서 할 일이 있어서요.

하고 무뚝뚝하게 일어선다.

—그래? 그럼 그러려무나.

노모의 자존심은 '기왕에 왔으니 좀더 있다 가면 안 되겠느냐'고는 절대 못 하시지. 섭섭함을 죽어라 눌러 참고는 허름한 주방의 가스레인지를 가르키며 심술궂게 우쭐하신다.

—저건 느이 형이 사준 가스레인진데 아주 비싼 거라더라.

노모가 가르키는 부엌에는 한눈에도 싸구려로 보이는 가스레인지가 고이 모셔지듯 놓여 있었다.

—여기 이것, 저 믹서기도 느이 형이 사준 거고.

노모가 발음하는 '느이 형'에는 한없는 애정과 신뢰가 들어 있었다. 그렇다 해도 노모가 침이 마르게 칭찬하는 바로 그 형은, 노모를 꺼려하는 형수와 의기투합해 제사 때와 생신 때 말고는 얼굴도 디밀지 않는 형편이었다. 이번에도 노모 앞에 믹서기 하나를 내놓고는 바삐 돌아갔다고 했다.

—느이 형 워낙에 바쁘잖니. 참, 저기 저 쌀통도 있구나. 내

가 한사코 싫다고 하는데 무슨 돈이 있어서 그러는지 모르겠
다.

—……

—그러니 너도 그 웬수 같은 술 마시지 말고 어서 돈 모아
서……

—그래, 저 잘난 것들 가지고 잘사세요. 그깟 TV는 이모한
테나 주어버리던가!

그는 드디어 속에서 열불이 터지는 심정이 되어 물주전자를
밥상 위에 쾅 하고 내려놓고는 자리에서 일어선다.

—어어, 너 아직도 성질이 그러냐? 성질이 그러니 조상님한
테 복도 못 받지.

—알겠어요, 알겠어. 그러니 그 조상님하고 형 믿고 잘사세
요. 불쌍한 나한테 기대하지 말고!

그는 방문을 쾅 닫고는 신발을 꿰차 신는다.

—저런, 버르장머리없는 놈, 불효 막심한 놈! 넌 그 성미
때문에 평생 외롭게 살 거다!

등뒤에 대고 악을 쓰듯 노모가 소리치신다. ……외롭게 산
다. 그 말은 술주정뱅이 남편을 잃고 서른넷에 과부가 되어
애면글면 끙끙대며 삼형제를 키우고 살아온 노모에게는, '벼
락 맞는다' '지옥에 떨어진다' 보다 더 무섭고, '돈을 날린다'
와는 엇비슷하게 무서운 말. 그날 그는 최상급 악담을 받으며
노모의 집을 빠져나온다.

"여어, 뭐해요"

일행들이 그를 부른다. "여기까지 와서 수영도 안 하고 뭐

하나. 자, 어서 들어오라"고 일행들이 손짓을 한다. '여기까지 와서'의 여기란 서울에서 6천 마일 떨어진 중동의 황야 한가운데, 그 중 믿을 수 없이 아름다운 사해. "알겠어요, 알겠어." 그 위의 햇빛은 눈부시고 물은 그지없이 맑지. 바다 건너편에는 암갈색 바위산이 울타리처럼 버티고 섰지. 사람들은 이런 것을 평화라고 할 테지. 고함과 난투와 상처란 없을 것 같은 곳. 그는 잠시 어제 올드 예루살렘에서의 처녀와 미친 여자를 생각한다.

주말 저녁, 변두리 버스 종점 부근은 적막하기만 하다. 서울에서도 북서쪽의 변두리. 도무지 버스가 다닐 것 같지 않은 좁은 시장 골목을 비집고 올라가면, 주택가 낮은 지붕들 사이로 곰보빵 같은 불빛이 흘러나오는 곳. 가게를 지키며 빵에 잼을 발라 먹고 있는 여자를 보자 그는 사무치는 심정이 된다. 아, 나는 왜 이렇게 살아야 하나, 이렇게 악을 쓰고 싸우고 이렇게 지쳐서는 말이지. 서른이 넘어서 노모와 악을 쓰고 다투고 온 남자는 집 잃은 강아지처럼 여자를 파고든다. 남자의 체온이 견딜 수 없이 올라간다. 변두리 빵집의 여자도 덩달아 벌거숭이가 되어 끙끙거린다. "아아, 당신하고 나하고는 천생연분이래. 올해를 넘기지 말고 혼인하는 게 좋대요." 여자는 끙끙대며 요령부득 그 얘기뿐. 마찬가지구나…… 모두들, 모두들 내게 무언가 요구하는 사람들뿐이구나. 너를 이해한다, 네가 왜 그러는지 나는 이해한다, 말해주는 사람은 한 사람도 없구나. 내게 사랑을, 결혼을, 효도를, 연민을 요구하는 사람들뿐. 아닌 척 아닌 척, 자꾸만 자꾸만.

—다 그만둬!

그날 그는 여자의 살림방에서 잠꼬대를 하며 깨어났다.

—뭘 그만둬요?

지금 막 옷을 주워입던 여자가 근심스러운 듯 묻는다.

"형제님, 이렇게 해봐요."

누군가 그에게 권한다. 그는 그 말대로 팔을 옆으로 쭉 펴고 바다 위에 떠 있어본다. 누군가가 푸른 하늘과 멀리 암산을 바라보며 말한다.

"참 좋지요?"

"그렇군요."

그렇군. 여기는 요람처럼 평화롭군. 여기서 싸우는 사람들도 있을까? 없겠지. 그럴 때 둥둥 떠 있던 그의 몸이 균형을 잃고 기울면서 어이쿠! 두 눈이 소금에 절여진 듯 순식간에 아려온다. 옆에 있던 누군가가 그를 데리고 나가 수돗가의 찬물로 찬찬히 눈을 씻어준다. 순한 노루 같은 이 사람들은 내일 아침 텔아비브 공항에서 로마로 출발할 것이다. 가서 성(聖) 프렌체스코와 아시시의 성지를 둘러보고 성 베드로성당에서 미사를 보고 주님, 아름다운 주님, 가슴이 뜨거워질 것이다.

욥바 항구

어떻게 해서 그 처녀를 다시 보게 되었는가. 지중해의 동쪽

연안인 그곳 항구에서 처녀를 다시 보게 되었을 때 그는 기이한 간절함과 외로움에 시달렸다. 왜지?

지나간 날 빵집여자와 버스 터미널에서 약속을 하고는 길이 엇갈린 적이 있었다. 두어 시간을 넘게 헤매다가 여자의 빵집 앞에서 기다리자니 다 저녁이 되어서, 또 어디선가 그를 찾아 헤매던 빵집여자가 지친 걸음으로 돌아오고 있었다. 그리움과 정욕이 범벅이 된 그는 여자를 베개처럼 난싹 끌어다 안았다.

—아, 보고 싶어 죽겠었다.

빵집여자는 그의 품에서 기쁨에 부르르 몸을 떨었다.

—왜 이렇게 만나기가 힘들었니?

그런데 이렇게 쉽다니. 서울 시내도 터미널도 아닌 이곳, 지중해가 내려다보이는 낯선 항구에서 이렇게 쉽다니.

그가 말하는 이곳이란, 욥바-야퍼항(港) 가까운 언덕에 노란 지붕을 가진 카페. 'Cafe Tel Aviev; 카페 봄의 언덕'. 주문한 아이리시를 마시며 이제 서울로 가야 하나, 하고 있을 때였다. 그날 아침 10시 로마로 가는 일행들과 헤어지고는 곧바로 이곳으로 왔던 오전이었다. 그때 처녀가 들어섰다. 처녀는 사해 빛깔을 닮은 연청색 물방울무늬 원피스를 입고 있었다. 그리고 그를 보더니 믿을 수 없다는 듯 고개를 갸웃 했다. 그제 무슨 일이 있었냐는 듯 이내 잠잠한 얼굴이었다. 해서 대체 어디서 무얼 하고 살아온 것인지는 모르겠지만 이 순간 처녀와 그는 연청색 평야 같은 지중해변 카페 '봄의 언덕'에 마주앉아 있는 것이다.

조금 전,

"조금 전 말입니다."

그는 조금 전 이 항구도시로 들어올 때를 생각한다.

……차가 신호등 앞에 잠시 정차할 때였다. 건널목 커다란 패스트푸드점 앞에서는, 휴가 나온 병사 하나와 젊은 처녀가 격정에 찬 포옹을 하고 있는 중이었다. 등에 장총을 맨 남자의 손길이 처녀의 허리와 등을 간절하게 오갔다. 이윽고 연인들의 두 입술과 뺨과 팔이 덩굴처럼 얽혀 오래도록 떨어지질 않았다. 길고 필사적인 입맞춤이었다. 아, 예술이군! 그도 모르게 감탄하자 건너편 자리의 노년의 신사는 하아……, 길게 한숨 쉰다. 길에는 차량들이 길게 꼬리를 물고 신호대기에 걸려 있는 중이었다. ……햇볕은 연인들의 입술과 가슴 근처에서 용광로처럼 끓고 있다. 지금 막 직진의 신호가 떨어졌다. ……청춘이 가는 것을 느낀다.

그런 이야기를 두서없이 하고 난 후였다.

내내 그의 말에 귀 기울이며 끄덕이기만 하던 처녀는 그런 말을 시작했다.

"칠 년 전에……."

"칠 년 전……?"

"백합 옆에서 잠잔 적이 있어요."

"그거 향이 지독할 텐데."

"서른 송이였지요."

"?……"

"그 여름 백합 서른 송이를 사들고 서해의 한 섬으로 갔을 때였어요. 가서는 누군가 일러준 바닷가 민박집에 들었지요. 난생 처음 집을 떠나와서 처음 잡아본 방이었어요. 홈통에 빗물 내려오는 소리가 두두둑, 두두둑, 타악기처럼 들리던 방이었지요."

섬의 방이라.

"그날 밤, 방 문짝을 닫아걸고 머리맡에 백합을 놓아두고 꽃상추를 아구아구 먹었죠. 이 꽃향기가 사람을 어떻게나 홀리는지, 밤에 백합을 옆에 두고 방문 닫아걸고 자다 죽은 사람도 있다는구려. 인천항 근처 꽃집 여자의 말이었어요."

"……."

"아침에 눈을 뜨는 게 죽기보다 괴롭던 시절이었죠."

"그래서…… 어쩌려고?"

"모르겠어요. 그저 무엇엔가 홀려보려고 그랬던가."

"……."

"이튿날 아침, 비는 깨끗이 걷혀서 환한 햇빛이 민박집 창을 비추고, 여주인은 밥을 먹으라고 밖에서 문을 두드리더군요. 아가씨, 나와서 밥 먹어요. 깨어보니 정말로 무엇엔가 홀린 것 같았지요. 밤새 뿜어낸 독한 향 때문에 두통이 날 것 같고 어쩐지 온몸에 백합물이 들었다는 생각일 뿐, 꽃상추 덕분에 잠만 실컷 잤지요. 한번도 안 깨고 열두 시간 동안이나…… 무슨 잠을 그리 죽은 듯 자요? 주인집 여자가 혀를 차더군요."

"……."

백합이라면 그 뿌리에 꿀을 넣고 찐 것이 불면증에 좋다는 걸 알고 있다. 다름아닌 노모가 그렇게 해오셨으니. 한데 그 꽃이 사람을 홀린다고? ……하긴 그렇기도 하겠지. 그러니 무언가에 홀린 듯 그리 오래 잠을 잤겠지.

"그렇게 일어나서 밥상을 받으니 아, 여기는 섬이구나. 그토록 깨어나고 싶지 않았던 아침이구나. 어찌어찌 여기까지 와서 이런 밥도 먹는구나…… 묽은 배춧국에 삼치 토막을 먹으면서 목이 메이더군요. 누구도 모를 괴로움과 외로움이 섬에 오게 하고 방문을 닫아걸고 잠들게 해도, 어느새 아침이라고 와서는 밥그릇에 수저를 드는구나. 이런 것도 한 생이구나. 혼자구나. 고단한 것이구나…… 그런 생각 말이죠"

"……."

그러고 보니 그도 전에 선풍기를 틀어놓고 문을 닫아걸고 잠을 잔 적이 있었지. 혹 기사회생 깨어난다면 선풍기를 틀어놓은 건 실수였다, 죽으려고 그랬던 것은 아니다, 잡아떼려 했던 것이었지. 그렇다 해도 아침에 일어났을 때 선풍기는 이미 꺼져 있었다. 밤 사이 누가 들어왔었던가? 천만에. 무의식중에 타이머를 작동시켜둔 사람은 바로 그. 스물두 살, 혼자 나와 살던 자취방에서였다. 그는 꽃상추를 먹고 열두 시간 동안 잠을 잔 처녀에게 혈육과도 같은 애정을 느꼈다.

"그때 누군가 제게 와서 그러는 것 같았죠. 무얼 했니, 너는. 너의 청춘으로 무엇을 했니? ……베를렌느의 시지요."

하늘은 지붕 위로 / 저렇게 푸르고 조용한데 / 지붕 위에 잎사귀를 / 일렁이는 종려나무 // 하늘 가운데 보이는 종 / 부드럽게 우는데 / (……) / 아하, 삶은 저기 저렇게 / 단순하고 평온하게 있는 것을 / 시가지에서 들려오는 / 저 평화로운 웅성거림 // 말해보렴? 여기 이렇게 있는 너는, / 울고만 있는 너는 / 말해보렴, 뭘 했니? 여기 이렇게 있는 너는, / 네 청춘을 가지고 무얼 했니?

196

"……허송만 했지요. 그러고 보니 빠삐용이 생각나네요."

그것이라면 남자도 생각난다. 나비라는 뜻의 빠삐용. 스티브 맥퀸과 더스틴 호프만이 주연한 영화. 난 결백하다구! 절해고도에 수감된 빠삐용은 결사적으로 무죄를 주장한다. 어느 날 꿈에서 한 남자가 그 앞에 나타난다. 자넨 유죄야. 천만에. 난 아냐. 자넨 유죄래두. 아냐! 대체 내가 무슨 죄인지를 말해 봐! 알고 싶나? 도대체 뭐지? ……인생을 낭비한 죄. 그때서야 그는 고개를 떨군다. 맞아요…… 유죄.

서울에서 잡지사 자유기고 일을 한다는 처녀도 그 생각을 하고 있었던 것일까?

"……그때는 그랬을 때예요. 그저 제 불운이라는 것, 불우라는 것이 다름아닌 나의 탓, 마음을 다잡으면서도 어느 날은 불끈 왜지? 내가 무얼 그리도 잘못했기에? 노여움이 솟구치는 것이 제 진실이라는 것은 무참히 깨어지고, 아니 도무지 이 세상에 없는 것만 같고, 저의 날개란 무언가에 의해 찢겨진 것만 같았지요. ……왜냐고는 묻지 마세요."

왜냐고 어떻게 물을 수 있겠나. 날개가 찢겨진 것만 같은 사연을 어떻게 물을 수 있어.

"그저께 미친 여자가 나타나 내 셔츠를 찢었을 때 그 생각을 했죠. 그녀는 어찌하여 그토록 미쳐서 영문 모를 내 가슴을 뜯어놨던가? 내 나무종을 망가뜨렸을까? 그 힘센 다리로 들판의 양을 치면 좋았을걸, 그 기운 센 팔뚝으로 손님들 머리를 만져주는 미용사가 되었으면 좋았을걸…… 당신도 예전의 나처럼 탈피가 안 되어선가? 힘에 부쳐서 끙끙대며 탈피를 해보려고 몸부림을 치면서?"

그는 그때 노모를 생각했던가. 서로 안절부절못하고 지옥처럼 가슴을 찢어놓던 시절이었다.

"그리고 그날 섬 마당에서 나비를 보았겠죠. 회색 날개엔 검은 큰 점이 박혀 있고 진주홍빛 테를 두른 것이 한없이 생생했지요. 작은주홍부전나비. 그것들은 알에서, 애벌레에서, 번데기에서 성충까지, 도합 네 번을 탈피한다는군요."

"네 번……."

네 번. 그 작은 것들도 일생 네 번 제 옷을 찢는다는 거겠지.

"칠 년 전 그날, 백합 서른 송이는 민박집 여자의 화병에 꽂히고 저는 뭍으로 엽서를 썼지요. 그렇다 해도 다시 한번 사는 일을, 지금은 누에 같은 이생을 희망해보겠다고. 탈피하고 또 탈피해서 아주 가벼워지겠다고요."

처녀가 이제는 백합처럼 활짝 웃으며 말한다.

"하지만 지금도 기껏 누에인 걸요."

지중해는 조금의 미동도 없었다. 나비넥타이 보이가 다시 와서 고풍스런 주전자에 든 커피를 잔에 부어주고 돌아갔다. 이제 당신 차례예요, 하듯 처녀가 그를 보고 있다.

노모는 칠순에 들면서 눈에 띄게 약해져서는 그저 고요한 나무 같아지셨지. 몸은 아프고, 창가에 새 한 마릴 봐도 전 같지 않고, 남은 세월을 생각하면 덜컥 겁이 나고, 때로 살붙이가 못 견디게 그립고…… 노모는 발길이 점점 뜸한 형이나 지방에 발령받은 아우를 대신해 내가 좀더 자주 와주었으면 하는 눈치였지. 그러지 말자고 다짐다짐을 하지만, 이제 와서 내게 연민을 구하는 그 얼굴을 보고 있노라면 진정 견딜 수 없이 싫고 짐스러웠지. 어쩔 수가 없었지. 노모도 어쩔 수 없었지. 어쩔 수 없이 늙고 병들고 세월에 겁이 난 한 사람의 약자였을 뿐. 나도 안다. 내가 그런 노모를 꼭 닮았던 것. 모든 것이 전 같지 않고, 세월이라는 말을 들으면 덜컥 겁이 나고, 마음은 외발자전거처럼 자주 어디에다 기대 세워두고 싶어지고…… 나도 알지. 다만 인정하고 싶지가 않았을 뿐. 그러니 그것은 맞다. 맞다, 유죄. 노모와 되지도 않는 싸움으로 세월을 낭비한 죄. 노모와 빵집여자가 내 자유를 나눠달라 할까, 나의 연민을 기대할까, 나의 동정을 구할까, 잔뜩 경계한 채 세월을 낭비했던 것. ……그러니 뭐가 어디서부터 잘못되었는지, 실은 난마같이 뒤얽힌 생의 마디를 풀어보느라 지치고 지친 걸음이 나를 이곳까지 오게 했다는 것이겠지.

"그러니 출장을 자청하다시피하고 월차를 차곡차곡 모아 서울을 떠나보는 것이 유일한 숨통이었군요"

그런 이야기를 했던가. 처녀가 고개를 끄덕였다.

그날 그는 백합과 함께 있었다. 지중해변의 모텔이었다. 늦은 시간이었다. 지쳐 떨어질 때까지 속에 품은 말들을 꺼내놓다가는 백합은 침대를 쓰고 그는 화장대 옆 소파에 아무렇게나 구겨져서 잤던 것이다. 내일 아침이 밝으면 어디로 갈까. 아테네나 로마나 카이로로? 그에겐 나흘의 시간이 남아 있고 그러니 처녀와 어디든 갈 수도 있을 것이다. 그렇다 해도 떨림이 없었다면 그건 거짓말. 밤새 이야기를 나누던 백합을 건너볼 때 가슴속에서 잠시 뜨거운 바람이 불고 아, 나도 별수 없이 사내라는 거지? 쓴웃음이 나왔던 것. 그렇다 해도, 아무것도 요구하지 않고 기대하지 않고 그저 한 존재 자체로 동감하고 긍휼(矜恤)하는 관계…… 그게 나라는 외로운 사내가 바라는 것일까.

— 긍휼의 어원은 동감, 연민, 심파시(sympathy)라더군요. 심파시는 같이 운다는 뜻.

십 년이 넘게 수녀원에 사는 사촌누이는 그렇게 말했다. 긍휼을 베푸시는 천주님. 그는 백합 향에 취한 듯 잠꼬대인 듯 밤새 되지도 않게 중얼대고 있었다. 함께 서울로 갑시다. 가서 동감하고 연민하고 함께 울어요. 그 다음은, 그 다음은 거기서 생각해봅시다.

정오 미사

정오가 가까워오고 있었고 성문 앞에는 여전히 사람들로 붐볐다. 텔아비브에서 차를 타고 50분 남짓. 차는 다시 해발 8백 미터의 고색창연한 도시에 그를 내려놓았다. 2천 년 전 이 도시에서 처형된 목수의 아들 예수, 처형 판결을 내린 총독 빌라도, 골리앗을 물치친 목동 출신의 다윗 왕, 지혜의 왕 솔로몬, 세리(稅吏) 마태와 의사 누가, 창녀 막달라 마리아와 어부 베드로, 엘리트 유대인이었던 바울…… 구약과 신약의 숱한 사사와 예언자와 선지자가 오갔던 곳. 지금도 여전히 소경과

200

절름발이와 환전상과 과일장수와 정교회 신부와 미친 여자와 미로 같은 길이 있는 곳.

먼저 떠납니다. 그러는 게 좋겠습니다.

처녀는 아직 자고 있는지도 모른다. 그 등뒤로 지중해가 7월의 평야처럼 숙성해 있을 것이다. 나라는 사내는 언제나 도망만 치는군. 씁쓸해하며 그는 오늘 저녁 7시 40분 비행기로 이곳을 뜰 것이다. 그러기 전 꼭 한 번 더 이곳에 왔어야 했던 이유를, 무엇엔가 홀린 듯 끌려온 이유를, 그러고는 기껏 예루살렘 벌꿀 두세 통을 사는 이유를 그는 모른다. 시계를 보니 서울은 지금 저녁 6시. 처녀와 함께 가자던 그 서울. 장마의 눅눅한 곰팡이가 피었을 서울. 그의 낡은 독신자 아파트 벽도, 노모의 연립주택 벽도 습기로 들썩일 서울. 그곳에서 셋째가 기다렸다는 듯이 아, 형! 하고 외치듯 전화를 받는다. 그러고는 그가 전혀 생각지도 못했던 말을 한다.

"어머니, 이제 마지막이신 것 같아."

"!⋯⋯"

"기도문을 알려달라시는데 내가 알아야지."

"?⋯⋯"

"여보세요? 듣고 있지, 형?"

"⋯⋯그래."

"가능한 대로 빨리 들어와."

"⋯⋯알겠다."

―심파시는 같이 운다는 뜻이에요. 그렇게 말한 사촌누이는

스물하나에 봉쇄수녀원으로 들어갔지. 한 번도 가본 적은 없지만 어쩐지 담이 높고 외딴 곳이라는 생각. 그 곁을 지나가면 하늘의 경(經)을 읽는 낭랑한 소리가 들릴 것만 같은 생각. 일생 남의 말 안 듣기로 유명했던 노모는 어인 일인지, 저기 어디 어여쁜 동산에 가고 싶다는 듯 그곳이 어디냐고 묻는다. "느이 사촌누이 말로는 말이다. 독사가 우글거리는 굴에 어린이가 손을 넣고 장난쳐도 손가락 하나 깨물지 않는 곳이라더라." 위를 절반이나 잘라내신 노모는 이제 곧 그 누이가 믿는 하늘의 집, 그 집 문턱에 들어가고 싶어하신다.

그때 막 한국인 가이드 하나가 예닐곱의 순례객을 이끌고 성문으로 들어서고 있다.

"이제 곧 빌라도 법정이 나타나고 거기서부터 주님은 십자가를 지고 골고다 언덕으로 올라가게 됩니다."

그가 막 지나온 성문 앞에는 오늘도 앉은뱅이 하나가 앉아 있었지. 일어나 걸어라. 네 믿음이 너를 고치리라. 천주(天主)가 그를 만지자 그는 저가 누웠던 병상을 머리에 이고 경중경중 뛰어다녔다고 했다. 이 세상 일이 합리나 이성이나 원칙대로만이 아니라는 것쯤은 충분히 알 만큼의 생을 살았다지만, 그렇다고 그토록 이상한 믿음 하나가 기적을 불러온다는 것도 그는 믿지 못한다. 하지만 지금이라면, 지금이라면, 이 세상 어딘가에 기적이라는 것이 있다면 믿어보겠다. 없대도 믿어보겠다. 그러려면 탈피하라, 탈바꿈을 하라, 누군가 그에게 속삭인다. 하지만 어떻게지? 그라는 사내는 갑자기 영화 속 절해고도의 사나이가 되어버린다. 그리고는 무언가 사무치게 그립고 애절해져서는 전화에 대고 욥바 항의 처녀에게 말한다.

"기다려줘요. 어디 가지 말아요."

그는 절박하게 덧붙인다.

"내가 돌아갈 때까지 기다려줘요."

"……"

저편에선 대답이 없다. 처녀도 그것이 거짓말인 줄을 아는 것이다. "거기 호텔에서 한발짝도 나가지 말아요."

처녀는 절해고도에서 외치는 그를 달래듯 입을 뗀다.

"언젠가, 언젠가 말이에요. 제각각 벗어둔 허물이 보일 날이 있을 거예요. 어느 햇볕이 내리쬐는 날, 오랜 잠에서 벗어나 누에고치처럼 제 옷을 벗고선 말이죠. 아, 한때 저것이 내 옷이었다는 거지. 손바닥 손금처럼 환히 보일 날이요."

"……"

"그럼 그때 또 만나면 돼요."

저, 기적을 믿나요? 사랑이 기적을 가져올까요? 그 말을 차마 못 하고 그는 샬롬, 하는 처녀의 히브리식 인사를 한 귀로 흘려듣고 있다.

순례객들을 따라 미로 같은 비아 돌로로사를 막 올라오고 난 끝이었다. 이번에도 셋째가 전화를 받는다. 변두리의 비좁은 연립주택. 장마비는 타닥타닥 지붕을 칠 것이다. "어머니, 형이에요." 실처럼 가는 노모의 숨소리가 들려온다. 수화기는 노모의 귀에 바짝 붙어 있을 것이다. 그는 처녀가 불러준 사도신경을 또박또박 읽어드린다. 거룩한 공회와 성도가 서로 교통하는 것과 죄를 사하여 주시는 것과…… 말을 처음 배우는 아이처럼 더듬더듬 따라하시는 노모 몸이 다시 사는 것과…… 영원히 사는 것을 믿사옵나이다. 그리고 나자 지금까지와는 다른 목소리가 5,500마일 저편에서 건너왔다. 어쩌면…….

"어쩌면…… 그렇게도 정 없이 살았을까."

"?……"

"다 내 탓이다. 내 마음이 고단했던 탓이다."

당황해서 그는 마른 침만 삼킨다.

"내 탓이다. 행여라도…… 맘에 두지 말거라."

"……"

"……"

노모는 우시는가. 몰려오는 통증을 겨우 참으며 눈가를 꽈리처럼 붉히셨는가. 수화기를 바꿔든 셋째가 낮게 말한다.

"오늘 밤을 겨우 넘기실 것 같대."

"……"

"형, 듣고 있지?"

"저어…… 어머니 좋아하시는 꿀을 샀는데 말이다."

"알겠어. 어서 와, 무조건 빨리 와."

오늘 밤을 겨우 넘기면 다음날 새벽. 새벽이 지나면 구파발의 빵공장에서 갓 나온 빵이 배달이 되고 '서울제과' 그 여자의 진열대에도 담길 것이다. 그를 위해 잡곡밥을 지어주던 여자가 흐느낀다. 내 울타리가 되어주어요 위를 절반이나 잘라낸 노모, 돼지목살도 밴댕이젓도 못 잡숫는 노모는 다 내 마음이 고단했던 탓이다,라고 말하신다. 작은주홍부전나비 같은 미물도 일생에 네 번을 탈피한다지요 백합 향기 처녀가 말한다.

땡그렁땡그렁. 종이 울린 건 그때였다. 정오 미사가 시작되는 것이다. 순례객들은 모자를 벗고 성호를 긋는다. 야누스데이─신의 어린 양. 전 세계에서 모여든 순례객들과 성문 앞 앉은뱅이와 절름발이와 소경이 신의 어린 양 앞에 경배하는 시간. 리베라 메─나를 건지소서. 일어나라, 네 침상을 들고 일어나 걸으라. 천주가 친히 그의 오른손으로 그들 눈과 다리를 만진다. 앉은뱅이가 일어나 뛰고 소경이 눈을 뜨는 나라. 제 생에 마지막 탈피를 하듯 밤새 뒤척이는 나라.

노모는 오늘 밤 탈피하시려 한다.

얼마가 지났을까. 그는 여전히 전화 부스 앞에 서 있다. 섭씨 40도의 지열은 훈증처럼 올라오고 땡그렁, 땡그렁, 외로움은 가슴으로 우박같이 들이친다. 아아, 그는 서른여덟 이 나이껏 사랑의 기적도 울타리도 모른다. 세월도 사랑도 더럭 겁이 난 사내, 자장덮밥 봉지가 뒹구는 아파트에 혼자 사는 사내 그는 도무지 사랑에 자신이 없으면서도 세 끼 밥처럼 그것을 바란다.

그래도, 그래도, 사랑이 그것이, 나를, 누에고치처럼 외로운 나를 만져줄 것인가.
장마비로 벽지가 들썩이는 서울로 나를 데려다줄 것인가.
심파시. 노모의 누추한 연립주택 지붕처럼 후두둑후두둑 함께 울게 할 것인가.

(『작가세계』 1997년 여름)

적멸보궁에 가겠다면

자정이 넘은 시간이었다.

이 집을 찾아든 것은 밤 11시 10분경. 이 일대 식당과 카페를 돌고 돌아온 제일 마지막집이었다. 여기도 밥이 없으면 24시간 편의점에 가서 청동같이 굳은 샌드위치나 김밥 따위라도 사먹어야 할 판이었다. "지금 식사됩니까?" "아, 이거 죄송합니다." "저어, 지금 식사할 수 있을까요?" 어떤 집에선 주인이 카운터를 정리하고 있었고 그나마 불이 켜진 곳에선 주방장이 지금 막 퇴근한다고 말했다. 이 집에 들어섰을 때 콧수염쟁이 주인은 끄덕였다. "됩니다, 돼요." 큰 최는 차에서 기다리고 있던 작은 최와 나를 부른다. "작은 최야, 정아, 여기 된단다."

206

……예전엔 신촌에서 출발하는 기차가 지나가던 곳이었지요. 신촌, 수색, 능곡, 화전을 지나 완행열차가 서던 곳 말입니다. 그 어디쯤 새로 지은 토속주점 한쪽 무대에서 기타를 퉁기며 늙수그레한 남자가 노래를 합니다. 하얀 손을 흔들며 입가에는 예쁜 미소 짓지만…… 술 취한 중년여인이 "오빠, 멋져요." 환호성을 칩니다. 여인은 술에 잔뜩 취해서는 "멋져, 최고야!"를 연발했지요. "그죠, 여보? 끄윽." 여인이 형편없이 꼬부라진 목소리로 부르는 남자는 두 손으로 얼굴을 감싸쥔 채, 취한 건지 조는 건지 고개만 끄덕입니다. 그 앞에는 아예 탁자에 엎드린 여자 일행 하나. 여인은 엎어진 여자를 자꾸 흔듭니다. "애, 좀 일어나봐, 저 노래 좀 들어보라니까. 근사하잖아? 끄윽."

"그만 가볼까?"

작은 최가 말하자 나머지는 끄덕거린다. 늙수그레한 가수의 노래를 들으면서 우리는 더 늦기 전에 길을 나서야 한다고 생각했을 것이다. 어디를? ……글쎄, 한겨울에도 마늘과 보리가 함께 자란다는 곳, 추위가 가시지 않은 이른 봄에도 동백나무 비자나무가 무성하다는 곳, 그런 데가 아닐까? 말은 그렇게 해도 지금은 3월의 하순. 아기들 젖니 같은 새싹이 땅을 뚫고 나올 때였다. "저 싹 좀 봐. 어린 싹 좀 봐." 한 쌍의 연인이 간지럼타듯 호들갑을 떨며 근처를 지나갔다.

자정이 넘은 시간이다.

다들 미더덕과 모시조개와 쑥갓을 넣고 끓인 해물찌개를 허겁지겁 먹고 난 후였다. 시청 공무원인 서른여덟의 큰 최와

간간이 〈주말의 명화〉 번역 의뢰도 받는 서른셋의 작은 최, 그
리고 사설학원에서 성문종합영어를 가르치는 서른둘의 나. 우
리들은 모처럼 큰 최의 집에서 만났다가 큰 최의 제안으로 그
집에서 일박을 하기로 하였고 그러다 집에 변변한 빵 한 조각
없는 것을 안 큰 최가 멋적게 이럴 게 아니라 저기 백마에라
도 가서 뭣 좀 먹자,고 한 것이었고 밤늦게 집에서 나선 우리
들은 겨우겨우 해물전골 중자를 시켜서 먹고 난 참이었다.
　—지난주에 알뜰살림장만퀴즈에 나갔었거든. 도깨비방망이
를 들고 있다가 답을 알면 재빨리 내리치는 대회 말야.
　—재미 좀 봤니?
　—재미는, 젠장. 내내 꿀 먹은 벙어리였는데.
　—몇 개나 맞췄는데?
　—바람이 꽃씨를 옮겨주는 꽃을 풍매화라고 합니다. 그럼
새가 꽃씨를 옮겨주는 꽃은 무엇일까요? 뭐긴 뭐야, 조매화지.
딱 그거 한 문제다. 그렇지 않아도 아아, 찌그러진 양은대야
하나 못 타고 집에 가는구나, 기가 팍 죽었을 때거든.
　—잘했다, 하하.
　—잘했긴 꼴찐데…… 조매화 때문에 그나마 타온 상품이
정수기야. 요즘 신랑하고 매일 흐뭇하게 물배 채운다.
　작은 최와 큰 최가 그런 얘기를 하고 있을 때였다. 겨우내
오래 앓다 나온 나는 건성건성 응, 응, 그럴 때였다.
　"그만 가볼까?"
　해서 우리들은 지금 막 동서울 톨게이트에 이른 것이다. 밤
길이라 차는 거침없이 3·1 고가도로를 넘고 하일 인터체인지
를 지나 중부고속도로에 접어들었다. 이 정도라면 두 시간 반

못 걸려 강원도 진부면에 닿을 것이다.

"제길. 그러고 보니 꼭 십 년 만이로구나."

그렇게 말한 건 시청에서 일하는 큰 최. 아닌 척하지만 자주 우울한 기색을 무거운 망토처럼 두르고 사는 큰 최.

"십 년 전 행정고시 치르고 다녀온 데가 거기다. 취직 걱정에 밤잠이 안 올 때였지. 곰취에 더덕 해서 몇 끼 나물밥 먹고 몇 밤 자고 돌아와보니 합격이라고 어머니가 전해주더라. 그때 일하러 나오랄 땐 정말 좋았었지."

"지금은?"

"해마다 이맘 때면 어쩔 수가 없어. 자도 잔 것 같지 않고 먹어도 먹은 것 같지 않고, 자꾸 꽃구경이나 가고 싶은 것이 아침이 오면 이게 꼭 꿈이었으면 좋겠더라. 매일 아침 나귀처럼 끌려나가 일을 해야 한다니."

"그게 꼭 십 년?"

"꼭 십 년. 십 년을 나귀처럼 일만 했구나, 하루 아홉 시간씩. 어림잡아 야근도 수백 번은 했을 거야. 식권은 도대체 몇 장을 타서 쓴 걸까?"

"한 달에 대충 스무 장이라 치고 20 곱하기 12 하면, 일 년이면 이백사십 장, 십 년이면 이천사백 장."

"아, 세월만 신나게 잘 가누나. 얼음 지치는 어린애같이 씽씽 잘도 간다."

"내 잘못은 아니라는 듯 말이지?"

"맞았어."

큰 최와 작은 최는 죽이 아주 잘 맞는 사이.

한데 십 년 전이라면 어떤 때인가. 함께 차를 마시던 작은 최가 문득 "큰 최 언니, 언닌 왜 살아?" 하고 얼굴을 빤히 들고 물으면 "글쎄, 왜 사나." 생각하는 척하다가 "뭐 그저……." 하고 얼버무리던 때였다. 다들 이십대일 때였다. 셋 다 다도를 배우러 다닐 때였다. 인사동에 나가 분청사기 다기를 앞에 놓고 찻물을 식히고 찻잎을 우려내고 잔에 나눠 따르고 한 잔 차가 체내를 통과하는 것을 도 닦듯 바라보던 때였다. 언젠가는 큰 최와 지리산 하동에 가기도 하고 몇 해 전엔 스리랑카로 차 기행을 다녀오기도 했었다. 한가로운 시절이었다. 세작의 깊은 맛이란 사실 알 리 없고 다만 왜 사는 거지? 방황하는 마음을 다기 앞에 끌어다 앉힐 때였다. 실은 다들 무엇인가 난국을 맞은 얼굴들이었고 어떻게 하면 이 난국을 잘 넘기나, 궁리중인 참이었다.

큰 최는 가방에서 담배를 하나 꺼내 물고는 내게 말한다.

"정(鄭)아. 금방 피울게. 그 동안 이거 목캔디 먹고 있어라, 응?"

큰 최는 창을 반쯤 열고는 거기 고개를 바짝 대고 후우 연기를 뿜고는 아, 좋다, 아, 좋아, 노인처럼 그런다.

"참, 작은 최야. 너 신랑한테 전화해야지."

"아까 해보니까 여태 안 들어왔어."

"삐삐는 쳤니?"

"쳤지. ……뭐라긴. 큰 최 언니하고 정하고 산에 가서 도 좀 닦고 올 거니까 술 퍼먹고 잘 살아라, 그럼 안녕, 앞으로 얼마가 될지 몰라, 그랬지."

"결혼하더니 뻥만 늘었구나. 흰소리 좀 그만 하고 장사익이나 틀어봐라."

210

"그건 두고 왔는데?"

"그럼 김영동은?"

"그건 있지."

작은 최가 장사익의 〈하늘 가는 길〉 대신 김영동의 〈귀소歸巢〉를 튼다.

우리들은 시방 오대산 적멸보궁(寂滅寶宮)으로 가는 중이다. ……신라 선덕여왕 14년(643년) 중국에서 돌아온 자장율사가 창건. 오대산에 적멸보궁을 세우고 석가세존의 정골사리 37과를 봉안한 지 2년 뒤 월정사 창건. 고려와 조선 때 한 차례씩 큰 불. 건물 대부분 소실 재중건. 강원도 평창군 진부면 동산리 소재…… 그곳으로 가려면 월정사 일주문을 지나 사오백 년은 족히 되었을 전나무숲을 지나, 오대천을 끼고 8~9킬로미터의 비포장길을 더 가야 한다. 가다 보면 언덕빼기 평지를 다부지게 다진 자리에 위풍당당 상원사가 보이고 거기서 왼편 산길을 따라 40분을 더 올라가면 적멸보궁과 만나게 되리. 댓돌 위엔 백일기도 온 신발들이 가지런하리. 그 숲에는 원앙, 산양, 수리부엉이, 하늘다람쥐, 산앵도나무, 고려엉겅퀴, 당귀, 뻐꾹나리, 금강초롱, 물두꺼비, 열목어들이 있다는 말. 봄이 오기까지 오래 앓고 난 끝이다. 수리부엉이, 물두꺼비, 원앙, 금강초롱, 산앵도나무…… 오래 앓고 난 끝의 나는 원앙 아니라 원앙 할아버지라도 심드렁하기만 하다.

"정아, 그때 배추밭을 보았다지?"

운전대를 잡은 작은 최가 내게 묻자 큰 최가 말린다.

"정한테 말 시키지 말아라. 쟤 아직 목도 많이 아프다."

"알겠어. 한데 그게 웬만한 어린애같이 크댔지? 퍼런 통배추?"

목캔디를 입에 문 나는 수굿한 금강초롱처럼 고개를 끄덕인다. 십 년 전 그곳 배추밭이 그랬다는 말씀. 텃밭을 갈아엎고 그 자리에 중창불사 사무소라도 들어섰다면 모를 일이지만.

그러고 보니 햇수로 십 년 전 가을이라면 그런 때였다. 상원사 법당 앞에는 '부처님진신사리및세조임금어의친견 - 오대산상원사' 현수막과 '백일기도접수중'이란 패가 걸려 있을 때였다. 그해 여름 장남을 낳고 첫 주말 나들이 나가는 형부내외가 나를 태우러 왔다. 형부는 병원수련의로, 언니는 약국을 하며 주말을 쪼개 쓰던 때였다. 그렇다 해도 오래된 문법책을 끼고 허구한 날 영문법을 가르치러 다니는, 말하자면 세월 모르던 처제가 딱했던 것. 해서 함께 전나무 숲길을 지나 상원사에 이르렀던 것. 그때 언덕빼기 배추밭에 통배추가 어찌나 크고 싱싱하던지 지금 당장 김장을 해먹었으면, 하던 때였다. 그옆 부도밭에서 언니 내외와 함께 찍은 사진엔 '방한암대종사方漢岩大倧士' 글자가 선명했고 밑단엔 '88 10 15'라 찍혀 있었다. 그 저녁길로 강릉으로 가 대합구이 저녁을 먹고 내처 양양으로 올라가는 길에 "처제는 어때? 호텔이 좋겠어? 민박집이 좋겠어?" 형부가 물었을 것이다. 하룻밤 편하기야 호텔방이겠지만 나 역시 민박집이 좋다고 했다. 형부가 어릴 적처럼 절절 끓는 구들방에서 자보고 싶다고 했기 때문.

……그날 밤 꿈에, 낮에 본 상원사 동종이 비치었다. 비파와 생(笙)을 든 여인 둘이 어두컴컴한 보호막을 뚫고 비천하는

212

꿈이었다. 나는 배추밭 근처에 주저앉아 봄동과 쑥을 뜯고 있었다. 언니도 옆에서 쑥을 뜯다가 이럴 게 아니라 아들을 나으러 가야 한다고 일어서는 꿈이었다. 다음날 일어나 보니 해는 비천녀처럼 중천에 환하게 떠 있고, 단풍은 하루가 다르게 남하하고 있었다. 마음으로 악기를 뜯으며 비틀비틀 단풍에 취해 한계령을 넘어왔던 때였다.

작은 최는 줄곧 시속 120을 유지하고 있다. 전속력으로 질주하는 차의 굉음과 김영동의 〈삼포 가는 길〉말고는 아무것도 들리지 않는 밤이다. 이대로라면 두 시간도 안 걸릴 길이었다. 큰 최는 말없이 정면만을 주시하는 작은 최에게 커피껌을 입에 넣어준다.

"작은 최야, 너 요즘 술을 통 못 하는 것 같더라?"

"못 하지."

"끊었니?"

"그래도 한두 잔은 해."

"그래도 용한데?"

"내 의지가 아니라 췌장 때문이다. 조금이라도 마시면 몸이 비틀어질 정도로 고통스럽다. 나를 제어하는 것도 내 의지가 아니라 고통이다. ……뭐, 내 말은 아니고 사강의 말. 그 여자 어떻게 나와 똑같지?"

"그럼 이제 포커도 끊었니?"

"그건 안 돼요. 난 도박꾼으로 타고난 걸요."

"그것도 사강이겠군."

"잘 아네. 째째하지 않고 멋지잖아. 어떤 종류를 즐겨 하는

가? 물으면 육십이 넘은 그 프랑스 여자는 모두 다 해요. 특히 카지노를 즐기죠. 그것이 더 드라마틱하기 때문이에요. 허공에 던져진 속임수, 계산대들. 내 핏속엔 이런 것에 대한 열정이 흐르고 있나봐요, 하더라."

"꼭 네 얘기구나."

"나야 뭐 남편하고 트럼프나 치는 거지. 둘이 앉아 저스나 유콘 같은 뻔한 게임 하느라 연신 하품을 해대면서도, 서로 상대가 이기는 꼴 못 보고 돈 몇 푼 뺏겼나 계산하느라 그만두지도 못하고 그렇게 밤을 꼬박 새운 적이 몇 번 있지. 정신을 차리고 보면 어느새 창밖에 동이 터오더라. 그러고 다시 맹물 같은 하루가 시작되는 거지."

"느이 신랑 일 안 나가고?"

"일을 하지 않으면 낙오자가 되잖아요. 하지만 전혀 일하지 않는 사회라면 나도 일하지 않고 싶어요. 내가 꿈꾸는 이미지는 바닷가에 큰 침대를 놓고 글이나 쓰는 모습이랍니다. 그 말도 내가 하고 싶은 말. 내가 한적한 바닷가에 큰 침대를 내다놓고 영화나 보고 싶다고 하면 남편은, 소설 쓰나? 당장 뭐 먹고 살려구? 할 사람이야. 일을 해야 돈이 생기고 쌀이 되고 출근 신발이 되고 장롱이 되는 걸 무섭게 아는 사람이야."

"그걸 모르면 등신이게?"

"그래도 속으론 날마다 땡땡이치고 싶은 남잔 걸 내가 알지. 여보, 돈은 내가 벌 테니 회사 그만두고 당신 하고 싶은 일 하구려. 뻥을 치면 빈말이라도 좋아서 입이 짝짝 벌어지는 사람이지."

"허리는 아직 그렇다니?"

214

"그렇지 뭐."

"치료는 받고 있지?"

"선배가 하는 침술원에 가고 있어."

전에 이삿짐을 나르다 삐끗해서 침을 맞고 있는 작은 최 남편 얘기다. 큰 최가 때마침 무릎에 둔 신문을 펼쳐 읽어 내려간다.

"금실 좋은 성관계는 좋은 약, 이게 제목이다. 들어봐. …… 한 여성이 주방일을 하다 허리를 다쳤다. 저녁식사 때 아내를 걱정한 남편은 설거지를 대신 해주었다. 아내는 감동했고 로맨틱해진 그들 부부는 조심스럽고 부드럽게 부부생활을 했다. 그런데 걱정하던 것과 달리 관계 도중 전혀 요통을 느끼지 않았고 부부관계 이후엔 요통이 낫게 되었다. 접촉감각은 굵은 신경섬유로 전달되는 데 반해, 요통감각은 가는 신경섬유로 전달된다. 섹스가 요통을 낫게 한 것은 결국 굵은 신경섬유가 더 우선적으로 전달되었기 때문이다. 사랑하는 사람들끼리의 신체적 접촉은 통증을 잊게 하는데 '엄마손이 약손이다' 하는 것도 같은 이치이다."

작은 최는 가타부타 말이 없다. 그러는 작은 최는 실은 줄곧 삐삐에 신경을 쓰고 있다. 해도 그 물건은 고장난 초인종처럼 좀처럼 울릴 줄 모른다. 그러던 작은 최가 에잇, 젠장! 하면서 바짝 속력을 낸다. 언제부턴가 코란도가 안개등을 쏘며 바짝 붙어왔던 것. 단숨에 작은 최를 따라잡은 코란도는 우리 옆에 나란히 붙더니 창을 열고 수작을 건다.

"헤이, 아가씨들. 어디 가요, 아가씨들도 용평 가요?"

"아가씨들, 심심한데 데이트나 할까요? 달도 좋은데?"

삼십대 초반쯤? 서넛쯤 되는 차 안의 남자들은 이편을 향해 소리소리를 질러대고 있었다. 헤이, 아가씨들! 작은 최는 그쪽은 쳐다보지도 않고 속력을 뚝 떨어뜨려서는 쌩쌩 질주하는 코란도로부터 한참을 뒤쳐져 딴청을 한다.

"아가씨? 아가씨 좋아하시네. 심심하면 집에 가서 달밤에 체조나 해라. 한심한 놈들."

작은 최는 아직도 혼자서 중얼거리고 있다. 쟤가 왜 저러지? 하는 얼굴로 나를 돌아보는 큰 최.

"내 남편이라는 작자도 어디 가서 저러고 있을지 몰라. 아가씨, 심심한데 데이트 어쩌구 하면서 말이야. 알게 뭐야, 술 먹는다고 나가선 어디 가서 뭘 하는지."

"아무리. 느이 신랑 착하잖니."

"착하면 대수야? 매일 술 처먹고 늦게 들어오는 대신에 마누라한테 담배 끊으라, 도박 좋아하지 말라, 군말 안 하는 걸 무슨 보시처럼 생각하는 남자야."

"그게 사랑이다 생각하렴."

"그게 사랑이냐? 무관심이지. 그러니 이렇게 집 나온 고양이가 됐으면 해. 얌전한 집고양이가 되려면 일찌감치 길이 들어 차가운 우유접시나 핥으면 되겠지. ……봐, 마누라가 자정이 넘어 돌아다녀도 삐삐 한번 안 치는 거. 잘났어."

적재량이 엄청난 화물트럭이 상행선을 따라 질주하고 있다. 트럭기사는 낡은 액셀러레이터에 무겁게 발을 얹고, 커피껌을 씹으며 서울로 갈 것이다. 우리는 지금 막 그곳으로부터 빠져나오던 참이다. 지금 막 집을 나서 세상의 담과 지붕을 넘는 밤고양이들처럼 시속 120으로 쏜살같이 달려가던 참이다.

"휴게소가 왜 이리 안 나오지?"

"이쯤 해서 있을 텐데."

때마침 저 멀리 휴게소 표지판이 보인다. 스낵 코너가 있고 식사와 주유를 할 수 있다는 표지. 과연 어둠 속에 가느다란 불빛이 휴게소에서 새어나왔다. 새말 휴게소. 그렇다면 3분의 2는 왔다는 말. 간이식당에는 기사 복장의 사내 하나가 불어터진 털보네 우동을 먹고 있었다. 주유소에 차를 대자 연신 하품을 하던 청년이 나와 주유기를 꽂는다. 1리터당 849원. 작년 1월만 해도 650원이었던 것으로 기억한다. 2만원 어치를 넣으면 그래도 주유기 바늘이 쑥 올라가던 때였다. 십 년 전 상원사행 때에도 형부는 서울 외곽 어디선가 기름을 넣었었다. 청색 목장갑 한 벌이나 먼지 날리는 곽휴지를 넣어주던 때였다. 주유를 할 동안 큰 최는 나가서 담배 한 대를 피운다. 후렴처럼 아, 좋다, 아, 좋다, 깊은 숨을 내쉬는 큰 최.

"담배 하나 더 있어야 되지 않나?"

"그래, 박하담배로 하나 더 사두자. 점심 먹고 화장실에서 담배 피우는 게 유일한 낙이다. 회사에서 말이다. 그거 못 하게 한다면 사표 쓸 거야."

하던 큰 최가 이번엔 내게 말한다.

"정아, 고단하지, 졸립지?"

"……견딜 만해."

목은 쫘리처럼 부어 소독약 바를 때처럼 따끔거린다. 밤길을 나선 고양이들 중 하나는 목이 부어서 그저 조는 듯 밖만 내다보고 있다. 앞으로도 내내 입 다물고 가야 할 길이었다.

주유가 끝나고 차가 다시 출발하자 이번엔 작은 최 대신 큰 최가 말을 꺼낸다.

"개박하라고…… 야산에 나는 게 있대."

"웬 개박하?"

"쟤, 정이가 해준 얘기야. 여름이 되면 자색 백색 꽃이 피는데, 집 나가서 야성화된 고양이들이 들에서 그런 식물을 찾는단다. 그 꽃줄기나 잎에 환각 성분이 있다는 거지. 대마도 그렇잖아. 들고양이들 중에 한 칠십 프로가 거기에 중독된단다."

"왜 그렇지? 나머지는?"

"아마 유전인 까닭일걸? 그렇지, 정아?"

그럴 걸. 내가 끄덕이는 걸 돌아보는 큰 최의 몸에선 야생의 알싸한 박하 냄새가 난다.

"개박하를 찾아다니는 고양이 생각하면 전에 내 생각이 난다. ……알면서 빠져드는 거야. 뭔가 내가 모를 것, 뭔가 좀더 좋은 것이 거기에 있을 것 같아서. 그리고 중독이 되는 거지. 아, 다 지난 일이지만."

시청공무원이고 만 십 년을 쉬지 않고 나귀처럼 일해온 큰 최는 하하 웃는다. 작년 봄, 큰 최가 약을 먹은 것을 아는 작은 최와 나는 아무 말 못 한다. 그전부터 조금만 가래가 생겨도 진해거담제를 챙겨먹던 큰 최였는데, 어느 봄날 수면제를 60알 먹고 침대에 쓰러져 있는 큰 최를 발견한 것은 그 집 초인종을 누르던 작은 최였다. 여벌열쇠로 문을 열고, 119구급대가 오고, 병원에 옮겨진 큰 최가 정신을 차렸을 때 작은 최는 화를 못 이기고 거위처럼 꽥꽥댔다. 겨우 남자 하나 때문에 이 지경이 돼? 아예 비소를 털어넣지 왜 겨우 수면제야?

218

큰 최의 쑥 꺼진 눈이 붉게 충혈되어 왔다. 그만둬라. 나는 잔뜩 상기된 작은 최를 병실 밖으로 내몰았다.

"작년 어느 날인가 그 일이 있기 전……,"

"흥, 또 지난 얘기?"

"그래, 그때 그이 회사 건너편 2층 다방에 앉아 무작정 그이를 기다리고 앉았던 적이 있었지. 토요일 근무가 끝나자마자 근처에서 싸구려 선글라스를 사서 끼고 모자를 눌러쓰고 말이다. 그가 나오면 곧바로 뒤따라갈 준비가 돼 있던 거지."

"미행을?"

"그래, 작은 최야. 나 심부름센터에도 전화해봤었다. 공중화장실에 붙은 전화번호를 적어서 말이지. 남자 하나를 따라가주세요, 그가 어딜 가는지 누굴 만나는지 알고 싶어요, 그러고 싶었지만 아, 돈이 너무 비쌀 것 같고 갑자기 치사한 생각이 들더구나. 그날 2층 다방에서 내려다보니 사람들이 삼삼오오 다 빠져나가는데 그만 없더라. 그는 매킨토시 앞에 앉아 책표지를 만들어내는 사람이고 그가 만든 표지를 입고 나온 책이라면 나는 빠짐없이 사서 읽어왔었지. 활달한 자유시 같은 표지. 한참 후에야 나온 그는 고물자동차를 놔두고는 어디론가 가더구나. 누구를 만나러 나가나…… 심장이 터질 것 같았지. 그이는 고서점에 들러 화집 몇 권을 흥정하다 나오고, 보따리장수가 펼쳐둔 인도산 기념품도 한참을 구경하고, 화원에 들러서는 화분을 하나 사더구나. 그리 비싸지 않은 양란이었어. 그것을 들고 새로운 여자에게 갈지도 모르는데…… 나는 아, 저게 내가 좋아하던 모습이었지, 한때 부부처럼 살다시피했었지만 이젠 마음이 변해 더없이 매정한 저이가 이제 가는 곳은

어딘가, 어딘가…… 고양이처럼 살금살금 뒤를 따라가는
데……."

"따라가서 줴 패줬어?"

"……눈물 나더라."

언제나 평상심에 대해 강조하던 큰 최와, 거의 언제나 열광
에 대해 생각하는 작은 최의 대화. 그 사이에 벙어리같이 앉
아 일상과 열광에 대해 명상해보는 나.

"그날 그는 국수 한 그릇 먹고 두 손으로 화분을 받쳐들고
는 전철을 타더구나. 사월 청명이 지난 날이었지. 목련에 개나
리가 피고 황사바람도 천방지축 부는데 마냥 길을 쏘다니다
가 저녁에서야 말이지. 집집마다 저녁창에 불이 켜지고 저녁
식탁에 오를 생선구이 냄새가 퍼지는 골목을 지나 터덜터덜
제 집으로 들어가더라. 양란 화분 하나를 받쳐들고 말이지.
아, 저 남자도 그저 외로움이 잎사귀처럼 뻗은 한 남자일 뿐
이다. 무리에서 빠져나와 저 혼자 사무치는 한 남자일 뿐."

"……."

"지금도 밤마다 뜰에서 가지치기하는 꿈을 꾼다. 나는 정원
사고 내 나무는 그이야. 외로움이 무성한 가지를 잘라내고 다
듬어주는 꿈. 그가 내 도움이 필요한 한 그루 정원수라면 좋
았겠다. 나라면 될 줄 알았어. ……나로도 안 되겠니? 물었을
때 그는 고개 젓더라. 안 된다구? 안 된다구? 그는 묵묵부답.
절망이 이런 거로구나 생각했다."

"……."

"작년 봄, 그의 집에 전화를 건 날 그 대신 웬 여자가 전화
를 받더라. 석우씨? 일찍 올 거지? 코맹맹이 소리로 말이지.

저녁밥이라도 준비하다 받은 목소리였어."

"게다가 바람둥이라구?"

"나중에 그가 그러더라. 그 여자가 길 잃은 강아지처럼 낑낑대서 할 수 없이 집에 오게 한 거라고. 밥을 지어주고 싶다고 해서 그러라고 한 것뿐이라고. 그러더니 아주 짜증을 내면서 큰 최야, 내가 좋아하던 너의 모습은 다 어디로 가고 넌 어쩌다 결혼에 목매다는 여자가 되어버렸니? 나이가 들어서 그러니? 서른일곱씩이나 먹어서? 그러더라. 그 여자는 내게 결혼 같은 건 요구하지도 않아, 하면서 말이지. 아, 정아, 미안하다. 나 담배 한 대만 더 피울게."

큰 최가 차창을 조금 연다.

그날 큰 최는 울면서 그녀의 상담의에게 전화했다. 언제든지 전화해요, 저녁도 먹고 술도 먹읍시다, 하던 상담의는 그날 큰 최에게 그럴 듯한 술과 저녁을 사고 노래방에 가서는 〈검은 상처의 블루스〉〈애모〉 노래를 부르다 울어버린 큰 최를 달래주고는, 취한 그녀를 부축해 5층에 있는 호텔로 이끌었다. 큰 최는 울며 그 방에서 뛰쳐나왔고 그리고 새벽 집으로 돌아와선 그렇게 된 것이다. 책표지를 만드는 남자는 끝내 병원에 나타나지 않았다.

"언니가 원한 건 결혼이었어?"

"그 남자를 포함한 모든 것."

"등신."

"맞다, 내가 생각해도 그렇다. 삼십팔 년 내 생에 그를 만난 사 년 만큼 좋았을 때가 없었어. 그 사랑에 목숨도 걸 수 있었는데 그 결과는 삼 개월 동안 정신과에 다닌 병력에다 내 청춘이란 건 숯불처럼 꺼멓게 타고 흔적도 없는 거야. 이빨은 담뱃진에 찌들고 폐도 아마 꺼멓게 되었을 거야."

"그러니까 등신이지."

그때 병원에서 퇴원하고 몇 개월이 지나서 큰 최는 담담하게 말했지.

—정아, 그때 행시를 보고 나서 월정사 밑에서 묵었을 때야. 생각나면 반야심경을 펼쳤고 그러면 마음이 언덕빼기 텃밭 같아질 때였지. 그때처럼 마음밭을 갈아엎고 갈아엎어서 새로 상추씨라도 뿌려볼 요량이었지만 어느 한 생각이 엉겅퀴처럼 비집고 들어서면 도무지 어찌할 수가 없더구나.

하루에 펜잘 다섯 개에 원비디 두 병을 먹지 않으면 못 사는 부인이 우리 옆집에 살았었지. 점심 때면 하루도 빠짐없이 상가 약국에서 약봉지를 들고 나오곤 했지. 무슨 약이에요? 물으면 으응, 그냥 머리가 좀 아파서, 그러는 여자지. 여자는 언제나 너희는 몰라, 너희들은 나를 몰라, 하는 얼굴로 약봉지를 품에 안고 아파트 마당을 가로질러 집으로 가지. ……큰 최의 말을 들으며 왜 그 여자 생각이 났을까.

"내가 상담의에게서 약을 받아오던 때, 이 속에 무엇이 들었죠, 하면 상담의는 잠 오는 약이라고 말하지. 개박하를 찾는 고양이처럼 약을 먹고 잠을 잤다. 그럴 때마다 정말 혼자구나, 지독하구나…… 그런 걸 느낀다. 아, 다 지난 일."

창밖을 내다보니 달은 초생도 그믐도 아닌 둥근 만월이다. 신라 적 스님 자장은 오대산에 비추는 하현달을 바라보고 월정(月精)이란 이름을 지었다지. 그곳엔 시방도 수리부엉이가

222

울고 하늘다람쥐가 숲 사이를 활강하고 있을지 모른다. 테입 속에서는 김영재 선생의 해금 선율에 이병욱 선생이 기타와의 이중주곡으로 편곡한 〈적념寂念〉이 나오고 있다.

사랑으로 자기 것을 가질 수 있다는 환상 때문에 사람들은 자주 아픈 것일까. 그것을 갖고 싶다고, 아이처럼 울면서. 하지만 그런 환상조차 없는 나는 이미 노인이 아닌가. 일상과 열광은 서로 멀찍이 떨어져 있어야 한다고 나는 생각한다. 일상 옆에 열광이 바짝 붙어서는 서로 얼마나 불편할 것인가. 하루하루 잘 살아내기 위해선 때때로 심장을 꺼내 식혀야 할 필요가 있다.

"정아, 해금이나 아쟁 같은 걸 찰현이라고 하지? 마찰해서 내는 현악기 말야. 중국의 삼호, 이현도 다 그런 거지?"
그런 말을 해서 한동안의 침묵을 깬 건 작은 최. 내게 물은 건 내가 한때 국악강좌를 들으러 나간 적이 있기 때문.
"응."
목을 감싸쥐고 나는 여전히 숲속 금강초롱처럼 고개만 끄덕인다. 해금(奚琴)이란 서역(西域)의 유목민이던 호족 중에 해(奚)라는 부족이 즐겨 연주했던 악기라고 악학궤범에 나와 있다지.
"정아, 난 저렇게 문질러서 내는 소리가 좋더라."
좋지. 찰현(擦絃), 그것이 생짜로 가슴을 문대는 것같이 들릴 때가 있지.
"그럼 기타 같은 건 뭐라고 하지? 가야금이나 거문고같이 손가락으로 뜯는 것 말야. ……발현악기? 그래, 맞다. 발현악기. 그거 가슴을 뜯는 것 같은 소리를 내지?"

혼자 그러던 작은 최와 듣고만 있던 큰 최는 이제 정아, 너는 무슨 생각이니, 하는 듯 침묵이다.

그러고 보니 그해 가을이 생각난다. 상원사 배추밭을 보고 돌아온 해였다. 그다지 친하다고는 할 수 없지만 그런 대로 나쁘진 않았던 한 청년이 말했었다. "넌 어찌보면 섬 같구나. 겉으로만 어울리는 척, 늘 겉돌았지. 혼자 마음 앓고 혼자 수습하려 하고." "내가 뭘……." "외로우면 외롭다고 하고 아프다고 소리도 쳐." "……알았어." "말만 그러지 말고." "알았다니까." 그 후로도 오랫동안 나는 섬 같았구나. 누군가 나의 상처에 입을 벌리고 굵은 소금을 뿌려대던 것 같은 시간도 있었다. 왜지? 왜지? 생짜로 상처를 문대는 것 같던 시간, 마음이 소금밭처럼 쓰려서 비명이 나올 것 같던 시간도 있었다. 지지리도 못나고 미련해서였겠지. 그러니 해금 같은 악기가 가슴을 문지르던 날들이 있었던 거지. 몸도 마음도 아주 고달픈 날엔 산앵도나무처럼 웃으며 식구들과 소풍을 나갔었지. 늘 하던 대로 코끼리 보온병에 벌꿀차를 넣고 약수통 챙기고, 때론 파전이나 부추전을 부쳐내 둥근 찬합에 넣고 수박이나 참외 따위 과일을 싸서는 식구들과 집을 나서는 것이다. 휴게소에서 내려선 생수 따위를 사고 남-여 온천장이 갈라지는 곳에서 나뉘어 들어갔다가 한 시간 후에 다시 만나 산채백반이나 더덕구이를 먹고 또 국도 주유소에 차를 대고 기름을 넣을 때 아, 이런 것이 피로구나, 혈육이구나…… 세상에 어떤 짐승들처럼 무리를 짓고, 각별하고, 애틋한 것이 여기에도 있구나……, 서로를 향해 마음이 무섭게 당기는 걸 느끼고, 염전 같던 마음은 간신히 깻잎이나 파나 쑥갓이 자라는 텃밭이 되곤 하였다.

그해 가을, 한계령을 넘어서 돌아오는 길에 단풍은 화롯불처럼 타올라 아아, 사람들은 불구경하듯 화로 같은 영 어디쯤에 차를 세웠다. 형부도 트렁크에서 라니 썬버너와 삼겹살, 양파, 마늘 등속을 꺼내들고 계곡을 찾아들어선 기분좋게 소주를 한잔 걸치고, 조선시대 정경부인 같은 언니에게도 권했다. 얼마 후 불콰해진 얼굴로 6번 국도를 타고 비탈진 영을 내려가던 길에 형부는 "안 되겠다, 여기서 눈 좀 붙여야겠다."고 자리를 뒤로 젖히고는 그대로 곯아떨어졌고, 정경부인 같은 언니 뺨도 단풍처럼 붉고 덩달아 단풍에 취한 나는 나도 모르겠다, 한숨을 자고는 밤늦게야 서울로 돌아오던 때였다.

또 있지. 그해 봄 예술의 전당에 개관기념 음악회가 열려서 혼자 생을 불듯 들숨을 크게 쉬며 일주일에 한두 번씩은 우면동으로 갔었다. 가을엔 88국제음악회가 열리고 그때 아직은 무명인 조수미가 와서 비발디와 헨델과 도니체티 들을 불렀었지. 조수미/강동석, 서혜경 지방공연에 A석에 각각 6,000원/8,000원. 그 후 황금기러기상을 수상하고 금의환향한 그녀의 93년 예술의 전당 연주회 때는 S석 5만원, A 4만원, B 3만원, C 2만원, D 1만원이라고 찍혀 있었다. 나는 영문법책을 끼고 다니며 번 돈으로 B석쯤의 티켓을 사서 혼자 객석을 찾아 앉는다. 그리고는 참나무처럼 두 발에 단단히 힘주고서 온몸으로 공명하는 여가수의 미성을 듣다 오는 것이다. 음악이나 텃밭이나 영, 그런 것이 쓰라린 상처에 소독약 같은 소금도 되던 시절이었다. ……지난해 형부는 근교에 남향의 집을 짓고 주말이면 부부는 밤길을 달려 교외에 텃밭이 있는 집으로 간다. 뒷자리에서 잠이 든 아이는 꿈처럼 열 살이 되었다. 나는 여태 낡은 문법을 가르치러 나간다. 십 년째 몸이 아프고 있다. ……그런 것이 세월이라고 생각한다.

"때로 그런 생각을 해. 마카오 같은 데로 도박을 하러 가는 거야."

그렇게 말해서 다시 침묵을 깬 건 작은 최.

"금요일 저녁 비행기로 가면 토요일에 일요일 새벽까지 할 수 있어. 미친 척 슬롯머신을 당기다보면 나란히 수박 세 개가 걸리고 이어서 동전이 금광처럼 콸콸 쏟아지는 순간이 올 수도 있겠지."

"그런 적이 있었니?"

"신혼여행 때 호텔 빠찡코 장에 들어가서 하염없이 동전을 넣고 또 넣는데 어느 순간 동전이 콸콸콸 쏟아지더라. 우린 만세를 부르고 방에 들어가 그걸 하느라 날밤을 샜지. 하지만 여행을 마치고 돌아오자 기다렸다는 듯 고지서가 날아들더라. 지금 사는 집 전세금이 거의 빚이라 보면 돼. 그 남자가 나한테 해준 시계하고 반지도 빚. 그 남자 양복도 빚, 컴퓨터도 빚. 그가 헤퍼서가 아니라 워낙 없는 집 장남이라서 그래. 통장에는 매달 그 대출금이 뜯겨나가 있지."

"가슴이 뜯기는 것 같으니?"

"나, 한 달 내내 머슴처럼 일한 돈으로 빚잔치하는 거지. 결혼만 하면 이제 그 남자가 벌어오는 돈으로 사는 줄 알았어.

그가 가져다주는 월급으로 쌀도 사고 수건도 사고 로션도 사고……."

"……."

"나 스무 살 때부터 소설 번역거리 찾아다니면서 등록금 벌고 친정식구들 생활비 대는 게 지긋지긋해서 결혼한 거 언니도 알잖아. 시집이라고 와보니 시집식구들이라는 인간들도 남편한테서가 아니면 십원 한 닢 나올 데가 없는 처지여서 손가락 빨면서 우리 부부만 쳐다보고 있는 거야. ……그런데도 나는 매일 밤 바닷가에 해먹을 걸고 그림 그리는 꿈만 꾸는 거야. 그러고는 빚으로 뜯긴 돈 단돈 몇만원이라도 뜯어내려고 남편에게 포커를 치자고 그러지."

"어쩐지 서글퍼지는구나."

"빚에 쪼들려 정신없이 신혼이 지나고 나도 우리 부부는 여전히 머슴같이 일을 하지만…… 돈 때문만은 아냐. 일을 하고 늦게 들어가도 집은 절간같이 비어 있고 결혼생활이란 건 매일 해가는 숙제처럼 지리멸렬해지고 동전이 금광처럼 쏟아지는 그 짜릿한 순간이 내게 다시 오지 않을 건가? 생각하면 체기 오듯 가슴이 뻐근해져. 환호성이 울리는 순간 말이야."

"……."

"봐. 삐삐도 안 오는 거."

달밤이다. 텃밭에 주저앉아 봄동이나 쑥이라도 뜯을라치면 누군가 쑥이나 봄동 대신 아이를 낳으러 가야겠다고 말하는 달밤이다. 비파와 생을 든 비천녀 꿈이 배추씨처럼 뿌려질 달밤이다. 작은 최야. 네게 아기가 생기면 좋겠다. 싱싱한 배춧

속처럼 네 뱃속에 꽉차오르는 아이. 네 아랫배 어디쯤에서 띠리리리 띠리리리, 광역삐삐처럼 진동을 보내는 아기 말이다. 네 심장은 뻐근해지며 다시 환호성을 치겠지. 다시 한번 더 열광을 하며 어머니가 되겠지.

"작은 최야, 지금 네가 원하는 건 뭐니?"
"모르겠어."
"……"
"살기 위해…… 그 말이 무겁고 엄숙한 교리 같다는 생각이 들어."
"하긴. 그게 교리가 아니면 뭐겠니."
"아, 달은 꼭 양은대야 같다. 어릴 적 동네 퀴즈 대회에서 저런 대야를 상으로 걸었던 것만 같다."

퀴즈 대회 상품 같은 달은 나를 받아가요, 어서요, 나를 받아가요, 하듯 시속 120으로 쫓아오고 있다. 작은 최는 이제 자화상 그리듯 전방만을 주시하고 있다. 정아, 넌? 하고 큰 최가 물은 것도 같다. 나는 〈월인천강지곡月印千江之曲〉 같은 것을 생각한다. 양은대야 달빛은 천강에 도장처럼 찍히겠다. 나는 절름절름, 비틀비틀, 백천 가지 추태를 가졌는데 그런 대로 세월을 보낸다. 8세기 약산유엄선사의 화답. 그리곤 눈을 감고 미동도 않고 있다. 그렇지 않아도 새벽내 벙어리가 되어온 길이었다. 테입은 돌아돌아 〈삼포 가는 길〉 다음에 듣던 노래가 또 나온다.

누군가 말을 해다오 내가 왜 여기 서 있는지.

작은 최가 볼륨을 높인다. 오래 전 여가수가 사무치게 노래
한다. 언젠가 젊은 날 음독을 하고 병원에 실려갔던 가수였다.
음색이 짙고 음량은 숲처럼 무성하던 여가수였다.

멀리 돌아보아도 내가 살아온 길은 없고……

"정이는 자나?"
"글쎄……"
"아까부터 꼼짝도 않던데."
"정아, 자니?"
"……"
"자나보다. 고단했을 거다."
"아기처럼도 잔다. 비천상의 비파와 생꿈을 꾸듯 잔다."
"참 외롭게도 자네. 적멸보궁 댓돌 위 신발처럼 자네."
그때 작은 최가, 남편의 삐삐를 죽어라 기다리는 결혼 일년
차의 작은 최가 묻는다.
"큰 최 언니. 적멸은 뭐지?"
"아마, 미망(迷妄)의 세계를 떠난 지경 같은 것."
"미망은?"
십 년째 공무원을 하고 있는, 사랑에 목숨 걸었던 큰 최가
한참 만에 대답한다.
"……사리에 어두워 갈피를 못 잡고 헤매는 것."
고속도로는 반듯이 뻗어 있고 갈피를 못 잡을 염려는 없다.

큰 최는 미망(未忘)을 생각하고 있을지 모른다. 매킨토시를 두들겨 자유시 같은 책표지를 만드는 남자. 그게 아니라는 듯 최는 다짐을 한다.

"방을 잡으면 우선 눈 좀 붙여두자."

"응."

큰 최도 작은 최도 이제 아무 말이 없어진다. 아직 날이 밝으려면 멀었다.

차는 이제 영동고속도로를 버리고 상진부 출입구로 들어서 6번 국도를 달립니다. 새벽 3시. 그렇다면 저 백마의 밥집으로 부터 두 시간을 달려왔다는 말인가요? 얼마쯤 가다 월정 주유소가 보이면 그 길로 접어들면 됩니다. 거기서 간평교가 나오고 마중 나오듯 월정사 일주문이 나타날 것입니다.

집을 나온 고양이는 들에 핀 개박하를 먹고 취한다. 집을 떠나지 않은 것들은 집고양이가 되어 머리맡의 우유접시를 핥고 털실이나 굴리고 신발을 잡아뜯는다. 우리는 벌써 서른 살이 넘었고 자주 심장을 꺼내 식히며 다들 집고양이가 되어간다. 그리고는 달이 뜨는 밤, 집을 나가 개박하 부근에서 얼씬거리고 싶은 충동에 사로잡힌다. 그리곤 기껏 늙수그레한 가수의 노래를 들으며 늦은 밥을 먹고 실없이 기분을 내다가는 이내 적막해져서 204킬로미터 길을 달려간다. 밤새 포커를 치고 삐삐가 울리기를 기다리고 잠 오는 약을 한꺼번에 60알을 먹고, 그리고 어느 낯선 아침 혼자서 깨어난다. 사랑으로 제 것을 가진다는 환상이 깨지는 아침, 적멸보궁 아래 당도한 아침이다. ……적멸보궁. 혼자가 되자고 가는 곳. 전나무숲을 끼고 올라가다 나타난 언덕빼기 시퍼런 배추밭과 만나고 상원사 동종의 비천상을 눈을 비비고 들여다보고, 그리고 적막한 보궁 앞에서 혼자가 되는 것이다.

차는 일주문 앞에 멈춰선다. 사하촌은 적막하다. 시방도 달은 뜨고, 텃밭엔 통배추가 자라고, 세상 어떤 외로움들은 여기 어디쯤 터를 잡고 고단한 잠을 청할 것이다. 그리고 아침이 오면 언덕빼기 시퍼런 통배추들처럼, 봄동처럼 신생하고 싶은 것이다.

"정아, 자니?"

어디서부터 달려왔는지 들고양이 한 마리가 달빛 아래를 지나 적멸보궁으로 올라가고 있다. 아직도 몸은 미열에 떨고 있다. 해도 이 새벽, 수리부엉이처럼 두 눈을 활짝 열고 언덕빼기 밭을 올려다본다. 한 십 년 전쯤인가 제 외로움을 텃밭처럼 갈아엎고 저기 어디쯤 한줌 배추씨처럼 뿌린 것만 같다. 거기서 무엇이 자라길 바랐던가.
설마…….
그것이 적멸이라 말할 수 있나.

•   (『문학사상』 1997년 5월호)

어부사시사를 읊는 밤

1

배는 다도해를 지나고 있다. 두두두둑. 물길에 자국을 내며 일금 3천원의 승선료를 챙기고 저러다 힘이 다 빠지면 어쩌나 싶을 것 같은 기진맥진한 모터 소리를 내며 섬 사이를 빠져나가는 것이다. 바다 사이 수초처럼 나타난 섬을 가리키며 "저건 또 무슨 섬이지요?" 물으면 "어디 보자, 저기는 노화도고," "아뇨, 그 옆의 섬 말예요." 하면 "글쎄……," 하며 우물쭈물하기 일쑤인 섬들에도 노랑에 연분홍 꽃이 버즘처럼 퍼져가는 계절이다.

바야흐로 봄인 것이다.

232

기관실에서는 엄청난 기계음을 내며 모터가 돌아가고 그 구석 후미진 곳에는 "뭐라구? 안 들려. 히히, 크게 말해봐." 슬슬 애인 가슴을 넘보는 섬 청년이 있고 "내가 좋아, 내가 정말 좋냐구?" 교태 섞인 코맹맹이 웃음을 웃는 중년의 상춘객도 있었을 것이다. 그러거나 말거나 나머지 승선객들은 아직 냉랭한 바닷바람에 진저리치며 내실로 들어가고, 매점 아가씨는 펄펄 끓는 주전자를 들어 커피가루나 율무가루의 종이컵 위에 뜨거운 물을 부어주고 있을 것이다.

배가 섬에 닿자, 섬사람들은 뭍에서 가져온 것들을 손에 들고 머리에 지고 재재걸음으로 하선장을 빠져나가고, 울긋불긋 차려입은 도회지 중늙은이는 공연히 선글라스를 썼다 벗었다 부산을 떨며 내리는 것이다. 그런 이들일수록 선착장 바로 코앞 잡화상에서 관광지를 사들고는 "세연정이 어딨나, 윤선도가 지었다는 정자, 세연정" 하거나 "흠, 여기가 윤고산의 명작 「어부사시사」의 고향이란 말이지." 아는 체하려 들게 마련인 것이다. 중학교 역사선생을 막 퇴임했을 것 같은 그들은 남원의 다산초당에 가면 "흠, 여기가 정약용의 초당이란 말이지." 똑같은 감회어린 얼굴을 끄덕일 것이다.

세연정을 가시려면 저리로.

나는 손을 들어 저어기 저쪽,이라고 일러주려다 만다. 나도 어제 가봤지만 뭐 그리 대단한 것은 아니라는 얼굴로 저기 저쪽, 하고. 잡화상 주인은 그런 물음 따위 이제 진력이 났다는 얼굴이었고, 그 앞 바다횟집에 묵고 있는 나로 말하자면 얼마든지 가르쳐줄 용의가 있었다. 뭐 그리 대단한 것은 아니지만 세연정이 어디냐고 묻는다면 저어기 저쪽이라고.

방금 들어왔던 배는 한바탕 법석 끝에 섬사람들을 태우고 건너편 섬에 들러 사람들을 태우고 어디 한 군데 더 들른 후, 남해의 물길을 따라 돌아갈 것이다. "한 발 늦었네, 한 발 늦었어." 선착장 앞에는 서넛의 관광객이 혀를 차며 다음 배 시간을 확인하고 있다. 아마도 오늘 중으로 섬을 나가야 할 모양이었다.

2

"아가씬 어디 어째 혼자 왔소잉?"

누군가 내 앞에서 그렇게 말하고 있다.

"나는 이 마을 파출소에 있는디."

횟집 앞에 펴놓은 파라솔 아래 노트북을 내놓고 방송대본을 치고 있던 중이었다. 점심을 먹고 난 시간이었다. 고개를 들어 보니 순경옷을 입은 젊은 남자가 파라솔 앞에 햇빛을 등지고 서 있다.

"?……"

경찰봉을 차고 내 앞에 우뚝 버티고 서 있는 순경 때문에 나는 어리둥절해진다. 어째서 혼자 왔냐고? 그렇지 않아도 연출자 김과 진행자 장이 조금 있으면 도착할 시간이었다.

"일행들이 두시 배로 들어올 건데요."

왜 그러시는데요? 내가 다소 무심하게 반응하자 순경은 내 노트북을 한번 흘끗하고는 그렇다면 안심이다는 얼굴로 말한다.

"혹시 도움이 필요하면 저기 저 파출소로 연락하시쇼잉."

그는 일단 이 섬에 들어온 외지인이라면 그의 보호권 안에

드는 것이라는 듯 그렇게 말하고는 우쭐대며 자전거에 올라탔다. 그러고는 이윽고 둥근 바퀴로 햇빛을 굴리며 유유히 세연정 가는 길 쪽으로 가버렸다. 별 싱거운 사람 다 봤네.

하긴 일행보다 이틀 앞서 들어온 섬이었다. 이제 곧 올 연출가 김과 진행자 박과 셋이서, 제각각 자료조사하고 현지인들 교섭하고 방송 촬영일지를 잡으려면 부지런을 떤다 해도 사나흘은 걸릴 것이다. 그것은 강행군으로 헝클어지고 초췌해진 미간을 찌푸리고 줄담배를 피워대는 날들이 시작된다는 것을 뜻했다.

—좀 쉬었다 해요.

지난 겨울 이 일을 시작할 적, 멋도 모르는 내 말에 PD인 김은 입을 꼭 붙이고 있고 AD가 대신 타박을 한다.

—이봐요, 욱경씨. 지금이 뭐 30년대 메밀꽃 필 무렵이랍니까. 놀면 뭐 하나요. 부지런히 하자구요.

사전답사 나가서는 5일장에 정신이 팔려 일행을 잃어버리고, 일정에 없는 마을을 지날 땐 저기 좀 들러서 절 구경 좀 하고 가자는 나를 AD는 딱하게 바라보았다. 전생에 놀지 못하고 죽은 귀신이 씌었나?

—그렇다고 제가 할 걸 안 하나요? 이런 좋은 대본 본 적이 있으면 있다고 말해봐요.

이봐요, 기절할 것 같은 이런 무한경쟁시대에 어쩌겠어. 죽을 힘으로 붙들고 매달려야 하지 않겠어? 그리고……? 그리고는 살아남아야 하는 거지. 그런 신념을 가지고 있는 김은 가내수공업에 종사하는 여자를 보듯 나를 바라보았다. 하지만 이번 문화기행의 배경이 보길도라는 것을 알았을 때 나는 아침 일찍 일어나 자료실을 드나들었고 작업이 시작되기도 전에 원고를 절반 넘게 진행시켰던 것이다. 그건 왜 그런가? 모른다. 그저 마음이 당겼던 것뿐.

오후 2시다. 배가 들어오는 시간이다. 그렇지 않아도 내가 차지하고 앉았던 횟집 앞 파라솔이란, 선착장 코앞에 있었던 것. 하지만 화물칸에 얹혀온 낯익은 구형 엑셀 승용차엔 연출자 김만 앉아 있다.

"왜 혼자예요?"

"박, 그 양반 갑자기 장파열이 났어요."

"장파열……?"

"어젯밤 술 퍼먹고 새벽에 그리 됐대요. 더 지체할 수도 없고 하니……."

그러니 혼자 왔다. 그런 줄 알아라. 그런 말을 김은 대단히 절약해서 말하고 있었다. 김은 우선 급한 대로 임시 리포터를 교섭하는 모양이었다. 서울로 몇 번이고 삐삐를 쳐댔지만 일이 여의치가 않은 모양.

"제길, 일이 왜 이리 꼬이나."

그렇지 않아도 개편 때 프로가 없어진다, 아니다, 어수선한 차에 진행자까지 말썽이 생기자 김의 얼굴은 전보다 더 구겨져 있다. 그러나저러나 이제 여기서 사나흘을? 보기만 해도 사나운 인상을 잔뜩 쓰고 있는 저 괴팍한 연출자와 단 둘이서?

"그 동안 감 좀 잡았으면 이따 저녁에 얘기해봅시다. 자, 그럼 갑시다."

그는 쉴 틈도 없이 바로 답사에 들어갈 모양이었다. 이번

표제는 '낙원의 꿈' 동천석실, 낙서재*, 세연정 등등 보길도에 남은 윤고산의 유적지들을 찾아다니게 될 것이다.

3

　날은 한식을 지나 곡우를 앞둔 4월, 남도의 4월이다. 낙서재 가는 길에 문득 나타난 외딴 집 하나. 돌담을 높이 쌓은 전형적인 남도 섬집에도 봄꽃이라고 다투어 피었는데 인기척이라곤 흔한 기침소리 하나 없다. 집 앞 문패에는 주소가 또박또박 적혀 있지만 아무래도 우체부가 와서 아무개씨, 편지요! 한 것은 아마도 멀고 먼 옛날이었을 것이다.
　"계세요? 계세요."
　마당을 거쳐 주춤주춤 들어가니 어두컴컴한 골방에선 노파 하나가 허깨비같이 앉아 빵을 먹고 있었다.
　"할머니, 빵 맛있어요?"
　노파는 히, 웃으며 인형처럼 앉아 소리 없이 입을 오물거렸다. 그 옆에는 겉봉 뜯긴 편지 한 통이 아무렇게나 던져져 있다. 하지만 발신일이란 이미 일 년 전의 것. 노파의 말대로라면 뭍에서 온 아들 편지. 그리고는……?
　"몰라."

---

　* 격자봉 북쪽 위로 윤선도가 생활했던 집. 사방에 퇴를 달아 넓적하고 기둥도 높게 했으며 연못을 만들고 후원에는 병풍 같은 바위를 두었다고 함. 세상을 등지고 초연히 산다는 뜻의 무민당 편액을 달았음.

노파는 바깥의 화창한 봄볕을 내다보며 어두운 방에서 오로지 입을 오물거리는 데 열중할 뿐.

요기(療飢)의 흔적이랄 것은 간신히 남아 있어 부엌엔 장두어 가지가 있지만 뚜껑 열린 독에는 쌀이 비어가는 중이었다. 바닥이 거의 드러나 입을 시커멓게 벌리고 있는 독. 귀가 어두운 노파는 누가 왔다가 또 저렇게 가는군, 하는 얼굴로 지금 막 돌담을 돌아나가는 김과 나를 바라보았다.

"유배지가 따로 없네요. 그래도 뒤란엔 채소 몇 가지가 자라데요."

김은 묵묵부답. 원래 그런 사람이다. 그러든말든 이편에서 그저 북치고 장구치고 하는 것이다.

"저 할머니 독에 곡식이 비어가요."

"……."

"아들은 돈 벌러 서울로 나갔대요."

"아마 안 돌아오겠지."

아마 그럴 것이다. 귀 어두운 노파의 독은 비어가는데 일년 전 편지를 보내온 아들은 노파를 모시고 뭍으로 가주려나. 아마 그렇지 않을 것이다.

"아, 섬은 외로워라."

그 소리가 외치는 듯했던지 김이 흘낏 쳐다본다.

"아뇨. 그저 혼자서 하는 생각."

과연 윤고산의 부용동 유적이라는 것도 그랬다. 유배지라기에 딱 좋은 곳. 남도의 한 섬에 스미듯 혼자 비탈진 산길을 올라 혼자 지내다 혼자 밥을 먹고 시를 짓고 명상에 잠긴다. 그러고는 섬 곳곳에 서재와 연못과 책방을 짓는다. 독행독좌환

238

독음(獨行獨坐還獨吟). 혼자 앉고 혼자 지내고 혼자 다니고 혼자 돌아간다. 그것은 다름아닌 고산의 조상 윤공재의 글. 외로움과 회의와 환멸이란 한 집안의 내력 같은 것인가. 윤공재의 아버지와 형들과 숱한 지기들이 정치 사화(士禍)에 연루되어 죽고, 유독 집안에 장례가 많았고, 당연히 슬픔이 많았고, 해서 외로움의 일가를 이룬 것은 어쩌면 유전과도 같은 것인가.

"환멸 때문일까요?"

"?⋯⋯"

"쉽게 환멸을 느끼는 내력 때문에?"

"⋯⋯."

"제가 속한 세상에 동의할 수 없는 사람들은, 그 세상을 피해가든지 정면돌파하든지 그 둘 사이에서 번민할까요?"

김은 여전히 다른 데를 보고 있다. 동천석실과 거기서 내려다보이는 마을의 전망과 카메라 위치들을 살피는 김의 얼굴, 다소 피로하고 다소 조바심에 찬 얼굴이다. 그렇다 해도 듣고는 있을 것이다.

"그런 쪽으로 얘기를 짤까 하는데 어때요?"

"피하든 뚫고 나오든⋯⋯."

김이 모처럼 입을 열었다.

"세상이라는 체제란, 한 개인의 동의 따위 구하지 않는다는 것, 개인적인 환멸 따위에 아랑곳하지 않는다는 것, 그것이 불행 아닐까?"

김이 이리저리 카메라 위치를 잡으며 대수롭지 않다는 듯 말한다.

섬은 만발한 꽃나무들로 곳곳이 낙원 같다. 그렇지 않아도

4월이다. 누군가, 제가 속한 세상을 등지고 꼭 이런 4월쯤 이곳으로 은둔해 들어오고는 남도 어디쯤 떠나온 제 집을 향해 편지를 쓴다. 그 글이 몇백 년 후세를 내려오고, 그 이름이란 국문학사에 도장처럼 남는다. 어제 섭외를 위해 들러본 국민학교에도 복도 벽마다 어김없이 「어부사시사」가 걸려 있었다. 아이들은 뜻도 알 리 없이 암송한다. 지국총 지국총 어사와.

앞개에 안개 걷고 뒷산에 해 비친다/ 배 띄워라 배 띄워라/ 밤물은 거의 지나고 낮물이 밀려온다/ 지국총 지국총 어사와/ 강촌 온갖 꽃 먼 빛이 더욱 좋다.

아이들 마음속에 무슨 회한이 있어 은둔자의 어두운 심경을 알 리. 그래도 사람이 사는 집이면 어김없이 남은 땅이 있어서 채소를 심고 집짐승을 키우고 아이들을 학교에 보내고, 이보다 더 외진 섬에도 이따금 들을 가로질러 집으로 돌아가는 섬사람이 반가운 소식처럼 보였던 것이다.
"자, 이제 그만 내려갑시다."
반나절을 쉬지 않고 유적을 다니느라 몸은 고단하고 따끈한 국에 밥 한 그릇 생각이 간절해질 즈음 김이 말했다. 그럴 수밖에 없는 것이 김과 나를 숙소로 데려다줄 택시가 오기로 한 시간이었기 때문. 그렇게 산길을 내려오는데 어이없이 무릎이 푹 꺾이면서 고꾸라지듯 넘어진다. 무릎 아래에 쩌릿한 통증이 일면서 순간 눈물이 핑 돈다.

"쯧쯧. 앞 좀 잘 보고 가지 않고"

어디 많이 다쳤어요?라는 말 대신 김의 말은 퉁명스럽기 그지없다. 어제 오늘 일도 아니니 신경 쓸 일도 없지만 어쩐지 무안하구나…… 싶어 혼자 툭툭 흙을 털고 있는데 무슨 일인지 김이 이렇게 말한다.

"못 걷겠으면 이 손 잡아요."

"……됐어요."

"잡아요."

"괜찮다구요."

"거, 참 말 안 듣네."

괴팍스런 김에게서 이런 호의를 들었다 하면 지나가던 소가 웃을 일. 김도 그것을 아는지 더는 권하지 않는다.

숙소에 도착해 대강 소독하고 약을 바르고 아래층으로 내려가니 김은 벌써 반주로 술을 들고 있었다. 바다횟집 식당 2층에 숙소가 있던 것.

"어허, 춥다, 웬 바람이 또 이렇게 찬가."

식당에 들어서던 한 남자에게 안주인이 여보 재미있는 일 있수, 하듯 말을 전한다. 저 사람들 서울서 오신 분들인데 보길도 촬영을 해서 테레비에 낸단다. 일주일 후에 촬영하는 양반들하고 다시 와선 여기서 묵는단다. 도움말을 줄 사람이 필요하단다…… 그러나 남자는 정작 시큰둥한 반응이었다.

"문화유적답사 그런 것을 찍으러 오셨는감. 접때도 어디선가 한바탕 다녀갔는디요."

방송국에서 나왔다고 해서 일없이 헤헤거릴 일이 아니더라는 투로 남자가 한 말. 접때 어디 지방 방송국에서 내려왔던 사람들은 여차저차 일주일 동안 숙박이며 삼시 세끼 밥이며 도움만 잔뜩 받고는 가버렸다. 정작 나온다는 방송은 감감 무소식이다. 결정난 일도 아닌 걸 가지고 와선 폼만 잡다 간 것 같다…….

김이 가서 남자에게 여차저차 설명을 한다.

"그럼 그 집으로 미리 전화 넣어드리지요."

얼마 후 주인의 태도는 한결 수긋해졌다. 김과 이야기가 잘 된 모양. 그러더니 곧바로 살림방에 들어가 합세를 했다. 그곳엔 화투판이 한창이었던 것. 뜨뜻한 구들을 지고 앉아 화투를 치는 사내들을 팽팽한 전투감과 긴장감이 에워싸고 있다.

창밖의 저녁바다 역시 화투 치는 사내들의 방같이 팽팽하게 긴장해 있다. 거칠고도 거센 물결이 횟집 코앞까지 밀려왔다는 밀려갔다. 폭풍이 몰려오려나…… 김은 밤에는 생각이 없이 술잔만 기울이고, 나는 내내 부용동, 윤고산, 부용동, 윤고산, 생각에 문득 이렇게 말한다.

"보길도는 윤고산의 낙원이었을까요?"

"……"

"중앙에서 도피해온 인문 엘리트가 지은 불행한 낙원 말이에요."

"불행?"

"제가 속한 세상에 환멸한 가진 자의 도피란 어쨌든 불행 아닐까요? 거기에 세연정, 낙서재, 동천석실, 거기다 둘도 없는 낙원을 건설한다 해도 말이에요."

그제야 김은 흥, 코웃음친다.

"그는 보길도의 왕이었어요. 이곳 어민들 부려다가 정자 짓

242

고 연못 짓고 속곳 비치는 기녀들 춤 감상하고 그걸 보고 고상한 시상이라고 떠올리고. 한마디로 특권계층의 신분으로 살았던 거지, 결코 은둔자의 겸허한 생도, 불행한 낙원을 지은 것도 아니었다구."

혼잣말처럼 중얼거리는 김. 말수 적은 그가 이만큼이라도 하는 것을 보니 술이 얼마쯤 들어갔단 얘기다.

"보길도의 왕. 부패한 특권계층. 세간의 노동의 고달픔도 알리 없이 특권계층의 신분으로 살아간 자, 그가 바로 윤선도지."

김은 처음부터 그런 쪽으로 방향을 잡을 생각이었던가?

─김 말이야. 저 사람 그 방향으로 콘티를 짜자면 골치 아파지는데.

데스크에선 김이 지나치게 욕심을 부릴까 미리 쐐기를 박았었다.

─심층 인물탐구 같은 다큐프로라면 모르지만 이 프로는 어디까지나 문화기행이라구. 보길도와 윤선도에 대해 상식적인 언급이 필요한 거라구.

그때 김은 줄줄이 담배만 뻐끔대고 있었다.

─김, 알지? 교양프로라는 거. 어디까지나 일반적이고 상식적인 차원이어야 한다고.

데스크는 유난히 상식을 강조했다. 상식과 교양 차원. 그러니 이런 것? ……17세기 조선조 선비 윤고산은 전망 밝은 관직을 버리고 이곳 섬으로 들어와 도합 18년을 은거했으며 낙서재와 동천석실과 세연정을 지었으며, 그가 지은 작품으로는 「어부사시사」40수와 32편의 한시가 있고 그 치밀한 구성과

어부사시사를 읊는 밤　243

고고한 사상은 우리에게 변치 않는 감동을 준다. 그런 것? 그렇다 해도 무엇이 어찌 되었기에, 그 인생에 어떤 환멸이 끼여들었기에 그는 홀연 중앙관직을 버리고 남해 고도에 들어와 고립되어 살았는가. 어찌하여 은둔의 인간이 되었나. 내가 관심 있는 건 그런 것. 사록에는 그가 '반대파에 밀려 좌천되고 벼슬을 받았으나 나아가지 않아 유배를 당한다'고 나와 있다. 그 배경에는 청나라, 속국, 당파, 파벌싸움, 그런 것이 있었겠다. '그토록 원했으나 제도권에 편입되지 못하고, 편입되었더라도 이윽고 소외된 사람들, 스스로 멀어진 사람들, 현실에 등을 돌린 사람들의 공통적인 특징은? 그야 회의와 환멸과 은둔. 집단을 견디지 못하는 자들의 대개처럼 혼자를 택하는 것. 말하자면 생래적인 회의주의나 염세성 같은 것. 집단에 환멸을 갖는 자의 방식에 대해……'라고 나는 메모해놓고 있었다.

"여기 소주 한 병만 더 주구려."

김의 얼굴은 불콰했고 눈자위가 슬슬 풀려간다. 소주 한 병이 깨끗이 비워져 있는 참이다. 술이 들어갈수록 김은 자꾸 비틀렸고 무슨 말이든 공연한 트집을 잡았다. "윤선도 공부도 제대로 안 해왔나?" "욱경씨는 이 일 왜 하는 거요?" 그는 오늘 또 이러는 것인가? '제길. 꽈배기공장에서 나왔나. 저 사람 김, 왜 그렇게 비비 꼬였어?' 출장 때마다 여러 사람 애먹이는 그의 괴팍한 성격이란 이미 잘 알려진 것이어서 술이 깨면 그저 과묵한 샌님 같아지는 그를 믿을 수 없을 것만 같았다. 김의 인생엔 또 어떤 회의가, 환멸이 끼여들어 이렇단 걸까?

"자, 오늘은 그만. 내일 다시 얘기해봐요."

내가 먼저 자리를 접을 기색을 하자 그가 문득 이렇게 말했다.

244

"조금만…… 조금만 더 있어주면 안 되나?"

있어달라고? 그건 김의 말투가 전혀 아니었다.

"……싫으면 그만두고."

그나마 이건 김의 말투.

"사실 말이지, 난 친구가 필요해서 말이지……."

나는 마저 일어나려던 기색을 눌러 앉힌다.

"아까 무릎은 괜찮아요?"

이것도 김의 것이 아닌 말.

"당신도 술을 할 수 있으면 좋을 텐데."

방에선 언제까지나 끝나지 않을 것 같던 화투판이 부산한 웅성거림 끝에 파장을 하고, 배꾼차림의 사내들은 주섬주섬 신을 챙겨 신는다. "에잇, 젠장. 아까 진작 손터는 건데." "뭘, 그래도 본전치기 했으면서." 아, 재미있었다, 하는 얼굴은 한 사람밖엔 없고 나머지는 다들 뒷걸음치다 똥 밟은 얼굴들을 하고 있었다.

횟집 밖은 이제 인적도 없이 말 그대로 적적할 뿐. 그 적적이 제 것 같다는 듯 쓰디쓴 술 두 잔 털어넣고서야 겨우 해물탕 한 수저 뜨는 김. 그는 나, 실은 이렇게 약한 남자라오, 하는 듯 곁을 보이고는 사무치게 잔을 넘겼다. 그때 주인여자가 "미안하지만 이제 문을 닫을 시간이어서요." 자리를 걷을 것을 독촉한다. "워낙에 늦어서." 그러고 보니 밤 10시가 가까워오고 있었다. 섬의 밤은 빠르게 와서 빠르게 걷힌다. 바다횟집 밖으로 찰싹이는 물소리가 연신 들이닥치더니 이윽고 해안에 철썩철썩 와서 붙는다. 물이 들어오는군.

지국총, 지국총, 어사와. 강촌 온갖 꽃 먼 빛이 더욱 좋다.

여기 바다가 한눈에 보이는 그런 집 없어요? 바닷가에서 흔히들 찾는 그런 방이 이 집에도 있었다. 밝고 큰 이 바다를 얻기 위해 주인여자가 말하는 웃돈을 더 지불한 방이었다. 지국총 지국총 어사와…… 찌그덩 찌그덩 어영차…… 노에 와서 부딪히고 젖혀지는 바닷물소리, 밤물결 소리를 들으며 「어부사시사」의 춘가나 부르는 밤.

　동풍이 건듯 부니 물결이 고이 인다/돛 달아라 돛 달아라/동호를 돌아보며 서호로 가자구나/지국총 지국총 어사와

어느 달이 비치는 밤이었던가. 누군가가 내게 말했지. …… 너는 꼭 물결 같군. 도통 잡을 수가 없을 것 같아. 그때 내 가슴도 약하게 약하게 뛰었을 텐데도 그저 심상히 유행가조로 흘려보내버린 밤이다. 남자는 더욱더 사무쳤다. 너는 물결이냐. 너는 잡을 수가 없냐. 네 마음은 늘 그렇게 먼데를 보느냐. 나는 설레설레 고개를 젓는다. 모른다, 몰라. 다만 세상과 절연해 사는 이의 심중이라면 알 것도 같다.

4

아침이 되자 어제와는 다르게 바람이 불었고 물결이 거셌다. 이곳이란 섬의 남단인 보옥리. 개인 날 이곳 야산에 올라가보

면 멀리 제주도까지 보인다고 했다. 탱자나무가 많고 햇볕이 좋은 그곳은 보옥리 사람의 집.

"우린 이제 뱃일 안 해요. 고달프기만 엄청 고달픈 것 우리 이제 안 해요. 이젠 김하고 멸치 해요. 그것만 해도 일 년 소득이 가구당 3,4천만원은 보통이지라."

3,4천만원? 그러고 보니 가구며 집기들이 제법 고급이고 집도 이층 양옥으로 번듯했다. 서울 근교에 전세 22평을 사는 김은 이것 참, 하고 입맛을 다셨다.

"여기도 뭍하고 다를 게 없당께요. 배로 다녀서 그렇지 금세여요. 뭐 하러 그 복잡한 데 나간디요."

선착장에 묶인 배를 뒤집어엎을 듯 바람이 들이쳤고 기세는 점점 더 완강해졌다.

"더이상은 안 되겠는데요. 돌아가요."

내가 주장하자 김은 그제야 걸음을 옮겼다. 그때 전에 본 순경이 빨간색 프라이드를 타고 나타났다. 마을에서 유일한 순찰차. 승용차 다닐 길이 아니라는 말에 버스를 타고 보옥리로 올 때, 보길버스는 심란하게 덜컹거렸는데 돌아가는 길에 파출소 사람을 만나니 한시름이 놓였다.

"길도 길 나름이지 이건 길이 아니어라우. 어서 길이 닦여야 할 텐디."

"여기선 뭐하고 지내는데요?"

"뭐, 이 섬 일대 보안이지라. 오며가며 사람들 태워다도 주고."

이거 세월 때리시는구만, 하는 얼굴로 김은 젊은 순경을 쳐다보았다.

"이런 데서 한 일 년 있으면 좋겠지요. 공기 좋고 물 좋고. 하지만 평생 있는다고 생각해 보시오잉. 평생 여기서 썩는다고…… 생각만 해도 끔찍하지라. 이번엔 정말 저 광주로 나갈 것이요. 한데 누가 보내줘야지. 그러니 이제껏 귀양 사는 것 아니겠어라?"

"젊은 사람이 귀양은 무슨."

"좋아 보이면 방송국 선생님이 해보실라요?"

"사표만 쓸 수 있다면……."

그렇게 한껏 부스스한 얼굴로 바다횟집에 돌아오자 서울서 김을 찾는 전화가 왔다. 진행자 교섭이 잘 되었다는 건가? 한데 수화기를 내려놓는 김의 얼굴이 일그러진다.

"취소된대요."

"취소……?"

"……어쩐지 개편이 자꾸 늦춰지더니."

김은 황당한 얼굴로 먼산만 바라보다 결재도장을 찍듯 그렇게 말한다.

"내일 올라갑시다."

왠지 아슬아슬하더니 결국 그렇게 되는 건가. 지난 3일 동안 대본이 다 헛수고로군. 하긴, 공들인 기획안 하나쯤 단번에 허사로 만드는 것이 방송이라는 괴물이었다. 하긴, 김이나 나나 언제든지 대체 가능한 소모품들 아닌가? 장파열이 나면 진행자도, 콘티가 마땅찮으면 연출가도, 대본이 신통지 않으면 구성작가도 언제든지 교체되는 소모품. 그렇게 생각하면 기가 막히지만 그것이 방송국의 생리 아닌가. 현대자본주의의 생리, 하고는 덤덤히 수긍해버리는 게 차라리 나았다. "애들 장난도

248

아니구 말야." 하는 김은 생각만큼 불쾌해하지 않았다. 이상하게 전의를 잃은 얼굴. 이곳에 내려와선 부쩍 비감 같은 것이 느껴지고 술도 전보다 훨씬 더 마시지 않았었나.

"차라리 잘되었어요. 아직 출장비도 남았고, 육경씨 뭐 서둘러 갈 일 있어요?"

"없어요."

"그럼, 이럴 게 아니라 기념으로 술을 한잔 해야지."

김은 아나고회를 반주 삼아 낮술을 마시고 나는 방에 올라가 한숨 잔다. 갑자기 남아도는 시간을 때우느라 방에 틀어박혀 신문 퍼즐도 하고 아래층에 놀러가서 빈둥거리는 반나절, 서울에서는 아무런 전화가 없었다. 왜 안 올라오는 거냐, 지금 개편이라서 다들 프로그램 편성에 관심이 쏠려 있는데. 그런 전화는 결코 오지 않았다. 이번에 물을 먹는 사람, 전출되어 가는 사람, 바라던 프로로 가는 사람. 지금쯤 방송국은 이리저리 술렁이고 있을 것이다. 이번 개편에서 어느 쪽으로 결정되든 그건 그때 가서 알 일. 그런데 김은, 사표를 쓰고 싶은 김은 어찌 되나.

5

아침 7시를 기해 남해안에 내린 폭풍주의보는 쉬이 걷혀질 기미가 아니었다. 섬에 있는 마을의 모든 집들이며 가게며 마을의 지붕들이 들썩인다. 낚시꾼들은 비를 피해 민박집으로 기어들어갔고 마을사람들은 태풍이 북상하는 무서운 밤 내내 방에서 꼼짝하지 않았을 것이다. 뭍으로 가는 길은 봉쇄되었고 언제 배가 뜰지 모를 노릇이었다. 특별히 서둘러야 할 일도 없었고 해내야 할 일이 있는 것도 아니었다.

그래서 하는 말인데 하듯 김이 꺼내는 말.

"얼마쯤 여기서 귀양 살래요? 우리도?"

"우리도?"

"왜요, 자신 없어요?"

"하하, 좋죠. 눈은 청산(靑山)에 두고 귀는 금(琴)에 두며 세상사에 개의치 않고 미친 듯이 노래하고 읊조리며 나날을 보내고 있지만 가슴속에 넘쳐 있는 호연지기를 누가 알아줄 것인가…… 이런 것 읊으면서 바다낚시나 나가며 말이죠"

"맞아요. 허허."

"황원포 안에 있는 부용동 오막살이 세 칸이 내 머리를 덮고 있네. 보리밥 두 끼에 평소 즐기는 경액주나 마시고 나면 이 몸 다하도록 이 밖에 또 무엇을 바라리. 그렇게 말이죠"

"허 참, 그걸 다 외웠어요."

"출장비는 많이 남았어요?"

"그럭저럭."

"여긴 신용카드도, 온라인 인출도 안 되잖아."

"뭐 그런 건 내가 어떻게 해볼게요."

김의 앞에는 소주 한 병이 반주로 놓여 있다. 김은 아, 될 대로 되라지, 하는 얼굴에 약간의 겁까지 먹고 있었다.

"나…… 실은 말이에요. 정말 자신이 없어졌어……."

"?……"

"내가 만든 프로는 어렵다느니 혼자 고상한 척한다느니. 젠

장, 그런 반응뿐이에요. 난 문제의식 가지고 죽어라 하느라 하
는데…… 이상해. 그런 말을 들으면 들을수록 점점 경직되어
가고 영감도 없어지고…… 공연히 나만 헛손질하고 나만 소모
되어가는 것만 같아. 개편이 되고 보면 늘 한가한 프로나 맡
고 있고. 이번 건 그 중 제일 애정을 갖고 시작한 건데. 아, 그
래도 이 바닥에서 10년인데……."

아무래도 어제 통리를 다녀온 탓인가. 어제 빈둥대는 우리
에게 여주인이 말했었다.

—통리 쪽은 가봤든가요?

통리 외딴 바다 암벽에 제주도로 귀양가던 송시열이 새겨놓
았다는 바위가 있다고 했다. 이름하여 글썬바위.

—거긴 길이 험하긴 하지라.

가볼래요? 김이 그렇게 물을 것도 없이 벌써 운동화끈을 고
쳐맨 나였다. 3백 년 전 송시열이 바위에 새긴 글. 제주도를
향해 있는 앞바다였다. 그리로 귀양가던 관료의 울분과 비통
함과, 그것을 다스려가야 하는 날들의 암담함과 낙 없음이 외
딴 바위에 절절히 새겨 있다. 이 세상이 내 편이 아니라는 것
을 쓰리게 맛본 이들은 전과는 다른 방식으로 인생을 살게 되
지. 세상에 집착하는 대신 세상으로부터 떨어질 줄 알게 되지.
그건 울분과 회한의 밤을 겪어야 오는 것. 이 섬은 그렇게 실
패한 자들의 유적들이 징검다리처럼 널려 있다. 귀양이나 유
배나 스스로 자처한 은둔들. 세상 중심에서 보자면 명백한 실
패들.

그러고는 돌아와 곤한 잠을 잤던 김이었다. 마흔의 인생사
의 관록이 붙은 얼굴, 그러나 지금은 술기운 하나가 견뎌지지

않는다는 생초보의 얼굴로 김은 자꾸만 중얼거린다.

"이젠 더 밀려날 데도 없어."

"……."

"먼저 올라가요. 혼자 마실 수 있어요."

방에 올라가 창밖에 파도치는 소리에나 귀 기울이고 있는데 그는 도통 올라오는 기척이 없었다. 한 시간이 지나서 내려가 보자 식당 안주인은 설거지를 하고 김은 난로 옆 탁자에 등을 구부리고 앉아 있었다. 여태?

"여태 이러고 있었어요?"

"잠을…… 잠을 잘 수가 없어. 술이 없으면…… 잠을…… 끄윽."

그를 부축하고 계단을 올라와 그의 방에 자리를 펴고 눕히고 나온다. 김은 내내 얼굴을 찡그리고 있었다. 이런 얼굴들을 전에 본 적이 있다. 술 없으면 살 수 없다는 지방지 신문기자를, 느닷없이 아무 연고도 없는 지방으로 전출된 은행원을, 주위의 격려에 힘입어 자신의 사진 작품에 자신만만했었지만 실은 의례적인 인사말에 불과했었다고 괴로워하는 사진가를…… 그 중 지방으로 전근 명령을 받은 은행원에게 내가 물었다. "왜죠? 왜 그렇게 매일 술을 마셔요?" "그냥……." 일에 시달리다 퇴근하고 나면 내게 아무런 낙이 없다는 걸 매번 뼈저리게 확인하게 되고, 그래도 술이 들어가면 상황은 조금쯤 나아지고 덜 외로워진다고 은행원은 말했다.

잠시 후 김이 방문을 두드린다.

"나 좀, 여기서 있다 가면 안 될까?"

그는 새우등처럼 등을 굽히고 이렇게 가엾게 보일 생각은

조금도 없었지만 어쨌든 이리 되어서 유감이군, 하는 얼굴을
했다.

"아, 이 방은 이렇게 창이 넓은 걸."

하던 김이 미간을 잔뜩 찌푸리며 방문 앞에 털썩 주저앉는
다.

"왜요, 속이 아파서 그래요?"

김은 아니다, 아냐,라고 우겼지만 그 얼굴은 이제 창백하기
까지 했다. 아래층 주인에게서 약을 받아 뛰어왔을 때, 김은
지치고 또 지친 얼굴로 깊이 잠들어 있었다. 이불을 덮어주려
는데 김의 손 하나가 튀어나와 내 손을 움켜쥔다. 기겁을 하
고 나는 뒤로 물러나 앉는다.

"물……, 무울……."

김은 단지 그것뿐이었다는 듯 목을 젖히며 애타게 물을 찾
다가, 겨우 진정한 내가 내민 물잔을 허겁지겁 잡아쥔다.

언젠가 전에 소주 한 잔 반을 하고는 마음이 설레설레 풀렸
던 것을 생각한다. 나의 이야기다. 히죽히죽 자꾸만 웃음이 나
오고 오랜 마음의 상처들이 떠오르던 밤. 아, 아무려나 속에
든 것을 토하고 토하느라 이윽고 눈자위가 다 붉어지고 뭐냐,
겨우 소주 한 잔 반에 이토록 속이 전쟁판 같고…… 수치심이
구역질처럼 떠오르던 그때. 김도 그때 나처럼 그래서 이러나?

나는 김이 아무렇게나 던져둔 방 열쇠를 잡아쥐고 옆방으로
건너간다. 문을 열자 정말로 짐짝처럼 던져진 그의 짐가방이
보인다. 마흔이 가까운 경력 10년의 방송국 연출자의 남루하
기 짝이 없는 짐가방. 김은 어쩌면 이번에 사표를 쓸지도 모
른다. 밤의 물결소리가 달그닥, 달그닥, 꼭 밥그릇 부딪히듯

들려온다.

6

　바람은 이제 잦아 있다. 김이 초췌한 얼굴로 2층에서 내려온다. 먼저 내려와 자리잡고 앉은 내가 그를 부른다.
　"이리 와요."
　그는 무언지 미안한 얼굴로 고개를 숙이고는 영 입맛이 없는 듯 억지로 북어국을 떠넣는다. 아침에 깨어났더니 내 방이었고 약봉지가 있고 물그릇이 있던 어젯밤 일을 알았으리. 그렇게 영 어색한 아침을 먹고 있을 즈음 화물선 하나가 들어오고 있었다. 폭풍주의보 이후 처음 보는 배다. 김이 눈을 빛낸다.
　"저 배, 저거 다시 나가는 겁니까."
　"나가죠."
　"사람도 태워줄까요?"
　"자동차에 실려가면 돼죠."
　"욱경씨, 저거라도 좀 타고 갈까요?"
　갈까요,라고 했지만 그 마음은 이미 섬을 나가고 있었다. 완도에 내려 차로 달리면 오늘 중으로 서울로 돌아갈 수는 있을 것이다. 휴게소에 잠깐씩 내려 늦은 밥과 차를 마시고 교대로 운전을 하며 톨게이트에 닿을 수 있을 것이다.
　"어쩌겠어요? 욱경씬?"
　이곳에서 한 몇 달 귀양을 살자던 때와는 다르게 그는 서두

254

르고 있었다. 아무렴 그 바닥에서 10년인 것이다. 그를 바라보는 아내가 있고 아이 둘이 있는 것이다. 아무렴 여기서 막연히 기다리는 것보다야 나을지 모른다. 언제일지도 모르고 서울 아들에게서 편지를 기다리는 노파보다는 아마도 나은 것이다.

방금 전 들어온 화물선이 떠난다. 그 안에 운전석에 앉은 그도 있다. 그가 한 번 아주 짧게 손을 흔들었다. 마흔의, 경력 10년의, 지금 막 유배를 떠나는 남자처럼 그의 얼굴은 피로하고 쓸쓸하기 그지없다. 그런 것이다, 이렇게 피로하고 쓸쓸하기가 그지없는 것이 인생이다,라고 말하는 얼굴. 나는 돌아서서 선착장 저편 우체국쯤으로 발길을 돌린다. 선착장 앞으로 조금씩 햇볕이 돋기 시작한다.

"왜 또, 아가씨는 여기 있게요?"

파출소의 순경이 어디선가 또 다가왔다. 좁고 좁은 섬이다.

"좀더 있게요? 혼자서?"

그의 낡은 자전거의 바퀴가 녹슬어 햇빛에 빛을 내고 있다. 젊은 순경은 돌김과 돌미역이 매달린 자전거 뒤편을 한번 더 고쳐매고는 힘차게 페달을 밟는다. 이곳 해풍에 윤을 자르르 내는 해조류들이었다.

"그럼 또 봅시다요잉."

햇살 아래 빛을 내며 바퀴가 굴러가고 나자 참을 수 없이 전화통 앞에 매달리고 싶어진다. ……나 아직 여기 있다. 섬에는 꽃이 만발하다. 이번 프로는 취소됐다. 다음 프로가 무얼지는 잘 모르겠다…… 하지만 나 이제 서른, 다시 그런 말 따윈 하지 않으리. 나는 전화 버튼을 누른다.

"저예요, 며칠 더 있다 갈게요"

나는 형량을 덜 채운 유배자처럼 남아서는 낙서재 가는 길 외딴 집 잊혀진 노파를 생각하고, 노파의 쌀독처럼 비워져가는 세월을 생각하고, 술을 먹고 우는 김을 생각한다.

인간을 돌아보니 멀수록 더욱 좋다. 찌그덩 찌그덩 어영차. 배가 떠나간다.

바다가 다시 요동치고 하늘에 다시 먹구름이 짙게 드리웠다. 갑자기? 라디오 뉴스에서는 남해안에 호우가 몰려들 것이라는 기상예보가 나오고 있었다. 저기 선착장 앞 문 앞에선 안주인이 반갑게 나를, 형기가 덜 끝난 유배자처럼 남은 나를 부른다.

"점심식사해요"

"네, 네."

365일 어김없는 밥 때, 어김없는 물 때, 어김없이 배 들어오는 때. 그것 하나는 확실하다. 하하. 그것 하나는 확실해요. 하하. 나는 지금 막 찌그러진 마음을 붙들고 서울로 유배를 떠나는 김에다 대고 말하고 있었다.

(『주목받는 여성 신예작가 9인선』, 청아, 1996)

금(金)의 남자

　날은 무더웠던가. 아마 그랬을 것이다. 남태평양 어디쯤에
서 북상해와서는 여름 한철씩 머물다 가는 더위. 인간의 철기
구들을 녹슬게 하고 뼈마디에 무더운 습기를 차게 하고 어쩐
지 인생을 피로하게 만드는 것. 어서 가세, 어서 가. 퇴근길
남자들을 상점으로 불러들여 멸치 한 줌에 맥주 한 컵씩을 마
시게 하는 것.
　"아, 정말 덥군."
　"이런 습습한 날씨는 딱 질색이야."
　"하지만 이 폭염에 습기마저 없으면 사막이게?"
　"하긴. 포도도 참외도 말라비틀어질 테지."
　그러니 그것, 한여름 왕성한 습기와 열기는, 강과 바다와 호

수 바닥에 왕성한 해산물과 패류를 길러내고 농원의 과육들을 익게 하고 대지에는 습기를 듬뿍 머금은 식물들과 잎사귀의 사랑스런 초록색을 선사할 것이다. 무엇인가 빨아들여야 하는 우리들 영혼에 스미는 밝고 충만한 생기처럼. 그러니 때로 그 열과 습기의 저녁이 필요하다고 말해보렴.

오래된 골목이다. 대문을 열어두고 활활 손부채를 부치는 노인들이 있는 골목. 오래된 전축에서 흘러나오는 육자배기 성주풀이의 창에 귀를 기울이며 지나놓고 생각하니 이생이 아득한 꿈과 같았다는 듯 끄덕이고 있을 골목이다. 간밤 공습이 지나간 거리 어디에선가 라디오가 흘러나오듯 창이 흐르는 그런 골목. 아이구 아버지 이게 웬일이요…… 이화중선이나 전월선의 새된 쇄옥성 가락을 따라 심봉사 상봉 장면에 눈을 꿈쩍꿈쩍, 찌는 듯한 더위 속에 부채를 부치다 말다, 졸듯 말듯.
여자는 지금 막 해변에서 돌아와 골목의 한 집으로 들어서고 있다. 손에는 야자수가 그려진 손가방과 머리엔 흰 차양모

—얘,얘. 이리 좀 와보렴.
여자의 식구들이 그녀를 부른다. 그런 말이 들리는 곳은 동해안의 한 해변. 결혼한 지 5년이 된 여동생과, 어린 아들과, 이가 다시 썩기 시작해서 치과에 다니시는 어머니. 얘, 얘. 여기에 좀더 발라다오. 그들은 바다로 나오기 전에 자외선 차단 크림을 골고루 발랐고 11시에서 2시 사이의 해수욕을 피했음에도 불구하고, 8월의 폭염은 아이의 연약한 살과 어머니의 백옥 같은 살결에도 무자비하게 파고들어 벌건 그을림을 남겼

다. 해변의 그 숱한 파라솔 아래 뒤섞어놓아도 단번에 찾을 수 있는 같은 강도의 그을림자국을.

—이걸 얹어라.

—감자를?

—냉장고에다 차게 해둔 거다.

어젯밤에도 해변 숙소에서 어머니는 그녀들 어깨와 등에 생감자를 붙여주셨다.

—생감자엔 진정 성분이 있지. 수딩 로션이니 그런 화장품보다 이 감자가 백번 낫다.

해서 그들 자매들이 기침 날 적엔 금귤이나 검은콩 달인 물을, 어쩐지 몸이 허할 땐 마늘꿀환을, 잇몸이 아플 때는 생참마를 먹이신 어머니시다. 어머니가 직접 제작한(?) 장미꽃 화장수를 쓸 때면 그들 자매의 방으로 은은한 6월의 장미향이 퍼져나갔다. 어머니는 태양빛에 상기된 얼굴을 큰 차양모로 가리고 다소 높은 톤으로 명랑하게 말씀하신다.

—얘, 오늘 가야 한다니?

—일이 밀려서요.

밀릴 만큼의 일을 즐기는 타입이 아닌 여자는 슬며시 말을 바꾼다.

—휴가가 끝나기 전 해놓아야 할 일이 있어서요.

—무슨 휴가가 일하라고 있다니.

미술학원은 일주일 동안 여름휴가에 들어갔고 여자에겐 앞으로 사흘의 시간이 더 남았다. 서둘러 해놓아야 할 일은 아무것도 없다. 그런데도 여자는 뭔가 미뤄둔 일이 있는 사람처럼 야자수가 그려진 손가방을 챙긴다. 다섯 살 난 조카가 튜

브에 실려 파도를 타며 손을 흔든다.

　—이모오, 잊은 건 아니지? 알로사우르스 공룡 사줘야 돼애.

　하던 아이가 잘 가, 잘 가, 그러듯 두 손에 바닷물을 담아서는 확 하고 뿌렸다. 물방울은 여자의 정강이까지 와서 튄다. 아. 감탄하듯 여자는 어린 조카의 싱글싱글 웃는 얼굴을, 가는 어깨를, 아이의 생생한 첨벙거림을 돌아봤을 것인데…… 언제까지나 그러고 있어도 좋다는 얼굴로 여자는 손가방을 들고 해변에 그렇게 서 있었을 것이다.

　그리고 그 옆 파라솔 아래 풍경화처럼 앉아 있는 어머니를 돌아본다. 이가 자꾸 망가져가고 더이상 젊다고는 할 수 없는 어머니를. 애, 쓰라리다. 햇볕을 피해 차양모를 쓰고 파라솔 아래 숨는 어머니. 그들 자매의 불어 과외선생님이던 어머니, 한때 유창한 불어 실력을 자랑했지만 학자로서의 꿈은 결혼과 세 아이의 양육으로 바닷가 패류의 껍질처럼 마모되고 지금은 다만 이가 아파 아아, 얼굴을 찌푸리며 치과에 가야 하는 어머니를. 점잖은 수영복을 입고도 자꾸 가슴께로 어깨를 모으는 수줍은 어머니를. 그리고 그 옆에 어머니를 살뜰히 살피는 여동생을, 일 년 간 외국에 나가 있는 남편을 기다리는 여동생을.

　그들은 대체 언제부터 같이 살아왔던가. 저들과 함께 대체 언제부터. 해마다 여름이면 함께 휴가를 나서며 다 나왔니? 빠진 사람 없어? 하고 나서야 출발을 하듯 같은 일행의 표지처럼, 해변의 둥근 파라솔 아래 한데 모여 있는 저들과 대체 언제부터? 여자는 그것이 올해로 꼭 30년이 되었음을 생각한다. 그것은 여자에게 느닷없는 통증을 주었다. 맙소사 30년이라니! 그렇게 어디서들 살아왔던 것일까. 여자가 기억하는 최초의 집, 그 다음 집…… 그리고 그 다음번 집. 세 번의 이사가 있었고 네번째 집에서 그들은 오래 정착했다. 30년. 사람들은 그것을 삶이라고 부를 테지. 그 집의 모양새와 정원수와 격자무늬 창들을 기억하며 어딘가에서 다쳐서 돌아와서 울 것 같은 심정으로 이불을 둘러쓰면 넓적한 정원의 꽃나무가 다가와 괜찮다, 괜찮다, 달래주던 집들을. 그리고 그 집 지붕 위로 달이 흘러가듯 그 창가로 생이 흘러가는 것을 잠시 멈추게 하고 아아, 잠깐만, 정말, 잠깐만…… 이라고 말하고 싶어지지.

얼마쯤 잠을 잤었나. 방안은 어느새 동굴 속같이 깜깜하다. 바깥에선 사람들 웅성이는 소리. 여자는 지금 막 관광지 호텔에서 깨어났다는 듯 창가로 다가간다. 건너편 집 앞에 차일이 쳐지고 돗자리가 깔리고 사람들이 나와 음식을 나르는 것이 보였다. 상이 났구나…… 망망대해 오징어잡이배에 켜진 불처럼 사람들은 조등 아래 모여 있었다. 무어라 말을 낮추고 두런대며 밤새워 갈 동력선에 탄 사람들처럼.

여기서 보면 그 집 안마당이 훤히 보인다. 그 집의 노인을 여자도 전에 본 적이 있다. 얼굴엔 병색이 깊고 군데군데 저승꽃이 폈던 노인을. 노인은 오랜 길을 달려오느라 기진맥진 지친 얼굴로 마당에 우두커니 앉아 있곤 했다. 그 자손들은 무얼 하느라 바쁜지. 그 큰 집에는 병 시중 드는 아주머니 한 분과 어린 여학생 하나뿐이었다.

아이이이구…… 아이이구…….

지금 막 그의 혈육이 상가에 도착했다는 걸까? 심봉사 상봉 대목 같은 흐느낌이 창에서 창을 타고 넘어들어왔다. 아이이 이이구…… 어디 멀리 지방에서 올라온 딸일까? 아니면 노인의 하나뿐인 여동생? 저 가늘고도 질긴 울음은, 다시 돌이킬 수 없어서, 그 끝을 봐버렸기 때문에 도무지 어쩔 수 없는 회한을 타고 흐르는 소리 같구나. 물러줘요, 물러줘. 저이의 삶을 물러줘! 엉엉. 지금 막 도착한 노인의 혈육은 그렇게 섧게 우는지.

또 한 생이 지금 막 세상을 떴구나.

그제야 여자에게서도 무심한 탄식이 흘러나왔다. 함께 이생을 살다 그들 중 누군가 먼저 그만 작별을 하고 다른 곳—질량도 중력도 영혼의 생김새도 다른 곳—으로 건너가버린다고 생각하면, 그가 지금 막 건너가버린 내생과 내가 있는 이생의 아득한 거리에 그만 놀라 현기가 날 것만 같지.

—모레가 조부 기일인 거 알지?

여동생은 조카의 손에 이끌려 바다 쪽으로 들어가며 말했다. 왜 모르겠나. 알지. 폭양이 절정에 달하는 8월의 초순, 해마다 이맘때지.

—산적거리하고 또 뭐 사가면 되나?

—엄마가 다 준비해놓으실 텐데 뭐. 수박이나 참외 좀 사오던가.

노인이 살던 저 집에서도 지금쯤 자르르한 음식 냄새가 퍼지고 있을 것이다. 아예 마당에 곤로를 내어놓고 프라이팬에 기름을 두르고 전을 부치고 산적을 하고 그리고 여자들은 생각난 듯 울 것이다. 울면서 땀을 뻘뻘 흘리며 여자들은 음식

262

을 만들 것이다.

그녀의 식구들도 그때 울면서 음식을 만들었지. 십수 년 전, 조부의 집 뜰에서. 대형 조화와 조문객들이 북적이는 친가의 저택 뒤뜰을 서성이던 어린 여자는, 무슨 이유에선지 잠시 사람 없이 빈 방에, 영정과 조화와 향이 놓인 상 뒤 사람들이 절을 하는 저 병풍 뒤에 뭐가 있을까? 슬금슬금 다가가 슬쩍 들여다본다. ……그런데 저 흰 것이 무엇? 저것, 저 고운 세모시천의, 이제 이곳과 다른 곳에 놓인 저것이 돌아가신다는 그것? 그래서 저 뜰과 대청과 부엌의 상복의 혈친들을 애통하게하는 그것? 음식을 만드는 여자들을 울게 하고, 남자들을 침통한 낯빛으로 서 있게 하는 그것? 그때 여자는 마냥 두렵고 피하고 싶은 것을 보았을 때처럼 주춤주춤 그곳을 물러나왔다. 연민도 슬픔도 없이 다만 금기 앞에서 경원해진 얼굴로여자는 마냥 도망가고 있었다. 여자는 그를 얼마나 존경했었나. 유력한 조간지 2면을 펼치면 그의 칼럼이 있고, 앨범 뚜껑을 열면 언론인과 정치인으로서의 그의 이력이 주마등처럼 펼쳐지던 여자의 친할아버지. 하지만 그때 여자는 질색을 하며그 방으로부터 주춤주춤 도망쳐 나왔다. 지금처럼 무덥고 습기 찬 날이었다.

그것에 가까이하는 것을 피하게 하는 것. 그것은 그 부패와 소멸의 속성에 있다.

그도 그때 막 부패와 소멸을 시작했었나? 그가 소멸할 것이기에 여자는 도망했었나? 하지만 이집트나 서역 어디쯤 누란의 미라처럼 썩지도 사라지지도 않는, 소멸하지 않는 죽음을 가질 수 있다면 그 두려움에서 놓여날 수 있었을까? 다 그런 거야, 다 그런 거야. 서른이 되어서야 겨우 한숨을 쉴 수 있었을까?

소금기에 절은 수영복을 창문 턱에 내다 말리다가 여자는 급히 메모한다.

질량도 중력도 영혼의 생김새도 다른 곳으로 건너간다고 생각하면 그 아득한 거리에 놀라 그만 현기가 날 것 같지.

캔버스에 걸어둔 화면은 비어 있고 언제까지나 이렇게 메모뿐이구나. 전시회는 바짝 다가왔는데 준비한 것은 겨우 소품 두 점뿐. 잘 돼가니? 이번에도 초상화냐? 동인전 동료들은 휴가 동안 음성을 남겨뒀지만 나는 이제껏 제목하고 메모뿐이구나. 이번에도 초상화냐? 늘 그렇지 뭐. 배경은 물론 모래사막? 맞았어.

전에 여자의 그림에는 서역 누란국(國)의, 천 년 잠을 자온, 비단옷의 왕녀와 모래 속에 파묻힌 폐허의 왕국이 그려졌었다. 과의 한 친구는 물었었지. "미라 그게 그렇게 신기해?" 『사라진 왕국, 중앙아시아』 사진집을 여행중에 구해다준 동기. 그 사진을 처음 보았을 때 여자는 얼굴을 찡그리고 서역국 어린 왕녀의 사진을 들여다보았다. 천 년 바람과 추위와 분진이 지나간 세월 속에 붉은 펠트 천에 감겨 고스란히 소멸을 견딘 불멸의 저장품을. 기후가 몹시도 건조한 모래사막의, 천 년이 지나도 썩지 않은 죽음을 가진 지방의 사람들은 그 비단천의

264

생생한 색채를 손짓하며 말할 것인가. 저것 좀 보아! 저 영혼
은 저리도 이 세상을 떠나지 않아.

그때 여자가 쓴 단체전 작품후기란 그런 것.

연 강수량 30밀리 이하의 극도로 건조한 기후의 고대 왕
국의, 향료와 방부제가 발라진 미라의, 그 불멸의 저장품의
주문이 풀리듯 어느 날 습기와 열기가 스며들고 이윽고 빠
르게 부패를 시작한다면, 그 수천 년 전 고대인들은 놀라
달아나겠지. 아아, 영혼이 사라진다.

그 사라질 영혼을 지키며 저 노인의 집에도 밤새 불이 켜
있고, 차일 아래 조문객들은 두런대고, 그러다 어느 날 저이들
마음속에서 사과씨처럼 작아져서 그 곁을 떠나가겠지. 그것이
지나간 뒤에 사람들은 그제야 생에 대해 깊이 생각하기 시작
하겠지. 그 몸과 영혼에 대해. 사라지는 환에 대해.

한 남자가 의자에 앉아 화집을 보다가 고개를 들어 그 옆에
앉은 여자를 바라보고 있다. 여자의 시선은 남자의 너머를 응
시하고 있다. 〈서로 닮은 영혼들〉 10호 크기의 캔버스 유화.
지난해 국전에 특선을 하고 '젊은 작가' 초대전에 초대되었던
그림. 그럴 때마다 여자는 가슴에 구멍이 날 것처럼 놀라지.

─네게 영원이라고 말할 순 없지만…… 숙, 몹시도 끓는 쇳
물이 아니면 사라지지 않는대, 이 금(金).

여자가 국전에서 첫 특선을 했을 때 초상화 속의 그 얼굴은
여자에게 그것을 선물했다.

―웬 금이에요?

여자가 놀라서 물었을 때 그는 영원불멸을 믿는 고대인처럼 부끄러워하며 말했다.

―처음엔 화집이나 스웨터를 생각했었는데 생각해보니까 그 종이들도 한 삼십 년쯤 후면 부식되겠더라. 산화되어선 말이지. 울스웨터도 한 십 년 지나면 좀먹고 닳고 말이지.

국화무늬 펜던트. 가을날 소국이 새겨진 그 펜던트 때문에 여자에게 순금은 곧바로 영원의 뜻을 갖게 되어서는, 지나가다 누군가의 몸에서 금을 보게 될 때면 언제나, 수백 년 후에도 남는, 썩지도 사라지지도 않는 단단한 광물질의 비밀을 생각하게 되었다.

그리고 그는 펜던트가 걸린 그녀의 목에 입을 맞췄다. 힘차고 생생한 힘의 것이라기보다는, 오래 앓다가 나온 어느 유순한 아침을 잊지 못하는 사람 같은 그 남자의 입맞춤.

―애, 저 얼굴. 꼭 이삼십년대 표현주의 시대의 어떤 얼굴 같구나. 꼭 정신의 공황을 견디는 얼굴.

초상화를 보던 어머니는 말씀하시지.

―누구냐? 전에 너 바래다주었다던 그 청년?

지금은 아담한 규모의 화랑주인이 되어 있는 어머니는 늬들 혹시 서로 마음을 품고 있는 건 아니겠지, 하는 탐색의 얼굴. 그때 남자는 한 처녀와 약혼을 앞두고 있음에도 불구하고 그들은 만났다. 그들은 어쩌다 서로를 상대로 마음을 움직여갔던지…… 보행기를 타고 거실을 달리던 아이가 어느 날인가 가볍게 탁자 모서리를 짚고 일어서는 것처럼, 그 아이 역시 직립하는 인간의 자손이어서 걸음마가 저절로 그리 되어가는 것처럼, 그들에게도 저절로인 듯 마음이 그렇게 움직였었지. 본능과도 같이 자기와 닮은 사람을 알아보는 시선은 그럴 수 없이 놀라웠지.

그리고 그는 대체 언제 그렇게 사라졌다는 것일까.

─숙, 도무지 길이 없다는 걸까?

남자는 여자의 목에 얼굴을 부비며 자꾸만 그렇게 말했다. 남자는 내일이면 약혼녀와 함께 미국으로 떠나고 여자도 한창 무르익는 혼담의 자리에 불려나가야 한다. 여자의 가느다란 목에 매달려 있는 국화무늬 펜던트는 햇빛 아래 비현실적으로 반짝였다. 그 후 여자의 그림엔 서역의 사라진 왕국 앞에 선 남자의 모습이 등장하게 되었던 것.

밤이 되도록 한낮 용암 같던 지열은 쉬이 식지 않았다. 열대야의 습기를 견디며 하아, 땀을 흘리는 밤.

사람들은 자주 연대를 꼽고 회고하기를 좋아하지. 2천 년 전 발굴된 미라에 고성능 방사탐지선을 들이대고 아, 이건 말이지 저 사라져버린 왕국의 왕녀인 것이 틀림없어. 이 비단에 수놓아진 옷과 패물 말이지! 외치겠지. 그 2천 년 세월을 고스란히 견뎠다는 듯 벅차하겠지. 그리고 또 웅성대지. 아, 그게 벌써 10년 전이네. 우리가 만난 건 7년 전. 그때 그 여름밤은 5년 전. 우리가 처음 사랑을 한 건, 처음 옷을 벗었던 건, 첫아이가 태어난 건, 그분이 돌아가신 건…… 또 또 몇 년 전, 몇 년 전. 그리고는 그 기억조차 조용히 숨을 멈추고 서서히 지상에서 사라져갈 것이다.

여자는 다시 메모한다.

그 사랑도 소멸되어갔다. 길이 없어서 더는 나가지 못하는 이 세상 모든 소원들처럼.

세상은 저마다 정신 없이 그 소멸의 사막을 건너가느라, 사랑이야말로 청춘의 어느 한때 떨구고 지나오는 거라고 속삭이겠지만 그렇다 해도 왜 이리 지나온 것은 이토록 먼 것인가? 여자는 그가 주고 간 펜던트를 어루만져본다. 그 단단한 광물질은 천 년이 지나도 부장품처럼 묘지에 남을 것이다. 후세의 사람들은 묘지에서 나온 금을 보고 웅성거릴 것이다. 저것 좀 보아. 이 묘의 주인은 누군가를 잊지 못했던 여자일 거야. 남자가 그 국화무늬를 선물했을 거야!

여전히 수은주는 조금도 내려갈 줄 모른다. 그런 밤이다. 문밖에서 서성대며 더위를 식히던 모시메리 차림의 남자 몇은 골목 안쪽 잡화점 파라솔 아래서 장기판을 벌이고, 아이를 들쳐업은 젊은 부인은 종종걸음치며 가게로 들어간다. 새우깡과 맥주 두어 병. 젊은 부인은 서둘러 아이를 재우고 남편의 컵에 맥주를 부어주고 오늘 밤 습관처럼, 서로의 몸을 더듬어 찾을 것이다.

누군가의 기일이고, 젊은 부부들은 아이를 재워두고 맥주 한 병을 나눠 비우며 회합하는 밤이다. 몹시도 긴긴 이생의 길을 천천히 걸어가는 밤. 상가에서 흘러나오는 불빛과, 수천 년 전 저 서역의 비단천에 감긴 생들과, 금을 주고 간 남자와…… 그 햇빛과 불빛 사이의 긴 길을 걸어보는 듯 지금 막 다른 세계로 스며든 영혼에 대해 오래 생각하는 밤이다. 쉬이 잠이 오지 않는 밤.

다음날 이른 새벽 눈을 떴다. 새벽 푸르스름한 공기 속에 검은 조등이 철 지난 해수욕장 매점처럼 불을 켜고 있었다. 밤을 지새운 상가는 피로하고 싸늘하고 했을 것이다

어디선가 지팡이를 짚은 노인이 나와 느릿느릿 걸음을 옮기고 있다. 지난밤 상가 하나가 이 골목에 들어선 것은 꿈에라도 모른다는 듯 그저 중풍의 후유증 같은 걸음으로 느릿느릿. 여자는 그가 조등 걸린 그 집 앞을 덤덤히 지나가길 바랐다. 그 앞을 서성대다 황망히 돌아서지 말고. 자신의 것인 듯 그 죽음을 물끄러미 바라보지 말고.

그리고 남자가 찾아온 건 오후 2시가 넘어서. 하필 하루 중 가장 더울 시간이다. 냉동실에서 굴비 하나를 꺼내 굽고 오이 냉국 해서 늦은 점심을 먹고 있을 때 방충망 쳐진 화실 문 밖으로 한 남자가 숙아, 숙아, 하고 여자를 불렀다. 환(桓)이라는 과 선배.

"웬일로……?"

여자가 문을 열어주자 그는 화집을 내밀며 어색하게 들어섰다

"이거 니가 좋아하는 화집."

"웬 거죠?"

"지난번 여행 때 사둔 거다."

그것은 그녀가 좋아하는 세잔의 화집이다. 호의를 받아들여도 좋을지 머뭇대고 있을 때 환의 쉴새없이 물어오는 안부인

사. 준비는 잘 돼가나? 애들하고는 연락 잘 하고? 차? 그냥 커피나 한잔 다오. 국화차를 차게 한 것? 그것도 좋겠지. 한데 건강은 좀 어떻나? 그래 다행이다. 어디 다녀왔나? 많이 탔다. 건강해 보이고 좋구나. 나? 난 별일없다. 그저 이 동네 지나가는 길에 이거 전해주려고 들렀다. 국화차, 이거 아직도 남아 있나? 다음에 더 구해줄까? 국화냉차. 네 맘 같이 차가운 차구나.

내 마음이 아무에게나 차갑진 않죠. 금의 남자는 내 마음이 따뜻한 병아리 품속 같다 했지요.

그녀는 환의 돌연한 방문에 어쩐지 긴장을 할 수밖에 없지만 그래도 이만한 거리감이 다행이라고 생각한다.

"전시회 준비는?"

"그림이 전혀 안 돼요."

"편해서 그런 건가?"

그런 것도 있겠다.

"절박한 것이 없어서?"

"맞아요."

무엇에든 전력투구를 해보지 못했던 것. 무엇 하나를 시작해서는 중반에 이르기도 전에 이미, 그래서 무얼 한다는 거지? 이 끝에는 대체 무엇이 있다는 것이지? 돌연 회의를 갖고는 쉬이 포기하고 마는 마음. 그런 것이 여자의 성격이었다. 그런 그녀가 뜨끔했던 편지란 19세기 중엽 에밀 졸라가 세잔에게 보낸 것.

……생각만큼 결과가 안 나온다면서 붓을 천장에 집어던

270

졌다지. 왜 그토록 조급하고 변덕이 심하지? 자네가 여러 해 동안 그림을 공부하고 또 수천 번 그림을 그렸는데도 그런 결과가 나왔다면 그건 이해하겠네. 그렇게 오랜 시간 공을 들였는데도 잘할 수 없다면, 팔레트와 캔버스와 붓을 마구 짓밟아도 이해할 수 있어. 하지만 여태까지 자네는 미술이나 한번 해볼까 하면서 우물쭈물한 것이 전부였지 않아. 자네는 아직 진지하게 해보겠다고 대들지도 않았고, 작업도 정기적으로 하지 않았기 때문에 무능하고 자시고 할 계제가 아니라고 생각하네. 그러니 용기를 가지게. 그리고 목표를 달성하려면 여러 해 동안 참으면서 연구에 몰두해야 한다는 것을 명심하게. 사실 이렇게 말하는 나도 자네와 같은 처지일세. 나도 좋은 소설을 써내려 하지만 내 손가락 안에서 마음대로 되지를 않아……

차를 한 잔 비우고 환이 담배 두 대를 피우는 시간이 지났다. 그다지 늦은 시간이라고는 할 수 없다. 그때, 그럼 이만 가볼게, 하는 환이 여자는 좋았다. 예의가 바르군. 적당한 거리를 유지시키는 예의. 하지만 그렇게 일어선 환은 실은 그답지 않게 허둥대고 있었다. 일어서서도 왠지 머뭇대며 발을 떼지 않던 그가 여자를 돌아본다.

"?……"

"얘, 난…… 널 말이지, 널……."

환은 긴장한 여자를 사무치게 바라본다.

난 널 말이지? 제발, 그런 말이라면 하지 말길. 내게 감동이나 하염없는 연민을 요구하는 말이라면, 그런 말이라면.

"점심 때 뭐 잘못 드셨어요?"

농담이라고 유쾌하게 한마디한 여자를 그는 느닷없이 부여안는다.

"아, 애. 넌 왜 모른 척하지?"

돌변이라고 해도 좋게 그는 사납게 숙의 품을 비집는다.

"내게 이러지 말아요. 그러면……."

그러면…… 그러면? 숙의 미간은 잔뜩 찌푸려져서는 그 다음 말이란 것은 더는 나오지 않는다.

오늘 밤 오늘 밤 끝을 봐버리자. 그러자. 종지부를 찍겠다. 벌써 5년째다. 뜻모를 소리를 중얼거리며 환은, 두 발에 힘을 주고 버티는 여자를, 그래봐야 기껏 보릿자루 같은 여자를 군용침대 쪽으로 밀어젖힌다. 여자는 남자의 완강한 힘을 믿을 수 없이 미워하며 누가 와서 이것이 꼭 거짓말이라고 해주기를 바란다.

생각해봐. 함께 그림을 하고 화구도 옮겨주고 함께 단체전을 준비해온 우리들이잖아. 나는 같은 과 3년 선배인 당신이 어려워 늘 공손했는데 당신은 고작 이상한 열에 들떠 건달 같은 손을 뻗기밖에 못 하나.

"이러면 우리들 관계는 차갑게 사라질 거예요."

환은 못 들은 척 허겁지겁 여자의 가슴을 풀어헤친다. 여자는 성난 고양이처럼 그르렁거린다.

"다시는 안 봐요. 당신은 그 소멸이 좋군요."

죽음이 그렇듯 성(性) 역시 그것에 가까이 하는 것은 금기라는 듯, 여자는 무덥고 습습한 열대의 저녁 무섭게 경직되어 브래지어를 꾹 말아잡고 있었지. 여자의 얼굴엔 슬픔, 그렇다,

272

분노와 맹렬한 전의와 환멸 끝에 이윽고 슬픔이 떠오른다. 당신은 내게 이래야 하나, 이래야 하나. 환멸과 슬픔이 범벅이되어 보릿자루처럼 밀쳐진 여자의 얼굴을 본 환이 이윽고 말한다.

"아, 미안하다. 아무래도 여긴 너무 덥고 습습해. 정신을 잃을 것같이 말야."

"……."

"아, 제기랄. 대신 산책을 해주겠어? 밤바람도 있고 청량한데서 말야."

"그만 돌아가세요."

"그럼 저 골목까지만이라도, 제발."

골목 안은 괴괴한 가운에 저 먼 큰길가 상가들 앞의 활기만이 해 뜨는 새벽의 두근거림처럼 이 골목 안으로 퍼져들었다. 그때 그는 갑자기 몹시 화가 난다는 듯 숙의 어깨를 흔들듯 잡고 말했다.

"네가 뭘 알아? 생각해봐. 네가 얼마나 부자연스럽고 고지식한지. 다만 아닌 척할 뿐?"

햇볕에 덴 어깨가 쓰라려온다.

"생각해봐. 네 그 작은 나무열매 같은 아름다움에 대해서도 생각해봐. 멸시하지 말고."

멸시?

"넌 누드 실기 시간에도 딴전을 피우고 남자 모델을 쳐다보지도 않았지. 육체 따위엔 관심도 없다는 듯. 미술해부학 시간에 사체의 척추와 요추, 삼각근과 대퇴근의 선을 관념적으로 그려낸다면 얼마나 우습겠나. 너는 눈으로 그것을 보고 그리고 느꼈어야 했어. 넌 육체를 무시해버리면 정신이 좀더 높아질 거라고 생각하겠지만, 넌 모르지? 네가 얼마나 위선적인지. 왜 그렇게 몸의 일을 멸시하는 거지?"

멸시? 하지만 엄밀히 말하자면 그건 경원에 가까웠다.

멸시. 환의 열에 들뜬 손길은 경박하고 경멸스러운 것이었지만 그러나 그보다 그것은 나를 외롭게 했다. 아, 인간의 성은 왜 그렇게 멀고 외롭나. 기껏해야 소멸의 존재들인 우리, 그 한계를 확인할 뿐인 외로운 성은 왜 갖자고 하나.

경원. 염이 되고 병풍 뒤에 가려져 현세의 인간들에게서 멀리 떨어져 어진 그 인간의 몸은 얼마나 경원스러운 것인가. 그 앞에 국화꽃을 들고 분향을 기다리는 인간들을 얼마나 외롭게 하는지. 아, 인간의 죽음은 왜 그토록 멀고 외롭나.

골목 안은 이제 인적이 끊긴다. 환의 돌연한, 절박한 짐승 같은 격정 앞에서 질끈 눈을 감고 끈질기게 외면하고 있는 여자를 환은 하하, 위선! 위선! 소리치며 돌아섰다. 네 위선이라면 지긋지긋해!

하지만…… 왜지? 몸의 일들이 아름다운 것인지 나는 모르지. 그건 아마 어렵고 멀고 외로운 것 아닌지. 죽음같이 먼 것. 그래서 한사코 그것과 다른 곳에 있는 어떤 것을 그토록 열망했는지…… 그러니 당신도 외로웠었나? 그 보잘것없는 욕망에 몸을 떨며 외로웠던가? 그래서 그 욕망에 손을 대어 더듬고 그 환(幻)을 확인하려 했었나.

어깨와 팔과 목과 다리가 구릿빛으로 그을린 그녀의 육체라는 것. 그것은 이 밤, 멸시도 경원의 뜻도 없이 아름다운 구릿빛으로 착색되어 이따금 따끔거릴 뿐이다. 그것은 이제 막 만

서른이 되었다는 것. 여자는 다시 감자를 얇게 저며 그 위에 얹어갔다.

진정될 거야.

여자는 화끈거리는 어깨와 다리에 감자를 얹어가며 말한다. 여름 한철 구릿빛으로 빛나고 팽팽해지는 살갗과 오래 아팠던 몸과 한때 애달파본 영혼, 난폭한 외로움에 어쩔 줄 모르는 남자들과 울먹이는 세상 여자들에 대고 중얼거린다. ……진정될 거야.

이른 아침부터 상복 입은 사람들이 노인의 집 앞에 북적였다. 그들은 연신 땀을 흘렸다. 한 블록 떨어진 슈퍼에 감자와 당근과 양배추를 사러 가다 그 집 앞에 멈춰선다. 누군가 대문 앞의 사기대접을 꽉 밟고 나왔다. 쨍그랑. 사기대접은 깨지고 관을 든 사람들이 그 대문을 넘어온다. 그와 동시에 잊고 있던 울음이 다시 터지고 지금 막 여자의 가슴이 꽉 밟힌 듯 그 입에서도 새된 비명이 새어나왔다. 저이는 이제 가려나? 이제 가는 그 영혼은 이곳을 떠나 먼 곳에 깃들이길 원하지. 그리고 해마다 한 번씩 한 끼 기일음식과 함께 달래질 것이다. 죽음도 소멸도 없는 영원불멸의 꿈은 사기대접과 함께 깨어졌다. 저이의 생을 돌려줘요. 물려줘. 그의 자손 중 하나가 몹시도 섧게 울었다.

아, 그런 거예요. 다들 겪는 거예요. 인생이란 그런 것. 어쩔 수가 없는 거예요. 처음이라 그렇지 차차 익숙해져요. 처음이라 그래요.

여자는 담담하게 그 앞을 지나간다.

저이의 생을 돌려달라고? 그의 생의 처음 울어본 울음과 젖을 물려오는 어머니와의 최초의 접촉, 심혈을 기울인 최초의 사랑, 최초의 좌절과 노여움, 최초의 성, 최초의 환멸, 마지막 눈이 감길 때 그때 처음이자 마지막인 죽음까지, 낯설고 어리둥절한 것을……?

이를테면 그 탄생. 그해 여름, 괴로운 입덧 끝에 공처럼 부푼 배를 기우뚱하더니 그 새벽, 믿을 수 없이 붉고 따뜻한 것이 여동생의 분만대 위에 미끄러져 나왔지. 저녁을 먹고 나면 여동생의 뱃속에서 발길질을 하던 아이, "너 또 운동하는구나. 밥 먹으니 너도 기운나지?" 여동생이 사랑스럽게 속삭였을 때 그 속에서 연신 배를 차대던 아이가. 그 말할 수 없이 붉고 따뜻한 것. 여자와 제부는 이미 새벽이 걷히던 고단한 아침에 아이 울음을 들었지. 그때 여동생의 눈물과 웃음이 범벅이 된 얼굴과 저울에 얹혀져 체중을 재는 그 아이 때문에, 아침 6시 반 푸름한 미명을 밀치고 이미 솟아오른 아침 해가, 감격이라도 좋을 충만감이…… 여자는 조금 울었지. 그 탄생.

그 최초의 사랑. 여자는 금의 남자를 생각한다. 사랑이 대수냐? 젊은 날 매양 무심하고 시들한 마음속에 찾아온 사람을. 일생 다시 오지 않을지도 모를, 바닷속 어패류와 들의 초목을 키워내는 초록의 생기 같은 것을. 일생 다시 안 온대도 좋을 그것을. 무덤 속에 갖고 가고 싶은 그것을.

그 노여움. 환의 그 무엇인가 어려운 것을 주장하는 열에 들뜬 한숨. 가슴으로 손을 뻗고 치마 속으로 손을 넣어오는 맹수처럼 사나워진 얼굴. 왜 그것이어야 하나. 그 외롭고 멀고 텅 빈 것을. 여자는 어이가 없고 노여움은 치솟고 그러니 겨

276

우 그렇게 말해보는 것이다. 그러면…… 이 관계는 곧 소멸하고 말 것이에요.

그 여자 생의 좌절. 건강이 급격히 나빠지고 등줄기에서 내려오는 뜨거운 불길 같은 통증에 잠길 때. 그림을 그리려면 힘이 있어야 하는데 그저 병상에 누워서 창밖을 내다볼 때. 아무것도 할 수 없는 사람이 되어 있을 때.

그 여자가 경험한 최초의 죽음. 전유어가 부쳐지고 산적이 떠지고 고깃국이 끓고 나물이 무쳐지고 북어포와 약과 따위들이 놓여지는 저녁. 기일은 언제나 부산하고 활기차게 그리고 잠깐씩 애상조의 선율에 섞여 찾아왔다. 다들 부산히 상을 준비하고 그리고 자, 이제 끝났다. 식사를 하자, 하는. 그러고는 문득 한 번씩 차분한 슬픔에 젖는 밤. 그것은 추석이나 설날, 대보름의 명절과는 다른, 순전히 그들 식구들끼리만 아는, 누군가 떠나간 집의 결핍을 이겨내려는 동지적인 애정으로 뭉치게 했다.

오, 그러니 생에 대해 아는 것을 말해보라면 여자는 그 애상에 대해 말하련다. 그리고 그것을 단번에 상쇄시켜주는 세상 생생한 움직임의 기쁨에 대해. 바닷물을 쥘 듯 손에 담아 획 뿌리는 아이의 작고 여린 어깨와 그때 지르는 뜻모를 환성 같은 것.

내일이면 여름 물놀이 장난감을 흔들며 이모오! 아이는 뛰어와 여자에게 안기고 어머니는 다시 치과에 가야 할지 모르지. 망가진 이를 드러내 보이며 치과의 차가운 기구 앞에서 언제나처럼 공포심을 참으며 어머니는 말씀하시겠지. 넌 이 안 아파봐서 모른다. 여동생은 멀리 나가 있는 남편에게 국제

전화를 걸 것이다. 공부 잘 돼요? 어머니랑, 언니, 아이 데리고 바다에 다녀왔어. 응, 닷새 동안. 내일이면 여자는 다시 화실에 나가 아이들에게 명도, 채색, 부감, 영혼을 얘기하며 돌아와서는 화구를 노려보고, 우적우적 밥을 먹으며 화면을 노려볼 뜨거운 힘이 생기기를 소망해볼 것인가. 생에 대해 말할 수 있다면 이제 애상 대신 그 힘을?

아아아아아아. 골목 안에 울음이 다시 쏟아지고 차는 이제 떠나간다. 골목이 좁으니 어귀까지 나가야 차에 오르겠지. 그의 자손들은 언제까지나 그럴 듯이 슬퍼하고 있다. 여자는 꼭 사흘 간 저 집의 기일을 함께 지새워주었던 것 같구나. 그러려고 해변에서 먼저 돌아왔는지. 그러니 이제 조의를 끝낸 자손처럼 여자는 경쾌한 음악을 틀어놓고 주섬주섬 수영복을 챙기고 싶어졌다.

그때 꿈을 꾸었다. 한강변이 내려다보이는 동서울의 한적한 수영장이었다. 일광욕 의자에 누워 8월의 햇볕을 쬐고 있을 때였다. 수영 후의 혼곤한 피로에 잠겨 깜박 졸고 났을 때. 그 여자는 잠시 어리둥절했다. 햇볕 저편에선 첨버덩, 물 튀기는 소리가 나고 와아와아 물 속을 헤엄쳐다니며 사람들은 공놀이를 하고 있었다.
여기가 어디지?
나무 그늘 아래선 온몸을 구릿빛으로 태운 청년들이 강인한 어깨며 가슴을 한껏 부풀리며 건너편 처녀들을 쏘아보고 있고, 건너편 매트에 드러누운 처녀들은 다리를 길게 뻗고 아슬

278

아슬 드러낸 야생의 산노루 같은 몸을 뒤척이고 있었다. 뒤척이며 입가에 웃음을 흘리며, 좀더 매력적으로 보이려고 애를 쓰며. 젊은 청년과 처녀들의 마음은 서로를 향해 기민한 야생의 짐승처럼 움직이고 있다.

꿈을 꾸었나?

그때 그녀들은 해변 파라솔 아래에서 음식을 준비하고 있었지. 가스레인지와 오븐을 내어놓고 땀을 흘리며 재료들을 굽고 조리고 데친다. 공룡그림을 그리던 조카가 묻는다. "오늘이 무슨 날이야요?" "으응, 외할아버지 제사." "그래서 외할아버지 오시면 드시라구?" "그래." "그럼 과자도 놓아?" "글쎄, 그러렴." "외할아버지가 오늘 밤 오신다는 거지?" 잠시 후 어딘지 모르게 젯상이 환해진다. 육포와 전유어와 고깃국의 상 위에 아이는 과자도 놓고 꽃병도 올려놓는다. 어어, 저런 건 조화(弔花)가 아닌데…… 하지만 꽃병 속 붉고 노란 꽃들은 제삿상을 단숨에 잔칫상으로 바꿔놓았다. 꼭 잔치 같구나. 여자는 프라이팬에서 고개를 떼고 한참을 바라보았나? 아이는 다시 제 연습장을 오려 '어서 오세요' 하고 썼는지. 그리고 그것을 향 앞에 환영 팻말처럼 놓았던지. '어서 오세요, 외할아버지.'

꿈이었었군.

수영객들은 거푸거푸 물살을 가르고 앞으로 나아가고, 한편에서는 물을 튀기며 공이 높이 뜨고, 여자는 이제 눈을 비비며 일어났다.

돌아가면 골목은 비어 있겠다. 장의차는 골목을 빠져나가고 다시 공습 사이의 나른한 고요 같은 적막감이, 느릿한 창이,

여름 생물들의 발육을 진행시키는 맹렬한 습기와 열기의 골목
이 '자, 자, 어서 오라'고 그 여자의 걸음을 당길 것이다. 여자
는 화구를 세우고 한동안 손을 뗀 물감을 갤 것이다. 무슨 색
을 쓸까. 인물 옆에 측광을 넣을까. 실내광을 쓸까. 여자는 감
청색을 풀 것이다. 푸르게 출렁이는 감청 배경의 인물을 여자
는 그릴 것이다. 그 얼굴은 염원이 깃들인 고대인을 닮았으면
좋겠다. 그 곁엔 국화꽃을 그려넣겠다. 그 속에 집이 있고 사
람들이 웅성대며 그 앞에 모여 있겠다. 붉고 노란 꽃을 든 사
람들이 인사를 하고 있겠다. 그런데 어서 오세요, 여자는 왜
이제껏 단 한 번도 그 사랑스런 인사를 하지 못했던지. 다만
기일 음식이나 만들며, 경원하며, 죽음의 추억을 금하며…….

여자는 혼자 말해본다. 아버지, 어서 오세요. 그 여름 사기
그릇을 깨뜨리고 떠났어도. 컴컴한 묘지에 잠겼어도.

여자는 다시 말해본다. 어서 와요, 내 사랑. 초상화 속의 금
의 남자가 웃는다. 아, 금을 남기고 떠났어도.

그러니 여자는 따끔거리는 구릿빛 피부를 진정시키며 해가
기울어가는 저녁, 저 금과 염원의, 감청색 영혼이 깃들인 집으
로 스며들 것이다.

여자는 일어나 주섬주섬 수영모를 쓰고 물안경을 끼고 아이
처럼 천진하게 물 속으로 뛰어든다. 첨벙! 물이 세차게 뛰고
햇빛은 쟁강쟁강 정수리로 쏟아진다. 누군가 와서 그래, 그래,
고개를 끄덕인다. ……목에 그녀와 같이 국화무늬 금줄을 건
사람.

(『작가세계』 1995년 여름)

소멸의 사막을 건너는 법

황도경(문학평론가)

1

어느 날, 아마도 곧 잊어버리게 될 어느 날 아침, 그는 잠에서 깨어난다. 그리고는 문득 몸을 일으키지 못하고는 그 자리에 그대로 누워 있는 것이다. 잔인한 햇빛을 받으며, 새로운 날을 위한 무기와 용기를 몽땅 빼앗긴 채. 자신을 가다듬으려고 눈을 감으면, 살아온 모든 순간과 함께 그는 다시금 가라앉아 허탈의 경지로 떠내려간다. 그는 가라앉고 또 가라앉는다. 고함을 쳐도 소리가 되어 나오지 않는다. (고함 역시 그는 빼앗긴 것이다. 일체를 그는 빼앗긴 것이다!) 그리고는 바닥 없는 심연으로 굴러떨어진다. 마침내 그의 감각은 사라지고 그가 자신이라고 믿었던 모든 것이 해체되고 소멸되어 무로 환원해버린다. 다시금 의식을 되찾아 전율을 하면서 정신을 가다듬고, 벌떡 일어나 낮의 세계로 뛰쳐나가야만 하는 인간의 모습으로 되돌아갔을 때, 그는 자신의 내면에서 불가사의한 새로운 능력을 발견하게 된다. 기억을 해내는 능력을. 지금까지 그랬듯이 예기치 않게 또는 자진해서 이런저런 것을 기억해내는 것이 아니라, 일종의 고통스러운 압박을 느끼면서, 지나간 모든 세월을, 경솔하고 심각했던 시절을, 그리고 그 세월 동안 자신이 차지했던 모든 공간을 기억해내는 것이다. 그는 기억의 그물을 던진다. 자신을 향해 그물을 덮어씌워 자신을 끌어올린다. 어부인 동시에 어획물이 되어 그는 과거의 자신이 무엇이었었나를, 자신이 무엇이 되어 있었나를 보기 위해, 시간의 문턱, 장소의 문턱에다 그물을 던지는 것이다.

강규의 소설을 이해한다는 것은 이같은 바하만의 『삼십세』 한 대목을 이해하는 것과 같다. 그녀의 소설은 발랄한 청춘을 잃어버리고 자기 안에서 소멸의 기운을 감지하기 시작하는 시간, 까닭없이 허탈과 무기력에 빠지고 존재의 무를 경험하기 시작하는 시간, 그래서 기억의 그물을 던져 과거의 자신과 현재의 자신을 점검하게 되는 시간으로서의 삼십세를 위해 씌여진다. 그녀의 소설은 이 삼십세라는 운명적인 시간 앞에서 어쩔 줄 몰라하는 인물들이 뱉어내는 세월의 덧없음에 대한, 운명의 어긋남에 대한 이야기이다. 세월은 이들에게서 사랑과 청춘을 빼앗아가고, 운명은 이들에게 고단하고 외로운 삶을 마련해놓는다. 그녀의 인물들은 자신들이 더이상 세상의 중심에 있지 않으며, 자신의 내부에 자리잡고 있는 죽음과 소멸의 징후처럼 세상에 영원한 것은 없다는 것을 알아버린 이들이다. 중국여인을 따라가며 사랑에 목숨을 거는 남자, 그러나 언젠가는 아내의 금가락지를 들고 전당포를 찾게 될지 모르는 남자, 자신과 결혼하지 않으면 약을 먹겠다는 소동을 벌인 아내, 그러나 지금은 동경으로 유학을 떠나버렸고 일 년에 한 번 만나도 애틋한 느낌이 없는 아내, 그런가 하면 전설적인 공산당 고위간부였으나 이제는 이념에 걸었던 젊은 날의 헛됨을 비통해하는 노인(「정금(精金)의 여자」), 유창한 불어실력에도 불구하고 학자로서의 꿈을 결혼과 아이 양육으로 묻고 이제는 이가 아파 치과에 다니는 더이상 젊지 않은 어머니(「금(金)의 남자」), 신혼시절 얼굴이 백일홍처럼 물들고 손톱에 봉숭아물을 들이던 아내, 그러나 지금은 남편 앞에서 훌렁훌렁 옷을 벗어젖히는 아내(「금 여름 – 불망(不忘)」), 이들은 모두 세월의 허망함을 증거하는 강규의 전형적인 인물들이다. 이들은 인생을 다 산 노인네들처럼 추억과 회상에 젖어 중얼거린다. 청바지가 잘 어울리는 거칠 것 없는 젊음과 청춘도 시들게 마련이고, 목숨 걸고 한 사랑도 초라하게 사라져 쓸쓸한 추억만을 남길 뿐이라고 세상은 저마다 소멸의 사막을 건너가는 것이라고.

　그러나 이들에게 고열을 내던 시절이 아직 완전히 가버린 것은 아니다. 생각해보면, 꺼지지 않은 젊음의 불씨가 문득문득 되살아나 삶을 흔들어놓는 때, 영원한 것은 없으며 목숨 걸고 사랑할 일도 아님을 잘 알고 있음에도 불구하고 여전히 그 대책없는 열정과 사랑에 매달리고 싶어지는 때, 그것이 또한 삼십대인 것이다. 그래서 강규의 인물들은 열이 많던 시절

사귀고 헤어진 여자를 생각하며 아직 남은 불이 있다는 듯 명 치께를 문지르며, 그에게서 화전처럼 넓고 가파른 가슴과 화 석처럼 드러나는 가슴뼈, 그리고 언젠가 저 가슴에 홍역 같이 일어났을 불을 보는 것이며(「금 여름-불망(不忘)」), 아직도 항 아리라도 내던지고 싶을 만큼 열이 나는 때가 있는(「금과 수국 과 왕릉의 시간」) 것이다. 이들에게 있어 추억과 회상은 소멸 의 운명을 확인하는 쓸쓸한 작업일 뿐만 아니라 사라져버린 열기를 다시 확인하고자 하는 시도이기도 하다. 이들은 고열 내던 시절의 기억을 통해 지나버린 젊음과 사랑과 세월을 되 살린다. 이 점에서 강규의 소설은 소멸하는 운명에 던지는 오 기 넘치는 도전장이라 할 만하다.

　강규의 인물들이 찾아가는 곳이 대개 열기가 뜨거운 곳이라 는 사실도 이 점에서 주목된다. 이들의 여행이 다름아닌 열기 를 찾아가는 길임을 시사하는 대목이기 때문이다. 「정금(精金) 의 여자」에서 주인공이 여행중인 중국 서안에서는 주방마다 뜨거운 솥이 걸려 있고, 기름이 둘려지고, 굉장한 불에 기름진 요리를 볶아대는 풍경이 연출되며, 사람들은 수건으로 얼굴을 닦으며 뜨거운 차를 마신다. 그리고 그 역시 중국제 국화주를 마시며 얼굴이 술로 붉게 뎁혀지게 되는데, 이는 지극히 현실 적이고 고단한 날들 속에 묻혀버릴 사랑의 기억과 열정을 그 열기 속에서 되찾고 싶어하는 몸부림이다. 뿐만 아니라 「사랑 이 나를 만질 때」에서 주인공이 찾아간 지구의 배꼽과도 같은 중동, 「금 여름-불망(不忘)」에서 남자와 여자가 만나게 되는 온천장, 「금(金)의 남자」에서 주인공이 가족들과 함께 다녀온 해변 등도 모두 뜨거운 열기를 내뿜는 곳이다. 이들에게 열기는 살아 있음을 확인시키는 자기 안의 기운이며, 동시에 스스로의 냉기로 조절해야만 하는 혹은 사그러들 수밖에 없는 기운이다. 대부분의 여자 인물들이 도자기 굽는 일을 하고 있다는 것도 이 점에서 상징적이다. 천 도씨도 넘는 불이 타고 있는 가마를 견뎌냈을 때 아름다운 무늬가 새겨진 항아리가 만들어지듯, 우리의 삶이 고열을 감당해내는 과정임을 보여주는 대목이기 때문이다.

따라서 이들의 내부에는 차가움과 뜨거움이 공존하며 갈등한다. 뜨거움이 이들의 가슴속에 여전히 꺼지지 않은 채 남아 있는 영원에 대한 믿음과 열정의 다른 이름이라고 한다면, 차가움이란 그 열정도 결국에는 사그러들 것이라는 깨달음 그리고 그 소멸의 징후를 감당해야 한다는 단호함을 의미한다. 예컨대 「금(金)의 남자」의 주인공 여자는 국화 냉차처럼 차가운 마음을 가진 여자이지만 금의 남자로부터는 따뜻한 병아리 품속 같다는 말을 들었던 인물이다. 그녀는 국화무늬가 새겨진 금 펜던트로 상징되는 사랑의 환(幻)에 여전히 매달리고 있는 인물이고, 그러면서도 끝없이 그 환상의 열기를 가라앉히기 위해 안간힘 하고 있는 인물이다. 이런 점에서 보면 가장 더운 시간인 오후 2시에 찾아와 이상한 열에 들떠 그녀를 안으려고 했던 선배 환(桓)은 그녀 자신이 만들어낸 하나의 환(幻)이며, 밤이 되어도 용암 같던 지열이 식지 않아 열대야의 습기를 견디며 땀을 흘리게 하는 8월의 폭염은 그녀의 내부에서 식을 줄 모르고 끓어오르는 그 환(幻)의 열기이다. 그리고 열기로 화끈거리는 어깨와 다리에 냉장고에서 꺼낸 찬 감자를 붙여가며 '진정될 거야'라고 말하는 그녀의 모습은 그 열기를 다스리고자 하는 일종의 투쟁의 몸짓과도 같다.

「금 여름－불망(不忘)」의 주인공 여자 역시 때로는 열기로 몸이 달아오르고 때로는 한기에 몸을 떠는 인물이다. 그녀는 삶은 토마토처럼 불그레한 뺨과 오이채처럼 젖은 머리칼을 한 채 온천장을 나오고 몸에서 김이 나는 것 같아 차가운 쌕쌕주스라도 쥐어주고 싶은 여자로 묘사되는데, 이것은 그녀의 내부에 공존하며 부딪치고 있는 열기와 냉기를 단적으로 드러내는 대목이다. 그녀는 안의 열기를 다스려가야만 하는, 혹은 열정이라는 것도 결국에는 사라져가는 것임을 깨닫기 시작한 스물 아홉의 나이인 것이다. 남자와 여자의 만남이 늦더위로 달아오른 국도에서 이루어졌다는 사실도 이 점에서 주목된다. 수은주가 자꾸만 올라가고 뜨거운 열기가 고조되고 있지만 이미 입추나 처서가 지난 때라는 사실은 이들의 열정 또한 곧 사그러들 운명임을 예고한다. 한낮의 열기가 아무리 뜨겁다고 해도 '밤은 여실히 다른 공기'이고, 그래서 여자는 이 열기 속에서도 오들오들 어깨를 떨고, 남자의 형수는 추워, 추워, 하며 죽었다. 그런가 하면 「정금(精金)의 여자」에서 주인공이 여행중인 중국 비단길은 낮에는 뜨거운 모래바람이 불고 밤이면 기온이 영하로 내려가는 열기와 냉기가 공존하는 곳이고, 「봄비, 나를 울려주는 봄비」에서는 춥고 을씨년스러운 계절과 열사의 비행장이 공존한다. 요컨대 이들에게 삶은 뜨거움과 차가움을 조절해가는 과정이다. 그래서 이들은 때론 끓어오르는 열기를 연신 찬 감자를 붙여가며 진정시키고 있는 것이고, 때론 냉기 속에서 오들오들 떨면서 온기를 기다리고 있는 것이다.

2

강규 인물들에게 있어 삼십대란 이처럼 사라져버린 환상에 대한 미련과 환멸스런 현실에 대한 절망이 교차하는 나이다. 환상이 사라진 자리에 남은 환멸의 현실 앞에서 그들은 때로 세상과 담 쌓고 안으로 숨어든다. 철대문 달린 집(「지붕 위의 사랑」), 국도변의 외진 레코드 가게(「봄비, 나를 울려주는 봄비」), 윤선도가 묵었던 낙서재(「어부사시사를 읊는 밤」), 이곳은 세상으로부터 밀려난 강규의 인물들이 숨어든 도피의 공간이자 유배의 공간이다. 이들은 이곳에서 쇠락과 죽음의 환멸스런 현실로부터 벗어난 세상 저편을 꿈꾼다. 이들은 때로 중국으로, 왕릉으로, 해변가로, 온천장으로 여행을 떠나기도 한다. 그 여행은 앞으로 나아가는 길이 아니라 뒷걸음치는 길이다. 앞으로 달려가기만 할 뿐인 세월 속에서 자꾸 뒤를 돌아보게 만들고 잊었던 꿈을 되꾸게 함으로써 여행은 일상의 저편으로 우리를 안내한다. 그러나 이것이 환멸스런 현실을 이겨낼 수 있게 하지는 않는다. 꿈에서 깨고 나면 여전히 환멸스런 현실로 돌아와야 하듯, 환멸은 언제 어디에서든 우리의 발목을 잡는다.

세상에 환멸을 경험한 자의 도피와 은둔에 대한 이야기를 담고 있는 「어부사시사를 읊는 밤」을 보자. 보길도 문화기행차 찾아간 낙서재, 그곳은 세상으로부터 밀려난 혹은 세상에 환멸한 자가 머무는 일종의 유배지이자 은둔지와도 같다. 그곳은 중앙 정치무대로부터 밀려났던 윤선도가 머물렀던 곳이고, 어두컴컴한 골방에서 오지 않는 아들을 기다리며 노파가 허깨비처럼 빵을 먹고 있는 곳이며, '나'와 연출가인 김이 세상으로부터 도망치듯 찾아온 곳이기도 하다. 그러나 환멸을 경험한 자에게 어느 곳이 유배지가 아니겠는가. 김은 다시 서울로 유배를 떠나고 '나'는 형량을 덜 마친 유배자처럼 그곳에 남는다.

환상 끝에 자리잡고 있는 환멸을 그리고 있는 「지붕 위의 사랑」에서 작품의 배경이 되는 곳은 철대문이 달린 언덕 위의 집이다. 주인공은 그곳을 요새 같은 곳, 중세 수도원 같은 곳, 감옥 같은 곳으로 기억한다. 그곳에는 회고록을 쓰고 있는 칠순 노인과 그의 회고록을 타이핑하고 있는 '나', 그의 아들인 다리 저는 남자, 그리고 윤이 있다. 이들은 바위 같은 얼굴로 제 성에 틀어박힐 줄밖에 모르는 세상의 은둔자들이다. 유명한 언론인이자 정치학자였던 노인은 이제는 겨울 고목처럼 을씨년스런 경화증 걸린 손을 갖고 있고, 그의 객관적이고 논리적인 문장은 감상적이고 상투적인 수사로 피로한 문장이 되어 버렸다. 그런가 하면 '나'는 공기가 가득 채워진 축구공 같던 청춘을 잃고 이젠 바람 빠진 고무공처럼 한쪽 구석에 방치되어 있는 처지이다. 노인이 글자가 권력이 되고 힘이 되던 시절을 그리워하는 동안, '나'는 사랑이 힘이 되던 시절을 회상한다.

그런데 이들 사이에 젊고 매력적이고 신비한 윤이 들어오게 되면서 이 정체된 공간에 일렁임이 일어나기 시작한다. 노인은 윤의 굳건한 어깨와 긴 다리와 아름다운 흰 얼굴을 좇고, '나'는 윤의 사랑을 좇는다. 그것은 세월의 운명을 거역하는 반란의 움직임, 불륜의 징후다. 그러나 윤과 '나' 사이엔 항시 노인이 버티고 앉아 있다. 윤의 젊음과 사랑에 다가가기 위해서는 노인으로 상징되는 죽음과 소멸의 벽을 건너야만 하는 것이다. 그리하여 10년 후 다시 윤을 만났을 때 그와의 사랑은 이미 지나가버린 것임을 깨닫게 된다. 그는 '타자기에 새겨지는 글자처럼' 파고든다. 글자는 노인이 신봉하던 힘이 아닌가. 10년 전 유배지와도 같았던 언덕 위의 집에서 잠시 가졌던 2층의 환(幻)은 사라져버린 것이다. 그녀는 자신의 사랑과 열정이 담긴 레터 파일을 지운다. 그와 함께 '자기 속에 칩거하는 고독한 그늘이 있'어 보이던 윤에 대한 환상, 그리고 사랑에 대한 환상도 사라진다. 윤이 사다리 타고 만나자고 한 지붕이 그래서 달콤한 사랑의 환상을 키우게 한 지붕이 노인의 아들이 떨어져 다리를 절게 된 곳이기도 하다는 것은 환상 끝에 자리잡고 있는 쓰디쓴 환멸을 상기시키는 사실이기도 하다.

30대 후반 여자의 독백으로 이루어지는 「봄비, 나를 울려주는 봄비」는 그야말로 환멸스런 현실만을 남기는 세월의 쓸쓸함에 대한 이야기이다. 세월은 꿈 많던 소녀를 낡은 솔을 걸치고 삶에 대한 아무 신비감도 없이 미장원에서 조는 여자로 만들어버린다. 그녀가 일하고 있는 한갓진 국도변의 외진 레코드 가게는 떠나고 싶은 욕망과 떠날 수 없는 현실이 상충하고 있는 공간이다. 달을 향해 우는 늑대처럼 지붕 위에서 트럼펫을 불어대다가 쓰리스타 클럽으로 연주하러 가는 남자, 바다를 누비는 꿈을 꾸지만 다시 그 꿈을 접고 겔포스를 마신 후 사납금 7만원을 벌기 위해 핸들을 잡는 기사, 석유를 배달한 후 국도로 나가 다시는 돌아오지 않는 꿈을 꾸지만 결국 삶에 대한 상실감도 신비감도 없이 다방 구석에서 음반 대금을 결재해야 하는 아줌마로 돌아와야 하는 '나', 이들은 모두 세월의 무게에 자신의 꿈을 결박당한 인물들이다. 그러나 이들의 내면에는 아직도 석유난로의 불길처럼 타오르는 열망이 있다. 지붕 위의 악사인 남자가 레코드 가게에 처음 들어선 때도 석유난로에 기름이 채워졌을 때였다. 마치 석유 냄새를 맡고 온 듯이 말이다.

석유난로의 불길 같은 열정은 현실 속에서 사위어갈 수밖에 없다. 그러나 마음속 깊은 곳에 묻은 그 불길은 어느 순간 갑자기 타오르기 시작하고 이들로 하여금 태평양에서 고래를 잡는 꿈을 꾸게 하고, 국도로 나가는 꿈을 꾸게 하며, 지붕 위에서 트럼펫을 불게 만든다. 그 불길을 우리는 야생의 자유라고 부른다. 그것은 작중의 표현을 빌자면 "수백 킬로 황야를 달려야 하고, 굶주림을 견뎌야 하고, 진저리나는 고독과 싸워 이겨야 하고" "자유를 좇아 달리고 자유를 물어뜯는" 어떤 것이다. 그러나 이들은 자유로운 들판에서가 아니라 삭막한 도시의 거리에서 살아가야 하고, 따라서 이들은 더이상 자유로운 야생의 존재일 수 없다. 그러니 세계 끝까지 가보겠다는 건달 같은 청년들이나 밝고 화창한 곳으로 나오는 통로를 모른다는 듯이 빌리 홀리데이를 찾는 청년도 얼마 후에는 이들처럼 그 야성을 결박당하고 동물원에 갇힌 맹수처럼 울부짖게 되리라는 것을 예감하게 되지 않는가. 그것은 쓸쓸하고도 무서운 일이다.

「적멸보궁에 가겠다면」에서 이 야성은 들고양이로 상징된다. 시청공무원인 서른여덟의 큰 최, 외화 번역하는 서른셋의 작

290

은 최, 그리고 학원 영어 선생인 서른둘의 나, 이 세 사람이 오대산 월정사로 여행을 떠난다. 이들은 한때 넓은 들판을 자유로이 누비며 돌아다니던 들고양이들이었다. 그러나 이제 이들은 맹물과도 같이 무미건조한 일상을 살아가야 하는 집고양이들이 되어 있다. 작은 최는 췌장이 나빠 술을 잘 못먹고 남편은 허리가 삐끗해서 침술원에 다니고, 사랑에 목숨을 걸었던 큰 최는 담배만 피워대 이빨이 담배진에 찌들고 폐는 꺼멓게 타버렸고, 그녀의 옆집 여자는 하루에 펜잘 5개와 원비디 두 병으로 살아간다. 이들의 절망적인 삶은 집고양이로 길러지면서 강요된 야성의 상실과 연관되어 있다. 따라서 이들에게 있어 이번 여행은 집 나온 고양이가 되고 싶은 꿈, 세상의 담과 지붕을 넘어 잃어버린 야성을 회복하고 싶은 꿈을 담고 있다. 그러나 언제나 일상과 정열은 멀찍이 떨어져 있어야 하는 법. 강규의 인물들이 서 있는 일상의 현실은 야생의 짐승처럼 움직이던 청년들이나 처녀들 그리고 어디론가를 향해 망아지들처럼 달려간 불량소년들이 다 사라져버리고(「정금(精金)의 여자」), 불량배들조차도 재미없어 돌아갈(「지붕 위의 사랑」) 조용하고 적막한 죽은 공간이다. 그 속에서 노인처럼 남은 이들만이 청년들은 다 어디로 갔나(「봄비, 나를 울려주는 봄비」), 중얼거리고 있을 뿐인 것이다.

3

강규의 소설 한가운데에는 늪처럼 죽음이 자리잡고 있다.

「정금(精金)의 여자」에는 사랑했던 여자에게 줄 금줄을 갖고 서울로 돌아가 교통사고를 당한 남자의 죽음이, 「금과 수국과 왕릉의 시간」에는 사촌누이와 아버지, 그리고 F의 죽음이, 「금(金)의 남자」에는 건너편 집 노인과 조부의 죽음이, 「금 여름-불망(不忘)」에는 아버지와 형수의 죽음이 자리잡고 있다. 이 죽음의 그림자에 이끌리듯 강규의 인물들은 무덤가를 배회하고, 무덤처럼 어둑한 다방에 들어가기도 하며, 때로는 자살을 기도하기도 한다. 「봄비, 나를 울려주는 봄비」에서는 친구 경이가, 「사랑이 나를 만질 때」에서는 '내'가, 「적멸보궁에 가겠다면」에서는 큰 최가 자살을 기도한 적이 있다. 어떤 점에서 강규의 소설은 죽은 이를 위한, 혹은 죽어가는 이를 위한 제문과도 같다.

강규의 작품 곳곳에 스쳐지나가듯 등장하는 노인들도 이러한 죽음의 기운과 연관되어 있다. 죽음과도 같은 삶의 풍경 혹은 죽음의 그림자가 드리운 곳에는 어김없이 노인들이 등장한다. 가령 공산주의에 젊음을 탕진하고는 만리장성 앞을 "좋은 날은 꿈처럼 헛되이 지나갔도다!" 라며 탄식하고 지나가는 노인이나(「정금(精金)의 여자」), 오래된 전축에서 나오는 육자배기 성주풀이 창에 귀 기울이며 이생이 아득한 꿈 같았다는 듯 끄덕이는 노인들, 상가집 앞을 지나가는 지팡이 짚은 노인, 경내 명부전으로 가는 국화 든 중늙은이, 여관 주인인 노부부, 온천장의 식당으로 들어서는 시든 사과 같은 노인들(「금 여름-불망(不忘)」), 시든 상추같이 누운 노모(「사랑이 나를 만질 때」) 등이 배경처럼 자리잡고 있는 풍경은 우리 삶 속에 자리잡고 있는 죽음의 징후를 확인시킨다. 이때 노인은 이 소멸과 죽음의 징후를 느끼고 있는 모든 인물들을 가리키는 대명사이다. 삼십대의 강규 인물들이 흔히 노인에 비유되는 것도 이 때문이다. 신경증이 노인들 관절염처럼 도지던 날 아내는 신혼 때 사진을 없앴고(「정금(精金)의 여자」), 사랑으로 자기 것을 가질 수 있다는 환상조차 없는 자신은 이미 노인이라고 생각하며(「적멸보궁에 가겠다면」), 심지어 혁명의 환상이 사라진 공산당조차 노인처럼 쇠잔하다고 묘사된다. 강규의 인물들에게 소멸의 운명은 모두 '노인처럼' 다가온다.

그러나 죽음의 징후를 예민하게 포착하고 반응하는 강규의 인물들은 그만큼 간절하게 죽음을 넘어서는 꿈에 매달린다. 그들의 발길이나 눈길은 변함없는 만리의 영화를 누리고자 했던 진시황의 무덤이나 전리품, 마왕퇴에서 나온 초미인과 그가 입고 있는 재봉질의 흔적이 없는 비단옷, 미라, 소멸을 견딘 불멸의 저장품, 혹은 사랑하는 이가 남긴 국화무늬 펜던트에 머문다. 강규의 작품 속에 흔히 등장하는 금과 국화는 이러한 영원에의 꿈과 연관되어 있다. 그들은 소멸의 숙명을 견디며 영원을 꿈꾸기 위해 국화무늬가 새겨진 펜던트를 간직하고, 국화주를 마시며, 항아리에 국화무늬를 새기는 것이다. 특히 「정금(精金)의 여자」「금과 수국과 왕릉의 시간」「금(金)의 남자」「금 여름 - 불망(不忘)」은 거의 연작에 가까운 내용으로 되어 있는 작품으로, 모두가 금과 국화라는 이미지를 통해 이야기가 전개되고 있다. 흑자에 국화무늬를 새기는 여자 그리고 그녀에게 영원한 사랑의 징표로 금 펜던트를 선물한 남자가 있다. 이들의 사랑은 현실 속에서 맺어질 수 없었고, 금줄을 가지고 돌아가던 남자는 교통사고로 죽고 만다. 이제 이들 사이에는 죽음이 놓여 있게 된다. 그러나 동시에 이들에게는 그 죽음을 넘어서려는 영원에의 갈망이 노란 국화와 금 펜던트로 남아 있다. 흔히 조화로도 많이 쓰이는 국화는 한편으로는 죽음과 소멸을, 다른 한편으로는 그것을 넘어서고자 하는 불멸과 영원에의 꿈을 상징한다. 강규의 인물들은 소멸의 사막 한가운데에서 이 국화/금을 찾아 헤매이고 있는 셈이다.

남자와 여자의 어긋나는 인연, 소멸과 죽음의 운명을 그리고 있는 「정금(精金)의 여자」를 보자. 남녀의 만남, 어긋나는 운명, 영원에의 갈망이 모두 국화나 금과 연관되어 있다. 헤어진 애인을 연상시키는 중국여자를 만난 것은 중국 고궁박물관의 진보관에서였고, 그녀를 따라오는 한 남자는 노란 중국꽃을 들고 있었으며, 그녀가 사는 동네에는 집집마다 화단에 황국이 심어져 있고, 그녀의 집 이층에선 노파가 노란 황국에 물을 주고 있으며, 그녀는 가을 국화밭을 연상시킨다. 그런가 하면 남자의 연인이었던 여자는 국화꽃을 좋아했었고, 그는 그녀 때문에 자신의 생의 어느 시절이 금은방처럼, 황국처럼 환했었다고 기억한다. 중국여자와 서울에 있는 연인, 이들이 곧 국화이자, 금이며, 영원한 사랑의 상징이었던 것이다. 남자는 중국여행을 통해 이 영원한 사랑에의 믿음을 되찾아온다. 그것은 죽음으로도 지워질 수 없는 것이다. 남자가 교통사고로 죽었을 때 노랑머리의 경찰이 유품을 확인했고, 그 안에서 금줄을 발견했으며, 같은 시간 그녀의 여자 숙이 국화무늬 금줄을 완성했다는 것은, 남자와 여자의 사랑이 소멸의 운명에서 벗어났음을 보여주는 대목들이다. 그리하여 이들은 서로에게 금의 여자로, 그리고 금의 남자로 남아 있게 된 것이다.

4

이처럼 소멸의 운명에 절망하고 허탈해하는 강규의 인물들이 종국에, 다시금, 매달리게 되는 것은 이 천세불변, 영혼불멸의 세계다. 그녀의 소설이 현실에 대한 환멸에서 출발하고 있음에도 불구하고 그것이 냉혹하거나 냉소적인 세계로서가 아니라 여전히 신비스럽고 환상적인 세계로 다가오는 것도 이 때문일 것이다. 그녀의 인물들은 환(幻)의 멸(滅)을 통해 다시 환(幻)의 세계로 나아가는 과정을 밟는다. 하늘로 날아가기 위해서는 알에서 나비가 되기까지 네 번이나 탈피해야 한다는 나비처럼(「사랑이 나를 만질 때」) 강규의 소설에서 죽음은 신생을 위해 반드시 거쳐야만 하는 하나의 과정이다. 이들이 유난히 쉽게 잠들고 꿈을 자주 꾸는 인물이라는 점도 주목할 대목이다. 상원사를 찾아가는 길에서 비파와 생을 든 여인 둘이 비천하는 꿈을 꾸는 '나'(「적멸보궁에 가겠다면」), 달리는 열차 속에서 뜨거운 인두 같은 입술과 잘 익은 대추처럼 붉어지는 두 눈을 가진 비단옷 입은 여자와 혼인하는 꿈을 꾸고 잠든 척하고 있어 승으로 하여금 몇 번씩 깨우게 만드는 '나'(「정금(精金)의 여자」), 한강변이 보이는 수영장에서 잠들어 꿈 꾸는 여자(「금(金)의 남자」), 이들에게 잠은 환멸의 현실에서 벗어나 환의 세계로 들어가는 통로이다. 거기에서 이들은 죽음을 뚫고 되살아나는 생명을 확인한다. 죽음 같은 일상에 생기를 불어넣기 위한 하나의 시도로서의 상원사로의 여행이 배추속처럼 꽉 찬 아이 낳기의 꿈으로 이어지는 것이라든지(「적멸보궁에 가겠다면」), 여자가 구워낸 화병이 여자의 배로, 달로 비유되고 있다는 것은(「금 여름-불망(不忘)」) 이들이 종국에 생명 공간으로서의 자궁, 혹은 물로의 회귀를 통해 새로 태어나고 있음을 보여준다.

강규의 소설 공간 한쪽에 등장하는 어린 아이들의 존재는 그녀의 침울하고 어두운 그림 한쪽에 자리잡은 희망의 빛이다. 다행히도 그녀의 인물들 주변에서는 어린 조카들이 천진스럽게 놀고 있다. 죽음의 분위기와 우울한 현실의 무게로부터 강규의 인물들을 구원하는 것은 이 어린 아이들이다. 「금(金)의 남자」에서 여자는 건너편 집 노인의 장의차가 떠난 후 갑자기 경쾌한 음악을 틀어놓고 수영복을 챙기고 싶어진다. 소멸을 견디기 위한 몸부림과도 같은 이 욕구는 젊은 청년과 처녀들이 야생의 짐승처럼 움직이고 있는 수영장으로 오게 만들고, 거기에서 그녀는 해변가에서 아버지 제사 음식을 준비하는 꿈을 꾼다. 그때 어린 조카는 제사상을 잔치상으로 바꿔놓고 환영 팻말처럼 '어서 오세요, 외할아버지'라고 써 붙인다. 죽음을 삶으로 바꿔놓는 힘, 그것은 어린 생명에게서 비롯된다. 그 힘을 통해 그녀는 죽은 남자와 재회한다.

여자는 일어나 주섬주섬 수영모를 쓰고 물안경을 끼고 아이처럼 천진하게 물 속으로 뛰어든다. 첨벙! 물이 세차게 뛰고 햇빛은 쟁강쟁강 정수리로 쏟아진다. 누군가 와서 그래, 그래, 고개를 끄덕인다. ……목에 그녀와 같이 국화무늬 금줄을 건 사람.

이때 이들의 만남이 이루어지는 물 속은 영원한 안식처이자 생명을 낳는 공간으로서의 자궁과도 같다. 해변가에서 놀던 어린 조카처럼 이 물 속에서 이들은 '아이처럼' 새로이 태어 난다. 강규의 소설에서 아이는 죽음을 이겨내는 생명의 힘이 다. 그러므로 적멸보궁을 찾아가는 길에서 주인공이 '아이처 럼' 잠들어 있고(「적멸보궁에 가겠다면」), 지난 시절을 추억하 고 회고할 때면 칠순의 노인도 '어린 소년처럼' 얼굴이 상기 되었다고 할 때(「지붕 위의 사랑」), 그 비유에는 죽음을 뚫고 신생하는 꿈이 담겨 있다.

죽음을 생명으로 바꾸어놓는 또하나의 흥미로운 힘은 음식 이다. 강규의 인물들은 유난히 음식에 탐이 많다. 「정금(精金) 의 여자」에서 중국 여행중인 주인공은 유독 요리 만드는 광경 에 황홀해하고, 「어부사시사를 읊는 밤」에서는 형량이 덜 끝 난 유배자처럼 섬에 남은 여자에게 구원처럼 점심식사 하라는 안주인의 소리가 들려오고, 「사랑이 나를 만질 때」에서는 자 장덮밥 봉지가 뒹구는 독신자 아파트에서 살면서도 잡곡밥을 좋아하는 사내가 잡곡밥은 물론 언제든 떡을 만들어주는 빵집 여자와 사귀고 있고, 꿀을 좋아하던 노모는 위를 절반이나 잘 라내 먹는 것이 자유롭지 않다. 음식에 대한 이들의 욕망은 이들 내부에서 꿈틀대는 삶에 대한 강렬한 욕망의 한 반증이 다. 음식이 있는 풍경에는 사랑이 있고, 풍요로운 삶의 기운이 있다. 때문에 세 끼 밥처럼 사랑을 바라고 생명을 꿈꾸는 이 들은 음식에 쉽게 이끌린다. 심지어 귀신들도 제사음식 냄새 를 맡고 온다. 기일은 언제나 음식 냄새와 함께 오며, 이때 죽 음은 삶의 한 연장선이 된다. 음식은 사랑의 힘이자, 삶의 힘 인 것이다. 강규의 소설에는 기일이면 바깥문을 열어 망자의 영혼이 오는 길을 안내하고 음식을 만들어 제사를 지내는 풍경이 흔히 등장하거니와, 여기에는 영혼불멸에 대한 믿음 그리고 영원에의 믿음이 담겨 있다.

강규는 기일날 울면서 음식을 만드는 소설 속의 여자들을 닮아 있다. 그녀의 소설은 사라져가는 청춘, 소멸해가는 육체, 어긋나는 운명을 위해 흘리는 눈물이며, 또한 영원에의 믿음으로 준비하는 음식이다. 그녀는 뜨거운 햇살과 따가운 모래를 견디고 때로는 오한에 떨기도 하면서 소멸의 사막을 건너는 순례자이다. 그 길을 부단히, 묵묵히 걸어가는 그녀의 행보는 우매해 보일 정도로 진중하다. 그녀는 그 진중하고 깊은 시선으로 소멸의 운명을 신비롭고 환상적이며 감각적인 문체로 그려낸다. 그러나 그녀가 만들어낸 신비롭고 환상적인 세계는 때로 신기루처럼 사라질 또하나의 환상처럼 보이기도 하며, 작가 자신의 표현대로 '여행과 추억의 한 특징인 애상'을 완전히 털어내지 못한 듯 보이기도 한다.

여성 인물들이 대개 조용하고 희생적이며 환상적인 존재로 그려지고 있고 따라서 현실감은 없어 보인다는 것도 이와 연관되어 나타나는 문제 중의 하나이다. '이 사람은 정말 여자로구나' 하는 느낌이 물씬 풍기고 설화 속에 나오는 여인처럼 총명하고도 어쩐지 가련한 데가 있어 보이는 여자(「정금(精金)의 여자」), 조선여관 여주인처럼 언제 돌아가도 옷과 밥을 준비해주고 조용히 미싱 앞에 앉아 있는 D의 아내, 밖으로만 떠돌던 아버지 때문에 기차 시간표를 외우고 살면서 사시사철 따뜻한 주발과 요와 이불을 준비해 놓던 D의 어머니(「금과 수국과 왕릉의 시간」), 신라여자처럼 긴 머리를 잡아매고 방귀신처럼 앉아 재봉과 자수 일을 하던 형수(「금 여름 – 불망(不忘)」) 등, 이들에게서 강조되는 연약함과 조용함, 신비감은 그것이 비록 소멸의 운명을 묵묵히 감당하며 그 속에서 영원에의 꿈을 키워가는 힘을 부각시키고자 하는 의도를 담아내고 있다고 할지라도 감상적이고 무력한 나약함으로 비춰질 위험을 안고 있다.

　적멸보궁을 찾아가는 길에서 장사익의 〈하늘 가는 길〉 대신 김영동의 〈귀소〉를 듣는 것이 작가의 선택이기도 하다면, 그 귀소를 위해서는 땅으로 보다 더 내려앉아야 하지 않을까. 환(幻)의 끝을 감지할 때 우리의 삶은 끝나는 것이 아니라 비로소 시작된다. 그러니 그녀가 환멸의 나이로서의 삼십세의 무게에 너무 오래 짓눌려 있지 않기를, 혹은 그 무게를 보다 더 웅큼하게 숨기게 되기를, 그리하여 더 풍성하고 깊은 세계로 나아가기를 기대한다. 바하만은 말하고 있지 않은가. "내 그대에게 말하노니 – 일어서서 걸으라. 그대의 뼈는 결코 부러지지 않았으니."

원고를 넘기며

K님, 이 다습하고 무더운 혹서에 지내기 어떠십니까?

(중략)

요즘 저의 근황;

집에서 키우는 강아지 똘똘이(6개월짜리 요크셔테리아)가 발에 중상을 입어 (저희 어머니와 산책 나갔을 때 일입니다) 수술을 받은 이후, 저는 뜨거운 한낮 매일같이 똘똘이를 안고 동물병원에 가 상처를 치료하고 주사 맞히고 약을 타오고 있습니다. 저 발을 절룩이는, 사랑스런, 말 못하는 어린 짐승 때문에 저는 이 여름 꼼짝을 못 하고 있습니다. 녀석은 제가 화장실에라도 갈라치면 자다가도 벌떡 일어나 제 뒤를 졸졸 따라옵니다. "아냐, 똘똘아. 나 오줌 누고 들어갈게." 그러면 그제서야 졸린 눈으로 제 집으로 돌아가지요. 똘똘아, 그만 놀고 코 자라, 하면 못 들은 척 딴청하고, 다 저 잘되라고 따끔하게 혼낼 땐 껌벅 기가 죽지만 밥 줄까? 하면 당장에 펄쩍 뛰며 기뻐하는 어린 것입지요. 조카네에서 저희집으로 업둥이로 들어와 엉겁결에 강아지 엄마가 된 저이지만 그렇다 해도 모성이라는 것이 얼마나 의연하고 다부져야 하는 것인지 이 어린 짐승을 통해 확인하게 되는 것입지요. 사랑하되 엄하게! 저 자신의 흠 많은, 어린 짐승 같은 소설에 대해서도 다짐하는 바입니다.

그 밖의 다른 근황;

8월 2일 출발하려던 울란바토르 행은 일행 중 한 사람의 사정으로 2주 뒤로 연기되었습니다. 혹 이번 여름 그 억센 유목민의 초원으로 아니 간다면, 저는 이참에 책상 앞에 몽골식 텐트를 치고 앉아 글을 좀 써볼 생각입니다. 서른한 살이 되어 한국챔피언이 된 늙은 복서 이야기나, 일주일에 300킬로미터를 뛰고 또 뛰는 마라토너의 이야기 같은 것 말입니다. 제 생에는 그런 것이 결여되어 있던 것입니다. 죽어라 샌드백을 두드리거나, 뛰고 또 뛰는 그런 부분 말입니다. 보다 높은 것, 보다 높은 자기갱신, 속(俗)을 뛰어넘는 것에 대한 저의 미련하고도 안타까운 갈망은 이제 땅 위로 내려와 두 발을 박고, 양치기처럼 어린 짐승을 돌보며 오줌 똥을 치워주고, 죽어라 샌드백을 두드리거나 갓길도 지름길도 없는 수백리 길을 뛰는

것이겠습지요. 이 눈부신 후기산업사회의 속도전과 정보전 속
에서 말입니다. 그렇습니다. 그 전근대성과 단순성과 보다 구
체적인 자기갱신이, 이제 제게 몹시도 익숙한 것이 되기를 바
랍니다.

강규

사랑이 나를 만질 때

초판인쇄 · 1997년 9월 20일
초판발행 · 1997년 9월 25일
지은이 · 강규 / 펴낸이 · 강병선
펴낸곳 · 도서출판 문학동네
주소 · 110-521 서울시 종로구 명륜동 1가 31-9
          http://www.munhak.com
출판등록 · 1993년 10월 22일 제22-188호
전화번호 · 765-6510~2, 743-2036 / 팩스 · 743-2037

값 6,500원

ISBN   89-8281-079-x 03810
* 잘못된 책은 바꿔드립니다.
* 저자와 협의하여 인지를 붙이지 않습니다.